FEA

KELLY VINCENT

Traducido por
SILVIA CASTRO

KV Books LLC

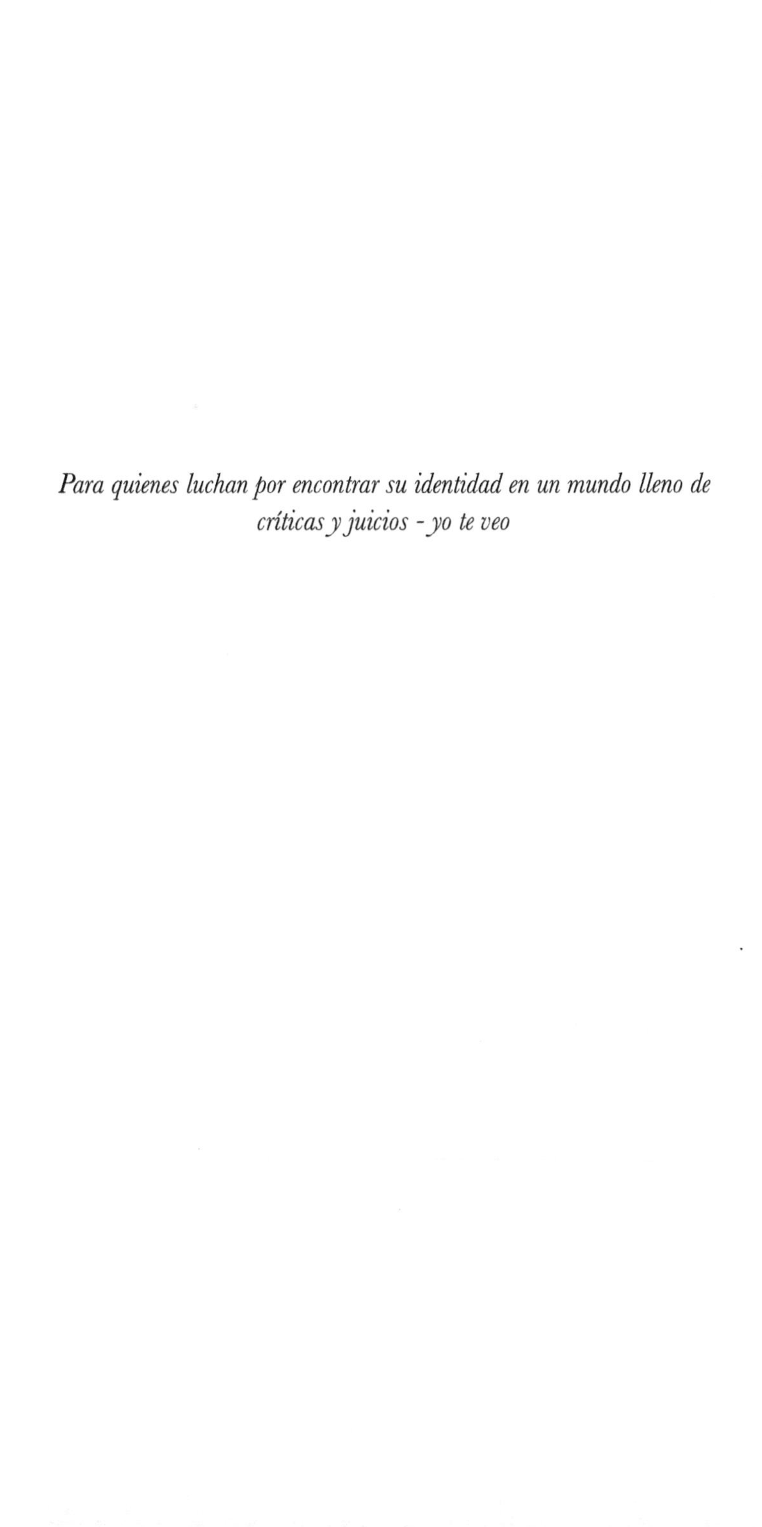

Para quienes luchan por encontrar su identidad en un mundo lleno de críticas y juicios - yo te veo

PARTE I

Todo lo que necesitas es un cambio de imagen

El vestíbulo de la escuela estaba tan lleno como siempre, pero un chico se abría paso entre los niños y se dirigía hacia mí.

—¡Choca esos cinco, hermano! —gritó y le dio una palmada a otro chico que tenía la mano levantada.

Tenía que apartarme de su camino, así que me apoyé en mi casillero y esperé a que pasara.

Entonces se lanzó hacia mí.

—¡Choca esos cinco aquí! —dijo, con la mano en alto y sonriendo como un loco.

Levanté tímidamente el brazo, y entonces se le cayó la cara.

—Oh. Pensé que eras un chico.

Alguien soltó una carcajada detrás de él.

El chico dejó caer su brazo y me di cuenta de que seguía manteniendo el mío medio levantado como una idiota, así que lo dejé caer, justo cuando el tipo que se reía dijo:

—Podría ser un chico. Es una gran lesbiana.

Me sonrojé ferozmente, y los dos se desternillaron de risa y siguieron adelante como si nada. Me quedé allí estúpidamente, con ganas de hundirme en el suelo. Miré a mi alrededor y oí un par de risitas.

Agarré mis libros contra mi pecho y me dirigí hacia la clase.

¿Por qué todo el mundo tenía que decir todas esas cosas? Era consciente de que no me vestía de forma femenina; simplemente me parecía mal, y no podría haberlo hecho aunque lo hubiera intentado. ¿Qué había de malo en querer estar cómoda? Y qué si me gustaban los vaqueros y las camisetas unisex. ¿Y qué mierdas?

Levanté la cabeza para doblar una esquina, pasando por delante de un grupo de chicas a las que no les importaba en absoluto maquillarse y llevar ropa bonita. Me aseguré de no mirar demasiado de cerca, no fuera a ser que se burlaran de mí.

Dios, odiaba esta mierda.

Además, no creía que fuera lesbiana. Pero todo el mundo actuaba como si lo fuera. ¿Cómo podía todo el mundo saber algo sobre mí que ni yo misma lo sabía?

▭

Más tarde, en matemáticas, el señor Martínez hablaba de expresiones algebraicas, una x aquí, una y allá. Estaba escribiendo en la pizarra en azul. Yo intentaba prestar atención porque me interesaba. Había odiado la geometría en el primer año y estaba contenta de volver al álgebra. Tenía mi cuaderno y estaba copiando la última expresión cuando vi que la mano de Carlos se acercaba y cogía mi borrador blanco.

Lo miré. Sus dedos se cerraron alrededor del borrador y sus ojos brillaron.

Era guapo. Tenía los ojos castaños claros y el pelo castaño oscuro ondulado y a veces un poco largo, pero ahora no.

Traté de alcanzar la goma de borrar, invisible en su gran mano, y él se apartó con una mirada traviesa. Estaba bromeando conmigo, algo que la mayoría de la gente no hacía.

Espera, ¿estaba coqueteando conmigo?

No podía creerlo.

No sabía mucho de estas cosas, pero sí sabía que se suponía que uno no debía parecer desesperado, así que me volví hacia el señor Martínez y empecé a tomar notas.

Carlos dejó la goma de borrar encima de su cuaderno. Lo alcancé, y él me agarró la muñeca con firmeza, todavía sonriendo.

—No lo creo, Nic —dijo.

Ok, coqueteando, definitivamente. Me había tocado a propósito. Tenía una nueva y excitante sensación de calor en mi muñeca donde él la sostenía.

Kyle estaba al otro lado de él, observando esto, claramente divertido.

Carlos era fuerte. Podía ver los músculos que se flexionaban en su antebrazo.

¿Es raro que pensara que eso era genial? Nunca había pensado en que los chicos eran más fuertes que las chicas, excepto en el sentido de que pueden golpearte, pero estaba ahí. La fuerza masculina habitual. Y me gustó.

Todavía tenía mi muñeca. ¿Qué debía hacer? ¿Tirar hacia atrás? Pero entonces podría soltarla.

Mi corazón se aceleró, porque ningún chico me había tocado de forma inofensiva desde la escuela primaria. Dejé de tratar de alcanzar la goma de borrar y él me dejó ir con una mirada de reojo, así que volví a tomar notas. No es que pudiera concentrarme.

Últimamente había pensado que si pudiera conseguir un novio, las cosas irían mejor. Quizá la gente me trataría menos como un bicho raro y más como una persona normal. Carlos sería perfecto porque era muy normal. Me encantaba la idea de que un chico normal estuviera coqueteando conmigo, aunque nunca hubiera pensado en él de esa manera.

Si le gustaba, no lo rechazaría.

Aunque miré la goma de borrar varias veces durante el resto de la clase, cuando el señor Martínez nos dejó marchar, Carlos la cogió y la metió en su mochila. Él y Kyle me sonrieron, y yo los seguí, siendo empujada por otro par de chicas de la clase, que me lanzaron una de esas miradas tan familiares. La mirada de desprecio, seguida del giro despectivo de la cabeza. Me dije a mí misma que estaba insensibilizada.

Estaba muy acostumbrada a ello. Era una especie de *la última chica elegida por el equipo* en el instituto Emerson. Sin embargo, no sabía quiénes se creían ellas que eran. Todos sabían que las tendencias tardaban mucho en llegar a Oklahoma. Estábamos a cuarenta y cinco minutos de Tulsa, y tampoco es que fuera culturalmente vanguardista. Todas las cosas que los chicos de aquí pensaban que eran tan *cool* probablemente ya estaban totalmente pasadas de moda en lugares como Nueva York o Los Ángeles.

Lo que sea. Solo tres años más aquí y me iré. No podía esperar, y me preguntaba cómo iba a aguantar.

—

Durante toda la tarde, me obsesioné con todo el asunto de Carlos. ¿Podría realmente gustarle?

Hay que admitir que podría ser simplemente que yo estaba allí y él se aburría. Pero no lo creía. Tenía un buen presentimiento.

Ya era hora.

Echaba de menos tener mi goma de borrar en química porque decidí hacer un boceto de la tabla periódica mientras el profesor divagaba sobre una cosa u otra, y lo estropeé contando los metales de transición. Además, la necesitaría durante el fin de semana. Una vez en el autobús, me puse los auriculares y puse a todo volumen a *Killers*.

El idiota de mi hermano Caleb me dio un golpe en la cabeza cuando pasó junto a mí, dirigiéndose a la parte de atrás. Él era tan imbécil últimamente.

Sin embargo, lo único que tenía en la cabeza era a Carlos, y que tal vez le gustaba.

Mi mejor amiga, Sam —diminutivo de Samantha, pero se moriría si la llamara así—, siempre me echaba en cara que no era lo suficientemente valiente en el terreno social, así que intenté pensar en qué podía hacer para ser proactiva e incluso atrevida. Teníamos un plan, llamado Operación Interacción Social para Nic, u OISN para abreviar, para conseguirme algunos amigos. Se sentiría orgullosa si hiciera algo por mi cuenta. Solo tenía que pensar en qué.

Sería difícil hablar con Carlos al día siguiente con Kyle a su alrededor, así que no podría invitarlo a salir ni nada parecido. La idea de acercarme a un chico y decirle: «Oye, ¿quieres salir algún día?» era una auténtica locura. Sería mucho mejor si él me lo pidiera.

Pasamos por un badén al salir del parqueo y se me encendió una luz en la cabeza. Después de todo, sabía dónde vivía Carlos. Habíamos viajado en el mismo autobús desde la primaria, aunque él había dejado de hacerlo a principios de este año.

Yo también evitaría el autobús pronto, porque iba a tener un coche cuando cumpliera dieciséis años el mes que viene. Gracias a Dios. No sería nada lujoso. Ya habíamos acordado un presupuesto de 5000 dólares.

Esta idea… era una idea increíble. Podía ir hasta allí y pedir mi goma de borrar. Tal vez me invitaría a entrar, y las cosas irían desde allí. Cosas buenas.

Después de cuarenta y cinco minutos de tortura en el autobús, porque era la penúltima parada de la ruta, por fin pude bajar al calor de finales de verano. La frente se me llenó de sudor incluso antes de llegar al patio.

Caleb, apenas diez meses más joven que yo y un flamante estudiante de primer año, entró por la puerta principal antes que yo. Me detuve a recoger el correo del abollado buzón y me dirigí a la entrada principal. Teníamos un bonito porche de piedra cubierto en el que mamá había puesto un banco blanco y varias plantas.

Por supuesto, Caleb había cerrado la puerta con llave, así que tuve que usar la mía. Era tan idiota. Hacia mí, hacia Izzy, nuestra hermana pequeña, hacia mamá y papá, hacia todo el mundo.

Cogí un paquete de bocadillos de frutas secas y me dirigí a mi habitación.

Mi habitación era completamente ridícula. Las paredes eran de color durazno pálido. La cama matrimonial tenía un marco de metal antiguo pintado de blanco y estaba centrada en la pared, por lo que parecía ocupar toda la habitación, sobre todo porque era alta. Había ganchos blancos en el techo de los que colgaban las cortinas porque mamá había pensado que yo necesitaba una cama con dosel.

Yo, una cama con dosel.

Simplemente no.

Al menos tenía a Izzy para ser su pequeña princesa.

No es que tuviera un problema con Izzy. Era mi favorita de la familia. Pero su condición de princesa era imposible de negar.

Afortunadamente, mi habitación también tenía un pequeño escritorio empotrado y estantes. Los había transformado a mi gusto y los utilizaba para mis botes de pintura Testors y las figuritas metálicas de personajes de fantasía que Sam y yo pintábamos.

Me subí a la colcha gris y durazno porque necesitaba pensar un poco. Hacer un plan.

Bien, entonces iría hacia allí. Llamaría a la puerta. Probablemente Carlos no respondería; tal vez lo haría su madre. Le preguntaría si estaba en casa y ella lo buscaría. No era gran cosa. La gente normal hacía este tipo de cosas todo el tiempo, estaba segura.

Sam estaría muy impresionada. Habría hecho contacto con el en… no el enemigo. No. Habría iniciado un encuentro social potencialmente arriesgado por mi cuenta.

El aire acondicionado se encendió con un gemido y un silbido. El aire estaba helado porque mi piel ya estaba mojada por el sudor, por el calor y por lo que estaba pensando en hacer. Pero *podía* hacerlo.

Me dirigí a la puerta. No era necesario dejar una nota, ya que volvería antes de que de mis padres llegara a casa, a menos que las cosas fueran muy, muy bien. No quería arruinarlo asumiendo el mejor de los casos.

Cerré la puerta y crucé la calle. La mayoría de las casas de esta larga calle eran de dos pisos, de varios colores. Colores de casas normales y aburridas. Siempre había pensado que sería interesante pintar nuestra casa de azul brillante, pero no estaba permitido. No es que mis padres fueran a hacer algo tan inusual, de todos modos.

Fue un largo paseo hasta llegar a una calle transversal. Empecé a pensar que tal vez debería haber dejado una nota. ¿Y si las cosas iban muy, muy bien?

Reproduje la escena de la clase de matemáticas en mi cabeza. Las miradas que me había echado Carlos. Tenía que estar coqueteando. ¿Por qué si no habría hecho todo eso? Es decir, nos conocíamos desde hacía mucho tiempo, desde tercer grado, cuando se había mudado aquí desde algún lugar. Tennessee, creo. Siempre pensé que era guapo. Porque lo era. Era un poco torpe, pero algo alto, así que seguía siendo atractivo. También jugaba al béisbol.

Estaba a mitad de camino hacia la calle lateral y estaba empapada de sudor. Quizá no lo había planeado muy bien. Mi cara iba a estar rosada por el calor, y estaría a punto de sufrir una quemadura de sol.

Habría sido mucho mejor si ya tuviera un coche.

Pasé por delante de la casa que regalaba palitos de apio con mantequilla de cacahuete en Halloween. Era una amable señora de color, pero ¿apio? En serio.

Caminé más, sudé más.

Allí estaba el sicómoro más grande del barrio, frente a una casa blanca de piedra gris. Finalmente, llegué a la esquina y giré, pasé los dos lotes de la esquina y volví a girar por la calle de Carlos.

¿Era realmente una buena idea? ¿Parecería un poco desesperada? Eso probablemente sería malo. Pero no tenía experiencia con los chicos. Nunca me habían invitado a esas fiestas de la escuela secundaria en las que se jugaba a la botella. Nunca me había sentado con un grupo de chicas a hablar de chicos, a peinarse unas a otras o a pintarse las uñas. Y tampoco es que haya querido hacer esas cosas.

Me limpié el sudor de la frente. ¿Hacía más calor o eran los nervios? Me bajé las mangas cortas por donde se me habían subido los brazos. Demasiados gordos. Lo cual era una pena, pero no sabía qué hacer al respecto. No creía que tuviera una dieta peor que la de los demás.

Estaba bien. Si Carlos estaba interesado, estaría bien. Me gustaba.

Bien, ahí estaba. Era de una sola planta en un bloque de dos plantas en su mayoría. Pero el patio delantero tenía un montón de flores de colores vivos y cálidos —rojo, naranja, amarillo— y supongo que algunos dirían que estaba bien cuidado. Había un conjunto de piedras que llevaban al buzón, así que las seguí hasta la puerta.

Me encontraba en un pequeño porche cubierto, rodeado de paredes pintadas de un gris apagado que parecía contrastar con mis intensas emociones.

Era el momento de la verdad. Respiré profundamente y llamé a la puerta. Sam estaría muy orgullosa de mí cuando se lo contara.

Tras una breve espera, durante la cual ni siquiera me planteé correr, un chico mayor abrió la puerta. Oh, mierda, no había pensado en esto. Sus ojos se abrieron de par en par con esa mirada juiciosa con la que estaba demasiado familiarizada desde la escuela. El labio se curvó ligeramente.

Oh, Dios. Mi estómago cayó en picado.

—¿Qué? —preguntó.

Bueno, en este punto vacilé. No había esperado a alguien más de la escuela.

—Um.

Su expresión inexpresiva no cambió.

Tragué saliva mientras una gota de sudor recorría mi frente.

—¿Carlos vive aquí?

—Espera —gruñó.

Dejó la puerta abierta y desapareció tras ella. Al cabo de un momento, Carlos apareció. Estaba mirando a un lado cuando llegó a la puerta. Su hermano estaba diciendo algo desde el interior de la casa, aunque no podía captarlo.

Así que durante un milisegundo pude admirar su perfil y alegrarme de haber venido. Tenía una bonita nariz y unos labios carnosos. Imaginé cómo sería besarlo y pasar mis dedos por su pelo de aspecto suave. ¿Qué se sentiría?

Nunca había besado a nadie. Lo cual era bastante embarazoso a los quince años, pero tal vez todo eso estaba a punto de cambiar.

Se giró hacia mí y sus ojos se abrieron de par en par, alarmados, y luego se agrandaron aún más.

Oh, Dios. Esto era peor que su hermano. Se *horrorizó* al verme. Necesitaba arrastrarme a un agujero y morir.

Era como si me hubiera golpeado el dedo del pie, excepto que era mi corazón. El calor se encendió en mis mejillas mientras un humillante rubor estallaba en mi cara.

Él seguía mirando, con la mano en la puerta —sus nudillos blancos— y juro que la puerta se movía como si pensara cerrarla. En mi cara.

Lo miré fijamente. Él me miró fijamente. Di algo. Cualquier cosa.

—¿Me das mi goma de borrar?

—Sí. —Empujó la puerta hasta casi cerrarla y volvió a desaparecer. Me quedé de pie, mareada de vergüenza. Su hermano volvió a abrir la puerta, me miró, sacudió la cabeza con evidente disgusto y se marchó.

Esto era una puta pesadilla. Tenía ganas de vomitar.

Pronto Carlos volvió sosteniendo la estúpida goma de borrar blanca entre dos dedos como si fuera una cosa muerta y apestosa.

Saqué la palma de la mano y la dejó caer en mi mano, sin tocarme.

Me ardían los conductos lagrimales y las mejillas, y sabía que era cuestión de tiempo para que me pusiera a llorar, así que murmuré «Gracias» y me di la vuelta. La puerta se cerró con un clic.

Retrocedí por las piedras hasta la calle. Dios, era una maldita idiota. ¿Cómo pude pensar que le gustaba? Realmente, debería haberlo sabido. Probablemente, si hubiera sido remotamente normal, lo habría hecho.

Pero sabía lo que era. El problema era que yo era un bicho feo. Todo el mundo lo sabía, y yo también, aunque a veces lo olvidaba. Aparentemente. Todavía tenía ese pozo traidor de esperanza en lo más profundo de mi ser.

Apreté la goma de borrar en mi mano, deseando que pudiera borrar lo que acababa de suceder.

No iba a contarle esto a Sam. Probablemente se compadecería de mí.

El sábado era un nuevo día. Hora de olvidar a Carlos, la goma de borrar y mi idiotez. Eran las 7:55 de la mañana y Sam y yo estábamos esperando para subir al autobús escolar que nos llevaría a nosotras, a la señora Tolliver y a otros once miembros del club de arte a un par de galerías de arte de Tulsa.

Tal vez debería contarle a Sam lo de Carlos. No quería que se compadeciera de mí, pero ¿y si se enteraba de alguna manera en la escuela? Carlos podría contárselo a la gente.

La idea me ponía enferma. Y Sam podría enfadarse si se enteraba por otra persona.

La Sra. Tolliver y su pelo salvaje estaban a un lado del autobús, donde hablaba con un hombre, probablemente el conductor del autobús. El motor del autobús amarillo ya estaba en marcha. Era uno de los autobuses más pequeños ya que no éramos muchos.

Sam bostezó, lo que me hizo bostezar a mí, y ambos nos reímos.

La Sra. Tolliver dio una palmada.

—Muy bien, todos, vamos. —Siguió al conductor hasta el autobús y todos empezamos a subir.

Sam y yo elegimos los asientos traseros, cada uno de nosotras tomó uno, pero ambas nos sentamos cerca del pasillo para poder hablar fácilmente.

Una vez que todos estaban sentados, la Sra. Tolliver se situó en la parte delantera del autobús.

—Solo quiero darles algo de información sobre los dos museos que vamos a visitar, por si no han leído sobre ellos. El primero es el de Philbrook, que tiene tanto una galería como un gran jardín encantador con sendas para pasear. Tiene una colección bastante variada, con mucho arte estadounidense y nativo americano, y también algunas piezas asiáticas y africanas que son fascinantes. Además tiene una cantidad decente de arte europeo, incluyendo una obra del pintor renacentista Cosimo, y una del pintor francés Bouguereau.

»El segundo es el Museo Gilcrease, y es probablemente más conocido por su colección occidental, especialmente el arte de Frederic Remington.

—Vaya, el arte del Oeste —dijo Sam.

Eso me hizo reír.

—Sí, como si no tuviéramos suficiente con los vaqueros cada día.

La Sra. Tolliver seguía.

—… muchas de sus esculturas de bronce y pinturas al óleo. Son increíbles. También hay muchas piezas de arte nativo americano que son emocionantes de ver. Otra cosa importante que hay que ver es la nueva exposición sobre la masacre de la carrera de Tulsa, aunque no hay mucho arte en esa colección.

Tomó aire y continuó, contándonos el programa. Teníamos que almorzar en Philbrook, ya sea en el restaurante o, idealmente, en el jardín. Terminó diciendo:

—Asegúrense de administrar su tiempo sabiamente en ambos lugares.

Se volvió hacia el conductor del autobús y le asintió con la cabeza antes de sentarse en el asiento detrás de él.

—Hablando de no preocuparse por los vaqueros, tal vez deberías poner un vaquero en tu dibujo del dragón —dijo Sam.

—Ja.

—¿Ya lo has empezado?

—Ya hice el boceto preliminar completo, pero eso es todo. —Ella había visto los distintos bocetos que había hecho en mi cuaderno.

—Qué bien. No puedo esperar a verlo.

El autobús se puso en marcha, dirigiéndose hacia la salida del parqueo vacío.

El dibujo iba a ser genial. En primer plano estaba la espalda de un dragón en vuelo. Estaba orientado hacia lo que había en el centro, que era la cima de una montaña. Luego, y esta era la parte realmente genial, otro dragón salía de detrás de la montaña para enfrentarse al del primer plano. Lo hice todo a lápiz. Ojalá se me diera mejor el lápiz de color, pero no era así, así que lo hice a lápiz normal.

Me encantaban los dragones. Al menos, la versión occidental de ellos. Los dragones chinos no me gustaban mucho, pero los que aparecían en las portadas de las novelas clásicas de fantasía me encantaban. Probablemente porque eran inherentemente poderosos, y yo no lo era. También me encantaba que tuvieran colores llamativos.

El dragón del primer plano estaba en la parte inferior derecha, mientras que el otro dragón estaba sobre todo en la parte superior izquierda. Y la montaña era un desastre: tenía arbustos cubiertos de nieve, pero la lucha que mantenían los dragones había causado algunos daños colaterales, y algunos de los arbustos estaban ardiendo. Sería difícil equilibrar el fuego con la nieve, que obviamente se estaría derritiendo.

—Me preocupa un poco no poder dibujar el fuego —admití.

El conductor salió a la carretera principal y nos pusimos en marcha.

Sam se rió.

—Primero ponte a practicar. Para eso está tu cuaderno de dibujo.

—Sí. —Sam era mejor artista que yo. Aunque las dos estábamos en el club de arte, ella eligió la banda en lugar de arte como optativa.

—Es como yo con la guitarra. —añadió—. Solo necesito practicar más.

—Como sea, eres increíble en todos tus instrumentos.

Sam se encogió de hombros.

Pero realmente era increíble. Ella tocaba el oboe para la banda, pero había tocado algunos otros instrumentos en la escuela secundaria —nunca pude seguir el ritmo de qué — y aprendió teclado el año pasado. Estaba celosa de eso, porque realmente sentía que yo podía aprender a tocar. Y entonces podría abrirme al mundo social. La música hacía eso. Pero mis padres no me iban a regalar un instrumento sin más. Y aunque se acercaba mi cumpleaños, no me regalarían nada más que el coche que me habían prometido. De lo cual no me quejaba. Tal vez podría incluirlo en mi lista de Navidad.

—Bien, entonces, OISN —dijo Sam—. Tenemos que hablar de esto.

—Bien. —Operación Interacción Social para Nic. Esto

me recordó dolorosamente a Carlos y mi estúpido viaje a su casa, lo que me hizo sentirme mal de nuevo. ¿Debería decírselo?

—Necesitamos un plan.

—De acuerdo. —No tenía ninguna idea. Mi único intento había sido una estrellada y quemada. No quería decírselo, pero una buena amiga se lo confiaría.

—Deberíamos empezar por buscar las oportunidades que ya tenemos. Está el Key Club y, por supuesto, el club de arte. Deberías intentar hablar con la gente hoy.

—Sí. —El problema era que hoy no quería hablar con la gente, para ser sincera. Ninguna de estas personas era tan interesante como Sam.

—La gente puede ser fascinante cuando la conoces un poco —dijo.

Como si pudiera leer mi mente. Por eso éramos amigas.

—¿Lo son? —Todavía no estaba convencido.

Ella se rió.

—Bueno, no todos. Pero a los que vale la pena conocer. Y merece la pena conocer a la gente, ya sabes.

Nos sacudimos hacia adelante mientras el conductor se detenía en un semáforo en rojo.

Realmente necesitaba cambiar mi actitud. Era realmente tímida, pero los años de falta de amistad y acoso me habían hecho desconfiar de la gente en general. Sam y yo nos conocimos en sexto curso, pero no fuimos realmente amigas hasta séptimo.

—Bueno —dije—. Tienes razón. Es decir, probablemente no es común que encuentres a alguien que esté de acuerdo contigo en todo. Pero igual no puedo ser amiga de alguien que piensa que *The Bachelorette* es televisión de calidad.

—Ja. Me parece justo.

Me estaba convenciendo de que lo intentara, pero el viejo miedo al rechazo volvió mientras pensaba en Carlos.

—¿Y si la gente realmente no quiere ser mi amiga? Quiero decir, todo el mundo piensa que soy fea. Sería un inconveniente para ellos.

—Oye, no eres fea. —Sam puso los ojos en blanco.

El autobús volvió a ponerse en marcha.

—No lo sé. La gente dice eso. Sabes que sí.

Sam frunció el ceño pero no dijo nada.

—Sin embargo, no entiendo muy bien por qué. Es decir, los ojos azules se consideran una ventaja, pero no en mí. Mi nariz y mi boca no son demasiado grandes. Y la piel pálida y las pecas son bonitas en algunas personas. ¿Por qué no en mí? —Tenía unos dientes finos después de haber llevado ortodoncia, y ni siquiera tenía problemas de acné. Siempre tuve un grano que migraba de un lado a otro. Ahora estaba en mi mejilla izquierda. Mi pelo castaño era liso y a media espalda. Aburrido, pero no estaba segura de por qué me hacía fea. Aunque, obviamente, ser gorda era un factor importante.

—No lo sé. Es una estupidez. Creo que simplemente captan tu timidez. A veces también lo malinterpretan. Como si pensaran que eres engreída o algo así. No creo que todos piensen realmente que eres fea. Solo están siendo malos. Algunos van por todas.

—Tal vez sean las camisas holgadas. Mi madre siempre dice que me vería mejor con camisas ajustadas. No son cómodas. —En realidad, dijo que me vería menos gorda con ropa más ajustada.

—Lo sé. Mi madre dice lo mismo. —Sam también solía llevar camisetas unisex. Pero no tan holgadas como yo.

—Izzy quiere que me maquille.

—No veo que eso ocurra nunca —dijo Sam con una risa—. ¿Tú usando maquillaje antes que yo? Qué va.

—Lo sé. Estoy segura de que si me maquillara y tratara de vestirme bien, no se meterían tanto conmigo. Es que no puedo. —Era difícil de explicar, pero se sentía profundamente mal.

No es que no lo haya intentado. Es decir, había fotos de mí de pequeña. Con lápiz labial y sombra de ojos por toda la cara, pero ese interés lo había superado muy joven, como a los cinco años o algo así. Empecé a odiar la forma en que se sentía, tanto en el sentido físico como en el social. Todo el mundo podía verlo y sabía que estabas jugando, y yo no podía soportar eso.

—Lo sé. Es una estupidez.

Estábamos esperando en un semáforo a punto de girar a la izquierda hacia la autopista que nos llevaría a Tulsa.

Me desplacé hacia delante y apoyé las rodillas en el respaldo del asiento frente a mí.

—Lo es. —Volví a pensar en Carlos y consideré sacar el tema.

Sam bostezó y se estiró longitudinalmente en su asiento, con los pies en el suelo del pasillo.

—Creo que me voy a dormir.

—Genial. —Más tiempo para pensar en tratar de ser más hábil socialmente. Y reunir el valor para hablar de Carlos.

———

Sam y yo estábamos esperando nuestros pedidos en el restaurante de Philbrook, de pie en el mostrador a un lado.

—¿Y qué fue lo que más te gustó? —preguntó ella.

—Me gustó *La pastorcita* porque no era ornamentada y exagerada como la mayoría de las obras del Renacimiento.

Quiero decir, solo hay un número determinado de figuras religiosas que puedes mirar.

—Es cierto. Por alguna razón, me gustó la de la oveja. Parecía pacífica.

La chica del restaurante me llamó por mi nombre y cogí mi bolsa. La de Sam llegó justo después, así que nos dirigimos al jardín.

Entramos en un gran jardín de esculturas, pero decidimos obviarlo por el momento. Había una zona de picnic más adelante. Bajamos por unos amplios escalones flanqueados por césped verde hacia una gran fuente al fondo. Caminos bordeados de setos bajos cruzaban el césped y las zonas ajardinadas. Durante toda la bajada, traté de pensar en una forma de sacar el tema de Carlos.

—Sentémonos allí —dijo Sam, señalando un lugar cerca del arroyo que acabábamos de cruzar.

Era un día soleado, todavía cálido pero no incómodo, y el entorno era agradable y tranquilo, aunque había otras personas alrededor.

Saqué mi sándwich de la bolsa y empecé a desenvolver el envoltorio de plástico.

Decidí contarle.

—Así que, Sam. Hubo algo que pasó el viernes.

—Oh, hola —dijo Sam, lo que me hizo levantar la vista.

Lily, la presidenta del club, estaba frente a nosotros.

—Hola, chicas. ¿La están pasando bien?

—Sí —dijo Sam.

Asentí estúpidamente con la cabeza, sin razón alguna. Simplemente no había esperado una interacción social.

—Bien. Solo quería asegurarme. Además, no olviden que nos dedicaremos a la recaudación de fondos el mes que viene. —Me miró a mí y a mi sándwich a medio envolver y sonrió antes de marcharse, dirigiéndose a algunos de los otros chicos de nuestro grupo.

—Eso fue algo pasivo-agresivo —susurré.

—Oh, no lo creo. Quiero decir, necesitamos recaudar dinero para cosas como esta.

—Actuó como si le importara solo para poder recordarnos lo de la recaudación de fondos.

Sam se rió.

—Es normal decir algo bonito antes de pedirle a alguien que haga algo.

—Es cierto, supongo. —Terminé de desenvolver mi sándwich de atún con brotes y me di cuenta de que tenía bastante hambre. Demasiado para hablarle de Carlos por el momento. Di mi primer bocado mientras Sam abría su envoltorio.

Miré por encima y vi un gato calicó que se acercaba a nosotros.

—Mira —dije, señalando.

—Oh, qué bien. Es Perilla, creo —dijo Sam. El jardín tenía tres gatos amistosos residentes que ayudaban a controlar las plagas y entretenían a los visitantes.

Sam movió los dedos.

—Ven aquí, gatito. —Silbó un poco. El gato se acercó lentamente, olió los dedos de Sam y se dio la vuelta.

Me reí.

—No le gustas.

—Estoy muy dolida.

Perilla se alejó hacia otras personas.

—Ni siquiera se molestó en oler tus dedos —se burló Sam.

—Los gatos me dan un poco de miedo. Tal vez se dio cuenta.

—Normalmente gravitan hacia esas personas.

Terminamos nuestros almuerzos y nos tumbamos en la hierba.

Finalmente, miré mi teléfono. Teníamos veinticinco minutos.

—Será mejor que nos pongamos en marcha si queremos curiosear a la tienda de regalos.

—Vayamos por detrás —dijo Sam.

Nos dirigimos hacia el otro lado y cruzamos un puente cercano antes de subir unos escalones hasta una pequeña casa y una fuente. Una vez que tiramos los envoltorios de nuestros sándwiches en las papeleras y encontramos la tienda, solo teníamos quince minutos. Era tiempo suficiente para curiosear un poco.

En cuanto entramos, una de las otras integrantes del club, una chica fornida cuyo nombre no conocía, saludó a Sam.

—¿Vas a ir a casa de Nate esta noche? —preguntó.

Me preocupé al instante. ¿Era esta chica amiga de Sam? Ella ya tenía suficientes amigos, con todos los chicos de la banda.

—No, no creo que pueda —respondió Sam.

La chica me miró antes de decir,

—Bueno. —Y salir de la tienda.

—¿Por qué no has dicho nada, Nic? —preguntó Sam.

—Estaba hablando solo contigo.

—No, no es cierto. —Sonaba algo molesta—. Tienes que esforzarte más.

Me sentí como una idiota. Solo lo había asumido. Así había sido siempre. Cuando era más joven, a menudo creía erróneamente que se dirigían a mí, solo para que me regañaran por responder. Eso se me quedó grabado.

Nos separamos y me puse a mirar los libros de arte y algunos de los materiales artísticos que tenían.

—Mira, tienen una camiseta de los gatos del jardín de

Philbrook —dijo Sam desde el otro lado de la tienda. Ya no sonaba molesta, gracias a Dios.

Me acerqué al estante que ella estaba mirando. Era una camiseta gris jaspeada con tres caras de gatos.

—Creo que voy a comprarla. Es bastante cool.

Me reí.

—Vamos, es una idea divertida. Me gustan los gatos. Y quiero recordar este viaje. Es bonito pasar tiempo con mi mejor amiga sin padres ni hermanos cerca. —Me sonrió.

Eso alegró mi corazón.

—A mí también.

¿Qué haría yo sin Sam? Ya era un desastre social. Pero tenía que tener fe en la OISN. Tenía que hacer una diferencia, con Sam en el caso.

El lunes por la mañana me dormí pasada mi alarma, así que se me hizo tarde. Caleb estaba en la ducha y tuve que esperarlo, pero yo realmente necesitaba una ducha. Así que estaba sentada con mi pila de ropa sobre la cama cuando sonó mi teléfono.

Un mensaje de Sam.

«Hay algo que tengo que decirte…»

«Bien. ¿Qué?»

Esto no sonaba bien. Mi estómago hizo un ruido y no pude saber si era hambre o nervios repentinos.

«No a través de texto»

«Llámame entonces»

La ducha se apagó. Caleb debería terminar en cualquier momento. Pero aún tenía tiempo para una llamada rápida.

«No puedo. Tengo que hablar con uno de mis profesores. Te veo en el almuerzo»

No tendría su teléfono en clase y nunca la veía por las mañanas debido a dónde estaban nuestras clases. Tendría que esperar hasta el almuerzo.

El estómago se me revolvió de nuevo y de repente me pregunté si iba a romper la amistad conmigo. Todo había ido bien el sábado, pero ya había vivido cosas así antes.

Pero no, no podía ser eso. Tal vez había empezado a salir con alguien y ya no podría almorzar conmigo.

¿Y si era algo más importante que nosotros? ¿Sobre su familia? Dios, ¿y si se estaba mudando?

Oí el chirrido de la puerta del baño al abrirse y corrí al otro lado del pasillo para ducharme, con todos los malos pensamientos arremolinándose en mi cabeza.

━━

Solo quedaba una clase antes de reunirme con Sam para comer. Llevaba toda la mañana estresada por lo que me iba a decir.

Por supuesto, también tenía que enfrentarme a Carlos antes de eso. En apenas unos minutos. Estaba sudando de nuevo.

Rebusqué en mi casillero intentando encontrar mi cuaderno de inglés, que estaba enterrado bajo mi mochila y algunos otros papeles. Siempre me las ingeniaba para convertir todo en un desorden tan rápido: era apenas la tercera semana de clases. Entonces pasó un grupo de estudiantes de primer año, y uno de ellos se llevó el puño a la boca y tosió diciendo: «lesbiana».

Me volví a mi casillero lleno de basura y me ardió la cara.

Más chicos iban y venían y, mientras desaparecían entre la multitud, uno de los otros dos se rió y dijo: «Es tan fea».

Imbéciles. Divisé la esquina de la espiral azul que asomaba por debajo de mi libro de química y la arranqué de un tirón, ya cabreada. ¿Quiénes se creían estas personas y por qué se desvivían por atacarme?

Volví a bajar la mirada y me dirigí a la clase de inglés con mi cuaderno, mi bolígrafo y un ejemplar destartalado de *La letra escarlata*.

Cuando entré en el aula, lo primero que vi fue a Carlos y a Kyle, sentados contra la pared de bloques de hormigón pintado de amarillo que había frente a la puerta.

Otra vez esos sentimientos. ¿Por qué no podía simplemente no importarme? ¿Por qué siempre tenía que empezar a sudar o acabar con las manos temblorosas? ¿Cómo lo conseguían otros chicos?

Me escabullí hasta el asiento junto a la puerta y me deslicé en él.

Pero, para mi suerte, Carlos miró justo cuando se estaba riendo de algo que dijo Kyle.

Se le borró la sonrisa y desvió la mirada. Estudié la parte superior de mi escritorio: una especie de color misterioso entre el beige y el rosa con pequeños trozos negros de algo mezclado.

Cuando levanté la vista, Kyle me estaba mirando. Su risa, una especie de ladrido, atrajo la atención de varios de los que estaban a su alrededor e hizo que Carlos pusiera los ojos en blanco.

Carlos debió habérselo contado.

Fui una idiota. Todavía no podía creer que hubiera pensado, de verdad, que era posible que yo le gustara a Carlos. Recordar su cara el viernes, así como su aspecto actual, hacía que mis mejillas volvieran a arder.

Odiaba la facilidad con la que me sonrojaba. Anunciaba al mundo que me importaba lo que pensaba.

Me encorvé sobre el cuaderno abierto y escribí la fecha

en la parte superior antes de hojear la novela. Llevaba aproximadamente una cuarta parte de la misma y la odiaba. Era una lectora, pero prefería las cosas escritas desde mediados de los años noventa, más o menos. Me había obligado a leer algo de ciencia ficción de los 70 por respeto al género, pero no eran mis favoritos.

Pero con *La letra escarlata*, me pareció exasperante el trato que recibía la protagonista. Sé que era fiel a la época, pero no estaba bien. ¿Por qué queremos leer sobre la vergüenza de las putas, al estilo puritano? Luego tenemos que tener a todos esos chicos idiotas en clase diciendo cosas como: «Debería haber dicho que no», o cosas similares. Aplicar el código moral idiota de esa época a la actualidad era más que irritante.

La profesora empezó la clase carraspeando para que todos se callaran. Me pasé todo el periodo concentrada en mi mitad del aula para no llamar la atención de Carlos o Kyle sin querer. El contacto visual era peligroso. Desencadenaba interacciones.

Qué pesadilla. Y sería aún peor porque teníamos asientos asignados en matemáticas, lo que significaba que iba a estar justo al lado de Carlos, hoy y el resto del año.

Dios, ¿por qué fui a su casa?

Finalmente, la profesora dejó de hablar y nos dejó ir. Salí disparada para que Kyle no pudiera decirme nada. Supuse que Carlos no lo haría. No me parecía un tipo que se saliera de su camino.

Me dirigí a mi casillero para dejar mis cosas y corrí a la cafetería para coger un burrito antes de que la cola fuera demasiado larga. Abrí una de las puertas dobles de color óxido y me encontré con el estruendo que cabía esperar de la multitud de chicos que ya estaban allí. Este lugar se iba a llenar aún más. Podía sentir que mi corazón se aceleraba debido a la ansiedad.

Me puse en la cola y escuché a los chicos hablar del fin de semana. Se habían divertido mucho más que yo, seguro. Fiestas salvajes, aparentemente. Mi viaje a Tulsa fue genial, lo cual estaba bien. Aun así, yo estaba tensa y me sentía inferior, escuchando todo lo que hacían los demás.

Avancé, llegando finalmente a las bandejas. No necesitaba ninguna, pero la comida estaba casi al alcance de la mano. Avanzamos aún más, y finalmente pude coger un par de los burritos pequeños y algunos paquetes de salsa. Me dirigí a la caja registradora, y finalmente conseguí atravesar la cola y salir por la puerta, al calor de septiembre. Por una vez, fue un alivio estar lejos de tanta gente.

Mi pulso se acercó a la normalidad cuando volví a entrar en el edificio principal y en el hueco de la escalera donde Sam y yo solíamos almorzar.

Ella aún no estaba allí, así que me senté con las piernas cruzadas en la alfombra marrón rasposa contra la pared que daba a las escaleras. ¿Qué demonios iba a decirme?

Desenvolví mi primer burrito y le eché un poco de salsa antes de darle un gran bocado. Me moría de hambre. Llevaba mi cuaderno de dibujo por si Sam llegaba tarde.

Algunos chicos bajaron las escaleras y me miraron sentada contra la pared, pero afortunadamente no dijeron nada. Gracias a Dios. Pasaron por la puerta. Todavía no estaba Sam.

Sam era genial. Tampoco llevaba maquillaje, lo que era realmente extraño aquí, donde todas las chicas se untaban con una capa milimétrica de pintura. De alguna manera, resultaba algo guapa, aunque su pelo largo y rubio oscuro contrastaba con su piel súper pálida. No cumplía con el estándar oficial de belleza estadounidense, pero definitivamente no era fea como yo.

Sabía que no debía pensar cosas así sobre mí misma, pero realmente sentía que un poco de autopercepción puede llevar a una persona lejos en la vida. O, al menos, evitar que yo hiciera estupideces como pensar que podía gustarle de verdad a cualquier chico.

La puerta se abrió y Sam entró con una hamburguesa envuelta en papel. Llevaba unos pantalones cortos amarillos y una camiseta de los *Killers*, y su cara estaba tensa.

—¿Qué pasa? —le pregunté.

Se tumbó a mi lado, sentada cerca pero sin llegar a tocarme el hombro. No éramos muy cariñosas.

—¡Dios mío, lo peor! —anunció.

La miré fijamente, imaginando todas las cosas horribles. Su padre ha muerto. Tiene cáncer. Se iba a mudar.

—¡Nos mudamos!

Un golpe en el estómago. Mi única amiga.

—¿Se mudan? ¿Adónde?

—¡A Escocia! —Sus ojos estaban muy abiertos. Debía estar todavía en shock.

¿Qué? Oh, Dios mío.

—Mierda. ¿Cuándo?

Ella sacudió la cabeza y miró hacia abajo.

—En tres semanas.

Entonces nos miramos fijamente, y mi mente se aceleró, tratando de averiguar todas las ramificaciones. Había muchas. No tendría a nadie con quien pintar mis figuritas. Nunca conseguiríamos encontrar un grupo de D&D. Nunca conseguiría llevarla en el coche que me iban a regalar después de mi cumpleaños el mes que viene.

No tendría ningún amigo.

Pero lo peor de todo es que no tendría a mi mejor amiga. Habíamos sido amigas durante tanto tiempo y teníamos tanto en común. No éramos amigas porque pensáramos que seríamos buenas la una para la otra en la escala de popularidad: éramos amigas de verdad. Ella era la persona más importante de mi vida.

Sam frunció el ceño y miró la hamburguesa que aún tenía en la mano.

—Mi madre me sorprendió durante el desayuno.

Estudié el segundo burrito que tenía en la mano. Parecía un burrito normal y corriente de cafetería: sabrosos frijoles refritos metidos en una tortilla de harina que se había enroscado en los bordes donde se había vuelto crujiente. Esta sería para siempre la comida que recordaría cuando pensara en la pérdida de mi mejor amiga.

La miré y vi que estaba disgustada. Ella nunca lloraba, así que sabía que eso no sucedería, lo cual era bueno porque no sabría qué hacer.

—¿Estás bien? —le pregunté.

—Sí —dijo ella, sin convicción.

—Esto realmente apesta.

Ella asintió, mirando a la distancia.

—¿Sabes qué más?

—¿Qué?

—Vamos a tener que acelerar la OISN.

—Sí. Solo quedan tres semanas. —Me alivió que siguiera pensando así. Tal vez todavía tenía la oportunidad de hacer aunque sea un nuevo amigo antes de que Sam se fuera—. ¿Cuál es el plan?

—Tendrás que ser más valiente, para empezar. Pero veré a quién puedo hacer venir en el almuerzo para que conozcas a algunos de los chicos de la banda y a otras personas que conozco.

La cosa era que Sam fue una vez tan impopular como yo. En séptimo grado todavía no le habían permitido afeitarse las piernas, pero aquí no había manera de evitar llevar pantalones cortos, así que se burlaban mucho de ella. Siempre citaba datos sobre que solo una pequeña proporción de mujeres en el mundo se afeitaba, y cosas así. Yo la admiraba por ello, porque había sido demasiado cobarde para aguantar y había empezado ese año.

Los niños nos llamaban las chicas marimacho. El primer día de octavo grado llegó con pantalones cortos de jean y piernas lisas. Su madre finalmente había cedido. Ese fue el comienzo de su ascenso en la escala de popularidad. Ahora no estaba en la cima, ni mucho menos, pero estaba en algún lugar en el medio.

—Los chicos de la banda parecen un poco estirados —dije.

—No son estirados, solo cerrados.

—Porque eso es totalmente diferente.

Ella resopló.

—Bueno, es cierto. Son un poco estirados.

No eran estirados como los chicos ricos populares. Eran geeks de la banda, después de todo. Pero siempre parecía que la mayoría de ellos miraban con desprecio a otras personas que no eran populares. Supongo que, en su mundo, llevar esos sombreros tontos conllevaba un poco de prestigio. A mí, personalmente, no me gustaría ir por ahí con un penacho saliendo de mi cabeza.

—Y realmente —dijo Sam—, deberías esforzarte más con Zach y Evan el miércoles. Son agradables.

Sí. Al menos, Zach lo era. No estaba tan segura de Evan, que estaba en la banda con Sam. No parecía gustarle. ¿Pero qué había de nuevo? No importaba lo que hiciera, así eran las cosas.

Uf. ¿Por qué siempre tenía que pensar así? Otras personas no se machacaban constantemente.

En cambio, con Zach era diferente: lo había sorprendido mirándome por el espejo retrovisor un montón de veces cuando nos llevaba al Key Club. Tampoco creo que tuviera una mirada de asco en su cara. Yo sabía cómo eran esas miradas.

A pesar de lo que decía la gente, no podía ser lesbiana si me gustaba tanto Zach. ¿Cierto? Y, quiero decir, probablemente estaba siendo estúpida de nuevo, pero tal vez, ¿podría gustarle también a él?

El martes a la hora de la comida, abrí la puerta del edificio principal y me dirigí a la de Sam y a mi escalera. La alfombra de los pasillos era marrón y los casilleros estaban pintados de gris. Todo parecía tan industrial. Al menos las aulas tenían algo de color. Pasé el último bloque de casilleros y giré por el pasillo antes de dirigirme a la escalera.

Volvería a ganar a Sam. Así que me senté, la alfombra raspando la piel de mi pantorrilla. Se suponía que Sam iba a traer a unos amigos hoy, y mi pulso ya se aceleraba por la ansiedad.

Ella, fiel a su promesa, pareció con un chico y una chica tras suyo. Por desgracia, no me sentía muy esperanzada. Había pasado la mayor parte de las últimas veinticuatro horas sintiéndome mal, entre la mudanza de Sam y el asunto de Carlos.

—Nic, ellos son Ryan y Lizzy.

—Hola. —Mi cara se calentó al decirlo. Qué estupidez estar ya nerviosa. No había pasado nada todavía.

Ryan levantó la cabeza en señal de saludo y Lizzy hizo un gesto con los dedos. Ryan llevaba unos pantalones cortos de color canela y una camisa de cuadros pálidos. Lizzy llevaba unos pantalones cortos vaqueros y una camiseta a capas.

Sam y yo nos sentamos en nuestro lugar habitual contra la pared, y los otros dos se dejaron caer en la pared adyacente, un lugar que era un poco más oscuro porque estaba debajo de las escaleras.

Estaba a punto de decir:

—¿Están en la banda? —pero entonces empezaron a besarse.

De acuerdo. Esto era incómodo. Desvié la mirada. No debería ver eso. Sam sonrió y se encogió de hombros.

—Entonces, tuve esta idea —dijo Sam entre bocados de su cheeseburger.

—¿Sí?

Terminó de masticar y luego dijo:

—Entonces, ¿sabes que mis padres me están obligando a deshacerme de varias cosas?

Asentí con la cabeza. Ayer había estado en su casa y ya habían empezado a revisar sus pertenencias. Iban a contratar a empaquetadores profesionales, pero aún quedaba mucho por hacer antes de que llegaran.

—¿Quieres mi teclado?

—¿De verdad?

Sam tenía un impresionante piano digital de ochenta y ocho teclas. Tenía un soporte para él y todo. Incluso un pequeño taburete. Y podría cambiar todo para mí. La música unía a la gente. Si conseguía ser buena, lo suficientemente buena como para creérmelo, quizás podría conocer gente nueva. Hacer amigos.

—Sí. Ya casi no la uso.

Se había pasado a la guitarra hacía tiempo, además de que seguía tocando su oboe para la banda. A pesar de lo emocionante que se sentía, siempre había tenido mis dudas sobre mí y la música. Por ejemplo, era una cantante terrible.

—¿Crees que podría aprender a tocarlo?

—Totalmente. Eres lo suficientemente inteligente. Y se te dan bien las matemáticas. Creo que todo está relacionado. No es tan difícil conseguir lo básico y luego solo es cuestión de paciencia. Y de práctica. También te daré un montón de libros. Y la biblioteca tendrá los libros básicos de cómo tocar, así que deberías estar bien.

Sonreí y asentí con la cabeza, con las ruedas dentadas girando y despertando la esperanza, y luego hice una mueca al oír el sonido de los labios chasqueantes que venía de unos metros de distancia.

Sam dio otro bocado a su hamburguesa y yo desenvolví el primero de mis tres taquitos. Parecía que la feliz pareja no iba a comer nada más que la cara del otro.

—Mi hermano se pondrá totalmente celoso —dije.

—Se burlará de ti y dirá que te estás vendiendo a la EDM.

Caleb tenía una guitarra y pensaba que algún día sería famoso. Parecía poco probable, dado su nivel de habilidad.

—Sí, sobre todo porque hay todas esas pistas pregrabadas. —Me reí, sintiéndome mejor que desde lo de Carlos. A los tres nos gustaba la música de verdad, no la basura electrónica que todo el mundo prefería ahora.

Todavía pensando en todo esto, empecé con el primer taquito.

Este teclado podría ser justo lo que necesitaba socialmente. Podría aprenderlo y tal vez encontrar a otros chicos que tocaran. Al menos tendría algo de lo que hablar con ellos. Ese era la mitad de mi problema: no sabía cómo entablar una pequeña charla, que sabía que era lo que preparaba a un grupo para una verdadera conversación. Es decir, no podías simplemente acercarte a alguien y empezar a hablar de la gigantesca isla de plástico en el Pacífico.

Seguí imaginando escenarios fabulosos mientras terminábamos de comer en un silencio puntuado por los molestos sonidos de sorbos y crujidos de telas que provenían de debajo de las escaleras. Entonces volví a recordar por qué había surgido la oportunidad del teclado. Sam se estaba yendo. Mi mente se aceleró. ¿Qué iba a hacer cuando se fuera? Estaría comiendo en el hueco de la escalera sola, o yendo a la biblioteca. Y mis fines de semana serían tan desolados.

—¿Así que vas a poder unirte a la banda en la escuela de allí a mitad de semestre? —pregunté mientras arrugaba el envoltorio y lo dejaba caer a mi lado.

Los ojos de Sam se abrieron de par en par y ella misma arrugó su papel y tragó saliva.

—¡No vas a creer esto! Ni siquiera tienen banda de música. Lo he buscado.

—¿No la tienen?

—No, porque sabes que no tienen deportes escolares como nosotros. Los chicos que practican deportes lo hacen por diversión fuera de la escuela. Tampoco los tienen en el colegio, digo, en la universidad. Así que no hay banda de música.

—Uh. —La idea de que ella se iría pronto se estaba haciendo real. No tendría a nadie, si la sesión de besos de hoy era un indicador del éxito potencial de OISN.

A menos que el teclado funcionara. Entonces tendría algo en común con más gente.

—Quiero decir, tienen bandas de jazz y cosas así, solo que no están asociadas a las escuelas, realmente.

—¿Entonces te unirás a una de esas? —Me bajé el dobladillo de la camiseta por donde se había subido en la espalda.

—Probablemente. ¿Por qué no?, ya sabes.

Asentí con la cabeza. Vaya que las cosas iban a apestar aquí.

—¿Sabes qué más? —preguntó.

—¿Qué?

—La escuela es diferente de todos modos. Básicamente eliges estas asignaturas y las estudias a fondo. Puedes elegir cuántas tomar, aunque tienes que tomar un cierto número de materias para poder acceder a la universidad, por supuesto, además de hacerlo lo suficientemente bien en cada prueba final, que también es toda tu calificación, si puedes creerlo. —Puntuó su explicación con las manos.

—Uh. —Eso sonó muy diferente.

—Ya sabes, siempre está la AMCO para ti, si quieres un cambio para ti. —La Academia de Matemáticas y Ciencias de Oklahoma era un internado en Oklahoma City. Era gratuita una vez que te aceptaban porque se consideraba público.

—Si pudiera entrar.

—Vamos, podrías. —Me golpeó el hombro. Ella tenía más fe en mí que yo.

No estaba segura. Además, no tenían un gran programa de arte, y yo quería ir a una buena escuela de arte. Tendría que seguir desarrollándome.

—¿Crees que irás a la universidad allí? —le pregunté.

—No lo sé. Tal vez, si mis padres se quedan. Eso podría ser genial.

Asentí con la cabeza.

Esto hizo que empezara a hablar de universidades en Escocia. No tenía nada que decir. La emoción del teclado se había desvanecido un poco. No es que no me importara lo que iba a pasar, pero no quería que se fuera. Sería muy duro.

▭

Subí corriendo las escaleras del edificio de arte después de las clases, ya cubierta de sudor por el calor. La Sra. Tolliver estaba de pie frente a un caballete junto a su escritorio. Llevaba puesto su sucio delantal, antes blanco, que estaba cubierto de arcilla y pintura. Llevaba un pelo alborotado que parecía haberse sometido a una permanente, pero que yo suponía que era natural. Era genial.

—¡Nic! Hola. ¿Puedo ayudarte en algo?

Me dirigí a la estantería de cerámica, pasando por todas las mesas grises y los estantes de materiales de pintura.

—Solo estoy recogiendo mi mano.

—Me encanta esa pieza. Es muy creativa, y has hecho un buen trabajo con la forma. Es tan mundana y a la vez fascinante, y tu elección del esmalte… ¡lo adoro!

—Gracias. —Lo había esmaltado de un azul noche intenso y brillante. Era impresionante—. A mí también me gusta cómo ha quedado.

—¿Cuál va a ser tu próxima pieza?

Bueno, ella me caía bien, pero podía hablar en serio. Parecía que yo le gustaba de verdad, también, lo que era raro. La mayoría de mis profesores no lo hacían. Así que tuve que detenerme un segundo, a pesar de que necesitaba apresurarme si quería alcanzar el autobús.

—No estoy segura.

—Escucha, Nic, sé que mencioné el concurso de arte en clase, pero creo que deberías pensarlo bien. Puedes participar en todas las categorías que quieras.

Asentí con la cabeza. El concurso no era hasta la primavera.

—Así que debería elegir mis proyectos de clase con cuidado, para abarcar el mayor número posible de ellos, ¿no? —Pensé que tenía una oportunidad. Era mejor artista que la mayoría de los chicos de mi clase. Pensé que debería estar nerviosa por poner mi trabajo a la vista del mundo. Pero no lo estaba.

—Sí, exactamente.

Necesitaba irme, así que empecé a acercarme a las escaleras.

—Sé que quieres ir a la escuela de arte, ¿no?

—Sí. —Estaba a medio camino de la puerta.

—Es bueno tener tanto amplitud como profundidad en tu portafolio. Así que si te esfuerzas este año en producir trabajos en una variedad de medios, puedes trabajar en la profundidad en tus años de prebachillerato y bachillerato.

Ahora estaba en la puerta, pero me detuve.

—Bueno. Eso tiene sentido. Tengo que ir a coger el autobús.

—¡Oh, adelante, cariño! No quise retenerte. Vete. —Ella sonrió y me hizo un gesto burlón para que me fuera.

Me apresuré a bajar las escaleras y atravesar la puerta exterior hacia el terreno de grava. Volví corriendo hacia el óvalo y doblé la esquina en la parte inferior de la U. No podía moverme muy rápido porque nunca corría (la forma en que me veía era demasiado humillante) y además necesitaba mantener la mano azul a salvo.

Entonces el primer autobús se alejó. El mío era el cuarto de la fila. Sería difícil llegar si no me daba prisa, así que empecé a caminar a toda velocidad.

Luego pasó el segundo autobús y empecé a trotar. Una gota de sudor se me metió en el ojo, y entonces estaba detrás del quinto autobús cuando el tercero se alejó.

Mierda, mierda, mierda. Rompí a correr para intentar alcanzar al mío, pero se marchó justo cuando pasé sus luces de freno, dejándome en la estela de unas cuantas caras burlonas desde las ventanas traseras del autobús y unos sabrosos tubos de escape. Jeremy, de la calle de arriba, que me había escupido una vez, echó la cabeza hacia atrás riéndose, y una chica cuyo nombre no cococía se pasó el dedo por la oreja en el signo universal de «estás loca».

Dejé de correr, ruborizada por la vergüenza de parecer

una idiota persiguiendo un autobús. Por supuesto que lo había perdido.

Me dejé caer en un banco de metal verde frente al edificio, que era largo y estaba hecho de ladrillos de color tostado con un saliente verdoso de mal gusto que sobresalía de la parte superior. Aunque en ese momento bloqueaba el sol, así que eso estaba bien.

Cuando mi respiración se hizo más lenta, me di cuenta de que no era el fin del mundo. Solo tenía que llamar a mamá.

—Hola, cariño, ¿está todo bien?

—He perdido el autobús.

—Oh, Nic. No tengo tiempo de ir a buscarte. Tengo que estar en el trabajo en veinte minutos.

Mierda. Ella tenía un turno temprano. Trabajaba en el City Flame Grill, una de esas cadenas de restaurantes. El hecho de que tuviera un trabajo era algo nuevo, y yo aún no me había acostumbrado a sus horarios. No dije nada.

—Tendrás que llamar a papá, pero sabes que no podrá venir hasta después del trabajo. —Eso significaba al menos las seis. Lo que me dejaba más de tres horas para matar. Probablemente podría ir andando a casa, pero realmente no sabía cuánto tiempo me llevaría.

—Diablos.

—Lo siento mucho, cariño. ¿Por qué has perdido el autobús?

—Fui a recoger mi mano azul gigante.

—Oh, genial. Estoy emocionada por verla en persona. —A mi madre le gustaba mi arte, así que siempre le enseñaba fotos de los proyectos en curso—. ¿Qué vas a hacer hasta que papá pueda ir?

—No lo sé. —Me imaginé el viaje en autobús a la ciudad—. Hay una cafetería en el centro.

—¿Tienes algo de dinero? —Su voz sonaba tensa, como siempre que mencionaba el dinero.

—Sí, unos cuantos dólares.

Algo estaba pasando con mis padres, con nuestra despensa llena de muchos más productos genéricos de los que estábamos acostumbrados. Supongo que por eso había empezado el trabajo en el restaurante.

—Tengo que irme, Nic. Te veré esta noche. Probablemente estaré en casa a las siete y media o así, suponiendo que estemos tan vacíos como los martes.

—Bien. Nos vemos esta noche.

—Te quiero, cariño.

—De acuerdo. —Colgué y llamé a papá.

Podía venir a las 6:30, así que me dirigí al centro. No estaba lejos, solo unas cuantas manzanas por calles que carecían de bordillos, lo cual era diferente a mi barrio. Puede que no tuviéramos aceras, pero al menos teníamos bordillos. Yo vivía en la parte norte de la ciudad, que generalmente era la parte de clase media alta.

Me enjugué el sudor y giré hacia Main Street. Solo quedaban unas cuantas tiendas.

Cuando empujé la puerta para abrirla, el aire frío refrescó inmediatamente mi piel húmeda. Se sentía casi glorioso, un gran alivio.

Había mesas alineadas en la pared de la izquierda hasta el fondo de la estrecha tienda. Gracias a Dios, la última mesa estaba vacía. Las otras mesas estaban repletas de chicos del colegio, a los que no conocía.

Entonces oí una risa que habría reconocido en cualquier lugar y me volví hacia la única mesa que estaba en el escaparate, a mi derecha.

Zach. Me quedé mirando por un momento su cara mientras sus ojos se arrugaban de risa. Él nos llevaba a

Sam y a mí, y a su amigo Evan, al Key Club, ese club de servicio, todos los meses. Y él era el único del que estaba enamorada desde el año pasado. Era rubio y también alto, aunque estaba un poco regordete. No es que eso le quitara lo lindo. Y juro que siempre me miraba por el espejo retrovisor cuando íbamos en el coche. Tenía la esperanza de que yo le gustara. Verlo hizo que mi máquina de la esperanza se pusiera en marcha de nuevo.

Estaba con otros chicos de su grado, así que no había manera de que me acercara a su mesa. Antes de que pudiera llegar al mostrador, me vio, sonrió de nuevo y me saludó. Mi corazón latió un poco más rápido. Fue su sonrisa y el brillo de sus ojos azules lo que realmente me encantó.

No diría que parecía extasiado de verme ni nada por el estilo, pero no se avergonzaba de reconocerme, lo cual era un gran paso en mi mundo social. Podía gustarle. Al menos podría ser un amigo, tal vez algo más.

Le devolví el saludo y no pude evitar que una estúpida sonrisa estirara demasiado mi boca, así que miré el menú en lugar de a él. Quería un *iced vanilla latte*, pero era demasiado caro.

—¿Qué puedo ofrecerte, amigo? —preguntó el camarero.

Genial. Pensó que yo era un hombre. Aparté la mirada y sentí que mis mejillas se calentaban ligeramente.

Tragué saliva y pedí un *iced passion tea* y lo hice endulzar para que fuera más agradable. Siempre que veía a los locos por la salud bebiendo té sin azúcar, me decía que no.

Dejé la mano de cerámica sobre la mesa y me acomodé. Saqué mis deberes de matemáticas, lo que me hizo pensar en Carlos y Kyle. ¿Por qué Kyle tenía que ser tan imbécil al respecto? ¿Por qué era tan horrible que expresara indirectamente su interés por Carlos? Tal vez solo quería recuperar mi goma de borrar.

No, quiero decir, lo entiendo. El hecho de que me gustara era un insulto para un chico. Eso había quedado claro desde un incidente particular en la escuela secundaria.

De todos modos.

Trabajé en mi tarea. En realidad me gustaban las matemáticas. Eran muy lógicas, y normalmente había múltiples formas de llegar a la solución correcta, lo que me recordaba al arte, aunque el producto final en el arte siempre era único. El impacto que tenía el arte era bueno o malo: conmovía a alguien o no lo hacía.

Trabajé durante un tiempo. Donde estaba sentada, no podía ver a Zach. Aunque para ser justos, podía oírlo, a ratos. Lo que me distraía. Me esforcé por escuchar lo que decía, y no pude distinguir nada inteligible. Tuve que forzarme para volver a mi tarea.

Mientras evaluaba un polinomio, oí un chirrido de la puerta al abrirse detrás de mí, y un chico resopló y dijo: «Oye, ¿me echas una mano?».

Levanté la vista y vi a Logan, el hijo de dos amigos de mis padres. En serio, no podía soportar al tipo. Tampoco soportaba a su padre.

Así que, por supuesto, me encontré con Logan en una cafetería porque era un snob total del café. También era un tipo bajito y llevaba un polo amarillo pálido y unos pantalones cortos de color caqui. Su sonrisa hizo que se me revolviera el estómago. Tardé un segundo en mirarlo antes de darme cuenta de lo que estaba hablando. La mano azul.

Y aunque lo que había dicho podía parecer inocente o incluso amistoso, lo conocía lo suficiente como para saber que no lo era. Así que, por supuesto (y odiaba esto, mierda) me sonrojé, y él se rió y se alejó.

Dios, despreciaba a Logan. Aun así, esa fue una interacción bastante suave. Por lo general, él decía algo más desagradable.

Apoyé la cabeza en mis manos temblorosas. Finalmente, mi corazón se calmó un poco.

Entonces levanté la vista para ver a Zach acercándose con determinación. Mi pulso volvió a acelerarse.

Se deslizó en la cabina frente a mí con una sonrisa y dijo:

—Hola, Nic. ¿Qué hay de nuevo?

—No mucho. —No supe qué decir—. Perdí el autobús.

—Ah. Sí, nunca te he visto aquí.

—No. —Era increíble que incluso me saliera eso, estaba tan nerviosa por él.

—¿Perdiste el autobús?

—Sí. —Idiota. Di *algo*. Si tan solo pudiera pensar por encima del jaleo que habían levantado las mariposas en mi estómago.

—¿Necesitas que te lleven a casa? —Me mostró esa sonrisa—. Sé dónde vives.

Me reí, esperando que no se diera cuenta de los nervios que había en ella.

—Claro.

—¿Lista?

—Oh, claro. —Empecé a meter todo en mi mochila. Solo tenía que enviarle un mensaje a papá.

—¿Tú hiciste esto? —preguntó, estirando su mano sobre la palma de la mano azul gigante. Me gustó la idea de sus dedos sobre la escultura de mi propia mano.

—Sí. —Sus dedos eran mucho más largos que los míos y llenaban más la pieza que los míos. Probablemente sus manos eran fuertes.

—Es genial.

Me sonrojé de nuevo. Me encantó que lo notara y que no se burlara de ello.

Tenía que gustarle. Al menos un poco. ¿Verdad?

Por favor, que sea verdad.

Cerré la cremallera de mi bolso y nos fuimos.

Zach conducía un Honda Accord nuevo, pero era negro, así que estaba ardiendo cuando entramos.

—Qué calor —murmuró mientras bajaba las ventanillas y subía el aire acondicionado.

No podía creer que estuviera aquí con él. Sola.

Dimos marcha atrás y él dio una vuelta en U. En cuanto sacó todo el aire caliente del coche, volvió a subir las ventanillas, y el aire del aire acondicionado que soplaba en mi cara me sentó de maravilla.

Me senté con la mano de cerámica en el regazo. Me miró y volvió a sonreír.

—Qué lindo. ¿Está inspirado en las manos que rezan en Tulsa?

—¡Jesús, no!

Resopló, y su risa contagiosa llenó el coche. Las manos rezadoras a las que se refería formaban la gigantesca estatua de bronce que adornaba la entrada de la Universidad Oral Roberts en el sur de Tulsa. Habíamos vivido cerca cuando era mucho más joven. Nunca podrías imaginar cómo eran hasta que las vieras. Tenían 18 metros de altura y, bueno, eran una locura.

—¿No hay medio par? Podrías exponerlos uno al lado del otro como si pidieran limosna. —Se rió.

Se estaba burlando de mí, pero no de forma malvada. ¿No era eso coquetear?

No es que yo esté calificada para juzgar. Claramente.

—Ni hablar —dije.

Seguía riéndose mientras salíamos del centro.

A mitad de camino hacia mi casa me di cuenta de que ya no estaba tan nerviosa. Tenía que ser una buena señal que me tranquilizara, ¿no?

—El Key Club es mañana —dijo.

—Sí. —¿Estaba deseando que llegara? ¿Otra oportunidad de verme?

—¿Vas a hacer el lavado de coches el próximo fin de semana?

—No. —Las chicas lo hacían sobre todo para poder llevar ropa escasa y mojarse y quedar bien. Obviamente eso no funcionaría conmigo, así que no.

—Yo tampoco. ¿Quién quiere pasar horas fuera?

Ves, nos sentíamos igual sobre el clima. Teníamos incluso más en común de lo que pensaba. Estaba hablando con Zach sin perder las palabras. Esto hizo que mi corazón se pellizcara.

—Yo no. El sol está bien mientras esté al otro lado de una ventana, por lo que a mí respecta.

Se rió.

Charlamos un poco más hasta que se detuvo en la entrada de mi casa. Puso el coche en el aparcamiento y dijo:

—¿Nos vemos mañana a las seis y media?

La reunión del Key Club. Asentí con la cabeza y me bajé.

—Gracias por traerme.

—No hay problema. Nos vemos.

Me dirigí a la puerta principal, preguntándome si debería haberme quedado allí y haberle saludado o algo así. Para hacerle saber que estaba interesada.

Bueno, siempre quedaba el miércoles. Tal vez tendría una oportunidad entonces.

Después de comerme un ravioli de queso Lean Cuisine, tiré la bandeja de plástico a la basura y el tenedor al lavavajillas.

Volví a mi dibujo, que había estado preparando desde que llegué a casa. Me instalé en el comedor porque estaba trabajando en un trozo de papel blanco y grueso del tamaño de un póster. Era casi tan grande como el escritorio de mi habitación, así que no habría manera de hacerlo allí. Tuve suerte de que mi madre me animara a dibujar.

Había hecho un boceto súper ligero de todo el dibujo para conseguir la escala correcta. Sería increíble. Sería mi mejor pieza para el concurso. Y tenía que hacerlo bien en el concurso este año y el siguiente si quería tener alguna posibilidad de entrar en una buena escuela de arte.

Miré el papel, intentando decidir por dónde empezar, cuando mi padre entró desde el estudio. Todavía llevaba puestos sus bonitos pantalones de trabajo. Su pelo rizado se estaba poniendo largo.

—¿Nic?

—¿Sí? —Estaba pensando en empezar con uno de los arbustos cubiertos de nieve, ya que estaba más o menos centrado. Podría trabajar a partir de ahí para no acabar aplastando a uno de los dragones de la página si mi escala estaba mal.

Se puso a mi lado.

—Cuando tu madre llegue a casa, vamos a tener una reunión familiar.

—¿Qué? —Me giré para mirarle y vi un ceño apenas perceptible en su cara, lo cual era raro. Además, literalmente nunca habíamos tenido una reunión familiar. Esto hizo que mis hombros se tensaran un poco.

—No debería tardar mucho. —Se frotó la barba, lo que demostraba sus nervios.

Consulté mi teléfono y vi que ya eran más de las siete. Estaba demasiado extrañada como para preguntar algo más. Algo estaba pasando. ¿Nos estábamos trasladando? Sería divertidísimo que acabáramos mudándonos también a Escocia. Y genial.

Quiero decir, sabía que no era eso, pero era un pensamiento agradable. Mejor que la idea de que Sam se fuera y yo me quedara.

—¿Más dragones? —preguntó.

Miré el papel.

—Sí, este es una escena de batalla.

—No puedo esperar a verlo. —Fue a la cocina a por una cerveza.

Mi padre no entendía de arte, pero lo intentaba conmigo. ¿Qué podías esperar de un contable?

Me concentré en imaginar el dibujo final para sacarme de la cabeza la mudanza de Sam, además de la reunión familiar que me ponía cada vez más tensa.

Busqué en Google los arbustos para hacerme una idea de cómo debía ser el mío y empecé a plasmarlo en el papel.

Antes de que llegara a ninguna parte, Izzy entró y se sentó en la silla de al lado.

—¿Nic?

—¿Sí? —La miré. Llevaba puestos los pantalones vaqueros con las piedras de cristal que forraban los bolsillos y los dobladillos, con una camisa rosa con un unicornio. Casi toda su ropa era rosa.

—¿De qué crees que se trate la reunión? —susurró—. ¿Tienes miedo?

—No, no tengo miedo. Debería estar bien, Izzy.

—Isabella —aclaró ella.

—Isabella. —Ella estaba en esta etapa en la que

odiaba su apodo, a pesar de que eso es lo que habíamos llamado toda su vida.

—¿Crees que nos vamos a mudar?

Sacudí la cabeza.

—Lo dudo.

—¿Qué puede ser?

Tiré de Izzy en un abrazo lateral.

—No tengo ni idea. —No la tenía, pero también me lo preguntaba.

Caleb y yo estábamos sentados en esquinas opuestas del sofá rosa pálido de nuestro estudio, con Izzy en el centro, todos esperando a saber qué pasaba. Mamá se paseaba delante del armario y papá estaba sentado en el viejo sillón de espaldas al mismo, golpeando los dedos de una mano en la pierna mientras se frotaba la barba con la otra.

Miré a cada uno de mis padres. Mamá seguía llevando su camisa City Flame roja y amarilla, y sus pantalones negros, pero afortunadamente se había quitado el delantal. Llevaba algo en un lado de la camisa y tenía curiosidad por saber qué era. ¿Queso?

Papá llevaba su ropa oficial de salón: un chándal gris y una camiseta con agujeros y manchas por todas partes. Recogió su cerveza de la mesa. Valor líquido, quizás.

—¿Qué? —dijo Caleb de esa forma hosca que los chicos tienen patentada. Seguro que tenía un videojuego al que volver.

—Caleb —dijo papá—. Deja esa actitud.

Vaya. ¿Papá disciplinando? ¿O casi? Nunca sucedió. Fruncí el ceño. Miré a Caleb justo cuando resoplaba, obviamente sorprendido también. Le dio un golpecito al brazo del sofá, que tenía una de esas fundas para los brazos que estaba torcida y a punto de caerse.

Se hizo el silencio hasta que la nevera emitió ese sonido de gemido al que nos habíamos acostumbrado, aunque de repente parecía muy fuerte.

Estaba tan concentrada en el sonido que me sorprendió cuando mamá dijo:

—¿Por qué no empiezas, Mark?

Se volvió hacia ella, también sorprendido. Mamá era la que dirigía todo. Papá se dedicaba a traer dinero a casa y a cambiar una o dos bombillas, ya que era lo suficientemente alto como para llegar sin un taburete. No es que fuera un mal tipo, solo un poco pasivo.

Se aclaró la garganta. Los tres nos quedamos mirando mientras mamá miraba hacia la cocina. Izzy se apoyó en mí.

—Tenemos serios problemas económicos y va a haber que hacer algunos cambios. —Se detuvo, miró al techo y se tiró de la barba.

¿Qué tipo de cambios habría?

—Izzy… —Papá comenzó.

—¡Isabella! —dijo Izzy—. Ese es mi nombre.

Los ojos de papá se abrieron de par en par.

—Vale, lo siento. Isabella, tenemos que suspender tus clases de baile, y Caleb, tendremos que suspender tus clases de tenis.

Caleb echó la cabeza hacia atrás.

—¿Qué? No.

—¡Mamá! —dijo Izzy al mismo tiempo. Mamá la miró con el ceño fruncido, con ojos preocupados.

El estómago se me revolvió de los nervios. Necesitaba saber qué era para mí.

Papá continuó, con la mano aún en la barba,

—No hay otra manera. Y Nic, no vas a recibir un coche por tu cumpleaños.

¡No! Sam y yo contábamos con eso. Ya no Sam, ahora. Una ola de tristeza por su mudanza me inundó y quise llorar. Sin coche y sin amigos.

—Al menos está eso —murmuró Caleb.

Papá lo fulminó con la mirada.

—Y tú tampoco.

—Oh —dijo Caleb.

Yo también lo fulminé con la mirada, solo porque ahora era un imbécil.

Todos nos quedamos en silencio hasta que mi madre dijo con voz gruesa:

—Las concesiones, Mark.

Oh, no.

—Izzy, recibirás diez dólares cada dos semanas.

—¡Eso no es suficiente!

—No tenemos opción, cariño —dijo mamá—. Lo siento.

—¡Pero ahora no puedo tener mi manualidad del mes! —Se le saltaron las lágrimas. Se gastaba su paga en uno de esos clubes que le enviaban una caja de manualidades cada mes. Siempre necesitaba mi ayuda para completar los proyectos. No era lo mío, pero nos divertíamos de todos modos.

Aun así, por muy mal que me sintiera por Izzy, me preocupaba lo que pudiera cambiar para mí. Además del coche.

Nadie había dicho nada, y las lágrimas de Izzy se habían convertido en llanto total. Se levantó y salió corriendo de la habitación. Unos segundos después, oí la puerta de su habitación cerrarse de golpe.

Mamá miró en esa dirección y papá dijo:

—Nic y Caleb, ahora ustedes recibirán veinticinco

cada dos semanas, más quince a la semana para los almuerzos.

—¿Quince dólares? —preguntó Caleb, haciéndose eco de mis propios pensamientos—. ¿Qué se supone que voy a hacer con eso? Son quizá tres almuerzos.

—Tendrás que empezar a empacar un almuerzo algunos días. O usar algo de tu asignación. Nic, puedes conseguir un trabajo, y Caleb, podrás conseguir uno pronto.

Caleb gruñó, haciéndose eco de nuevo de lo que yo sentía. Sabes que las cosas están mal cuando estamos en la misma página. Aunque conseguir un trabajo podría estar bien.

—¿Qué ha pasado? —preguntó Caleb.

Miré a mamá, que se limpiaba las lágrimas. Ninguno de los dos dijo nada al principio. Caleb y yo la miramos fijamente.

—El ascenso de tu padre se frustró —dijo mamá—. Contábamos con que eso nos ayudaría a salir de la deuda de la tarjeta de crédito.

No sabía qué pensar de eso. Es decir, mamá estaba obviamente disgustada. Pero, ¿podrían las cosas estar realmente tan mal?

De regreso a mi habitación, me detuve frente a la puerta de Izzy. No pude escuchar nada. Pobre Izzy. Tal vez podría ayudarla a pagar su caja de manualidades. Me pregunté qué estaría haciendo y si debería entrar, llegando incluso a cerrar el puño para llamar a la puerta.

Pero no estaba segura de querer darle algo de mi dinero. Tal vez tendría que ver hasta dónde llegaba mi nueva asignación. Al final, me fui a mi habitación.

Los almuerzos serían duros. Y mamá y papá nunca mencionaron los materiales de arte, pero yo ya tenía casi todo lo que necesitaba. Tendría que ser buena con mi mesada en caso de que necesitara cosas nuevas.

Pero ahora Sam y yo no haríamos viajes a la tienda de materiales de arte en mi propio coche pronto.

Oh, sí. De todos modos, no lo habríamos hecho. Ella se iba antes de mi cumpleaños.

Cielos, esto apestaba. Me sentía vacía. *Todo* apestaba y no había absolutamente nada para mirar hacia adelante.

Me tumbé en mi ridícula cama con dosel y me compadecí de mí misma. Después de un rato, le envié un mensaje a Sam.

«Mi familia es oficialmente pobre. No voy a tener un coche».

«¿Qué? ¿Por qué?»

«Acabamos de tener una reunión horrible».

«¿Qué pasa? Llámame».

Llamé y ella contestó al primer timbre.

—¿Qué ha pasado? —preguntó.

Repasé la reunión.

—Vaya, eso apesta.

—Sí. —Todavía no me lo podía creer. ¿Eran realmente las cosas tan malas como decían, o estaban exagerando? Esperaba que solo estuvieran alucinando por nada para que las cosas volvieran pronto a la normalidad.

—Bueno, al menos tendrás un nuevo teclado con el que jugar.

—Sí —dije.

—No sé qué hacer con todas mis figuritas de D&D. Mi madre dice que no puedo llevarlas. Apenas la convencí de que me dejara llevar mis dibujos. Así que puede que venda las figuritas en la tienda de juegos.

—Eso sería genial. Conseguir un poco de dinero. Son lo suficientemente buenos como para venderlos. —Tal vez debería hacer eso con algunos de los míos, también.

Pero ahora mi capacidad para comprar otras estaba en riesgo, con una asignación pobre y unos padres sin dinero.

—Podría darte los míos si los quieres —dijo Sam, casi como si estuviera leyendo mi mente.

Pero yo no sabía si quería las suyas. La mayor parte de la diversión era pintarlas como yo quería. Me sentiría rara repintando las de otra persona.

—Está bien —dije.

—Entonces, quería hablarte de OISN. Tienes que prepararte emocionalmente para el miércoles, ¿no?

La reunión del Key Club.

—Sí. Seré más sociable. Haré un esfuerzo.

—Genial. Una vez que te pones en marcha, no es tan difícil. La gente es en su mayoría amable. —Ella hablaba por experiencia—. Pero también estaba pensando que deberías ramificarte un poco por tu cuenta. ¿No eres amiga de Carlos y Kyle?

Uf. Un golpe en el estómago. Dios, Carlos.

—Tal vez podrías hacerte amigo de verdad de ellos —continuó Sam—. Especialmente Kyle, él no es un deportista, después de todo. Más bien es anti deportista.

Kyle podía ser divertido, pero siempre a costa de los sentimientos de los demás. Como, por ejemplo, los míos. Sin embargo, eso era lo normal con la mayoría de los chicos. Pero él y Carlos estaban fuera de la lista.

Esta era una oportunidad perfecta para contarle lo que había pasado con ellos. Pero no podía hacerlo. Demasiado vergonzoso. No sabía qué diría exactamente, pero le daría pena. Una cosa era contarle lo de mi familia, pero si sabía que había sido tan tonta como para pensar que le podía gustar a Carlos… No, no podía hacerlo. Crucé los tobillos.

—También tengo otra idea —dijo Sam—. Una fiesta.
¿Qué?
—¿Quieres que organice una fiesta?
—¡Ja! ¡No! Deberíamos ir a una fiesta.
—Pensé que tu madre no estaba de acuerdo con eso.
—Trabajaré en ello. Pero incluso si no puedo convencerla, podrías ir con Zach y Evan. Apuesto a que Zach te recogería.
—Sí. —Mi estómago empezó a saltar. ¿Podría realmente ir a una sin ella? Pero tal vez podría convencer a su madre. No creo ser lo suficientemente valiente como para ir solo con Zach.

Pero de nuevo, tal vez lo tenía. Había ido en el coche con él y no había hecho el ridículo. Pero no era como si Zach y yo fuéramos a ser los únicos en esta hipotética fiesta. Habría toda esa otra gente, y alguien podría decir algo que me hiciera sentir como una mierda. Eso me fastidiaría la cabeza, y sería un desastre el resto de la noche.
—Tienes que convencer a tu madre —dije.
—Trabajaré en ello. Tiene que ser este fin de semana o el siguiente, o ya me habré ido.

Ah, claro, eso. Me invadió una ola de desesperación y se me apretó el estómago. OISN tenía que tener éxito.

▭

Sam y Evan ya estaban en el coche cuando Zach llegó a recogerme el miércoles por la noche para la reunión del Key Club. Saludé al grupo en general mientras subía detrás de Evan y nos pusimos en marcha. Entonces me preparé para una noche de convivencia. Incluso estuve haciendo la pose de la Mujer Maravilla (puños en las caderas y piernas abiertas) en mi habitación antes de bajar a esperar. Vi una charla de TED en la que se decía que hacerla durante unos minutos hacía a las mujeres más valientes. Ya veremos.

Zach y Evan estaban charlando sobre un videojuego, así que Sam dijo:

—Estoy trabajando para que mi madre me deje ir a una fiesta. Hay una este viernes que Evan mencionó, así que me apunto a ella. ¿Le has preguntado a tu madre?

—No, pero estoy segura de que le parecerá bien. Sé que le gustaría que yo tuviera más amigos. —No es que ella pensara que yo era una perdedora por no tener amigos. Ella también era tímida de niña, así que lo entendía. Solo se sentía mal por mí.

Vi movimiento en el espejo retrovisor y vi que Zach me miraba de nuevo. Se me calentó el corazón, aunque su expresión no cambió.

—Sí, yo también —dijo Sam, arqueando una ceja.

Me hizo reír.

—Voy a intentarlo esta noche.

—Tengo fe en la OISN. Intentaré encontrar gente con la que puedas hablar esta noche.

—Genial.

Zach y Evan seguían adelante.

Sam y yo solíamos jugar a videojuegos de rol de fantasía, pero últimamente estábamos demasiado ocupadas con otras aficiones. El arte y las figuritas, sobre todo. ¿Jugaría a los videojuegos con Zach si empezáramos a salir?

No es que fuera probable que eso ocurriera, pero no parecía imposible.

¿Cómo sería eso de tener un novio? Supuse que comeríamos juntos todos los días. Pensaba que no me gustaría tener PDA. Pero, ¿cómo sería besarlo? Yo era un poco rara con el tema de las caricias en general, desde aquel asunto con el amigo de mi padre cuando se quedaba en nuestra casa, pero pensé que no tendría problemas con los besos. Ya lo había pensado bastante.

—¿Has visto la mano de Nic? —preguntó Zach.

—¿Qué? —Sam miró mis manos.

—Me refiero a la de la escultura —dijo riendo.

—Oh, claro —dijo Sam—. Todavía no la real. Solo la imagen. Totalmente genial.

Zach asintió.

—Es genial. ¿Tienes una foto en tu teléfono, Nic?

—Sí —dije. No me estaba mirando.

—Deberías enseñársela a Evan.

Lo acerqué y le pasé el teléfono hacia delante. Evan estiró la mano pero no se giró. Lo miró y emitió una especie de gruñido, luego murmuró:

—Genial.

Sí, al tipo no le gustaba. Era como la mayoría de la gente y actuaba como si yo fuera una completa leprosa con riesgo de infectarlo. No sabía por qué Zach era amigo suyo, porque desde mi punto de vista parecía un auténtico imbécil.

Me devolvió el teléfono y me lo volví a meter en el bolsillo delantero.

Una vez estacionados y dentro del auditorio, teníamos unos quince minutos antes de que empezara la reunión.

Era la hora del espectáculo de la OISN.

Zach y Evan se fueron al otro lado de la sala, donde un grupo de júniores estaban reunidos, y Sam y yo nos quedamos en la puerta mirando a nuestro alrededor. Había muchos chicos de todos los cursos. Evan estaba hablando con un chico delgado cuyo nombre no recordaba, pero sí que recordaba que se había portado mal conmigo en algún momento.

—Oh, ahí está Lizzy —dijo Sam—. Vamos a hablar con ella.

Lizzy, de la pareja que se besuquea. Esto me puso un poco nerviosa. Hablar con alguien que ya me había despreciado, aunque probablemente no fuera personal.

—Y, ¿Nic?

—¿Sí?

—Sé que puedes hacer esto. Eres más valiente de lo que crees.

Nos dirigimos hacia donde estaba un grupo de unas cuatro chicas y nos metimos en el círculo. Todas nos miraron, y Lizzy saludó a Sam con un «Hey», pero no me saludó o prefirió ignorarme. Todas hablaban de *Juego de Tronos*, que yo no veía. No teníamos HBO.

Me obligué a sonreír, ya que supuse que era lo que se esperaba. O tal vez pensarían que estaba trastornada. Me aseguré de que no fuera una sonrisa gigante.

Sam sí tenía HBO, así que pronto se unió a la conversación, y yo me quedé allí sintiéndome fuera de lugar, como siempre. Cruzaba los brazos y luego los descruzaba porque había oído que eso te hacía parecer cerrado. Entonces una chica se acercó y puso su mano en el hombro de Sam, y hablaron de la banda durante un minuto antes de que Sam se fuera (después de darme una sonrisa de «puedes hacer esto») dejándome con el grupo.

—Está muy guapo —dijo una de las chicas al grupo, hablando de uno de los actores. No tenía ni idea de quién.

—¿Se han fijado en que Will Kohl se parece a él?

Will era un estudiante de último año que jugaba al fútbol, así que todo el mundo lo conocía. Era guapo, pero un deportista totalmente estereotipado. Me había hecho algún que otro comentario desagradable. Yo no era una fanática.

—¡Dios mío, tienes razón! —dijo alguien.

La conversación degeneró aún más.

—Gaby está saliendo con él ahora.

—No puede ser.

—Me enteré de que salió con Michaela la semana pasada.

Etcétera. Aburrido. Estaba desesperada por sacar mi teléfono, pero en lugar de eso miré alrededor de la habitación y vi que Zach seguía hablando con los júniores.

No podía soportar esto. Sonreí y me alejé del grupo, sintiéndome mal del estómago por los nervios. Me apoyé en la pared y consideré que no tenía nada en común con esta gente.

—Hola, Nic, no sabía que estabas en el Key Club. —Me giré para ver a Mia, una chica del sudeste asiático de mi clase de arte. Siempre me pareció un poco intimidante porque hacía que todo pareciera sin esfuerzo, tanto con el arte como con ser guapa. Aun así, nos sentamos una al lado de la otra porque éramos las estudiantes más serias de allí. Era simpática, e incluso hablamos un poco en clase.

—Sí —dije, sin añadir que venía desde el año pasado.

Aunque para ser justos, yo tampoco me había fijado en ella, así que no debía juzgarla.

—¿Vas a presentarte al concurso de arte el próximo semestre?

—Definitivamente. ¿Y tú?

Ella asintió.

—¿En qué categorías estás pensando?

—Estoy trabajando en un gran dibujo realista a lápiz en casa, pero por lo demás dependerá de lo que consiga hacer para entonces.

—He oído que hay un gran premio de doscientos dólares.

Parecía genuina. No me pareció que estuviera evaluando la competencia, o al menos no demasiado.

—¿De verdad? La Sra. Tolliver no lo mencionó. Eso es genial. —Lo era. Mi dibujo del dragón podría vencer, estaba segura. A menos que Mia decidiera presentar algo asombroso, lo cual podría hacer. Ella era buena, y su arte era más aceptable para los adultos. Era delicado y preciso, a diferencia de mi estilo más suelto y libre.

—Oh, ahí está mi amiga —dijo—. Hablamos luego.

—Claro.

Eso había ido bien. Es decir, no me presentó a su amiga, así que no pensé que acabaríamos siendo amigas de verdad, pero al menos fue amable conmigo fuera de la clase de arte.

Sam estaba hablando con un grupo de chicos de la banda, así que me quedé junto a la pared, cruzando los brazos porque no sabía qué hacer con las manos. Finalmente, el presidente de la sección nos hizo sentar a todos.

La reunión fue bien. Hablaron del próximo lavado de coches y de algunas otras cosas. Un grupo hacía visitas mensuales al hospital infantil local. También teníamos una limpieza mensual del campus, que Sam y yo hacíamos a veces. Estábamos haciendo una colecta de alimentos para el Día de Acción de Gracias. Las dos habíamos ayudado con eso el año pasado. Y estaba prevista una visita a una residencia de ancianos para diciembre. El club también iba a ayudar en las Olimpiadas Especiales de invierno. Había que hacer un cierto número de horas de voluntariado para permanecer en el club.

Miré a Sam, a mi lado. Sería muy raro que ella no estuviera. Me dolía el pecho el pensar en ello.

Finalmente el presidente dio por terminada la reunión y todos se levantaron y comenzaron a dirigirse al pasillo hacia la puerta. Vi a Evan y al chico flaco de antes delante de nosotros.

—No es mi culpa, ella siempre está ahí.

El otro chico me devolvió la mirada y se rió, lo que me hizo sonrojar de nuevo.

Pero entonces me enfadé. Mis puños se habían cerrado sin ninguna instrucción consciente por mi parte. ¿Por qué Evan me odiaba tanto?

Una vez que estuvimos en el coche de Zach, dijo:

—¿Quieren ir a Sonic?

Sam se encogió de hombros.

—Claro, aunque no tengo dinero.

—No pasa nada, yo puedo pagar.

Zach me miró, haciendo que mi corazón se acelerara estúpidamente, así que chillé:

—Yo tampoco tengo dinero.

—No hay problema.

Apoyé la cabeza contra la ventanilla de camino, reviviendo aquel estúpido momento en el que aquel chico con Evan se rió de mí. Estaba sola en un coche lleno de gente. Después de un par de semáforos, Zach se detuvo en un espacio en Sonic.

Nos sentamos en una de las mesas exteriores, en lugar de en el coche. Acabé enfrente de Evan, lo que fue incómodo, ya que se sentó con todo el cuerpo de espaldas.

—¿Qué quieren ustedes dos? —nos preguntó Zach después de pedir su helado y las patatas fritas de Evan.

Realmente era un tipo agradable, y eso me encantaba. Pensar en él me calentaba todo el cuerpo. Pronto salieron con nuestras dos limonadas de cereza; esta vez, Sam me imitó, porque reconocía una buena bebida cuando la veía.

—¿Así que van a ir a la fiesta del viernes? —preguntó Zach.

—Tal vez —dijo Sam—. Tengo que convencer a mi madre.

Evan miró a Sam.

—Pero, esta es tu última oportunidad, ¿no? —Suponía que lo había escuchado en la banda.

Sam asintió mientras el ceño de Zach se fruncía.

—¿Por qué? —preguntó.

—Me voy a mudar.

—¿De verdad? ¿Adónde?

La mirada de Evan volvió a posarse sobre mi hombro. Parecía que no le interesaba su conversación.

—A Escocia.

—Oh, eso es genial. ¿En qué parte de Escocia?

¿Cómo no se me había ocurrido preguntar esto? Como si Escocia fuera un solo lugar.

—Glasgow.

—He estado en Edimburgo —dijo Zach—. Pero nunca allí.

Siguieron hablando de Escocia, y él contó una historia divertida sobre comer *haggis*. Que sonaba positivamente asqueroso. Me sentí un poco excluida, pero no creí que Sam estuviera yendo por él, y eso me ahorró tener que pensar en algo de lo que hablar. Evan me hacía sentir muy cohibida. Mis hombros se tensaban automáticamente cuando estaba cerca de él, ya que siempre estaba en alerta por si decía algo.

Cuando Zach me dejó, me sonrió por el espejo retrovisor y dijo:

—Nos vemos.

—¿Almuerzo en la escalera, mañana? —Me preguntó Sam.

—Claro. —Pero yo estaba pensando más en Zach y en todas las posibilidades que en cualquier almuerzo.

▭

Mis padres y yo subimos al Buick blanco de mi padre el viernes por la noche. Suspiré con fuerza después de cerrar el cinturón de seguridad.

—Deja de lamentarte —dijo mamá—. Te llevas bien con Alyssa y Kayla, Nic.

Papá salió de la calzada.

Volví a suspirar, esta vez en voz más baja. Kayla y Alyssa estaban bien cuando no estábamos en la escuela. En la escuela, me ignoraban estratégicamente, pero en sus casas eran bastante amables. Solo que no teníamos literalmente nada en común, salvo ser chicas. Y eso no era suficiente.

Aun así, mis padres y yo discutíamos cada vez que se reunían con sus amigos. Siempre me obligaban a ir con ellos si es que yo no tenía nada más que hacer. Caleb nunca tenía que ir ya que ninguno de los otros chicos estaba allí. Izzy iba a menudo, pero esta vez iba a quedarse la noche en casa de una amiga, probablemente ya riéndose de los chicos y del maquillaje. Pero en general, a menos que estuviera en casa de Sam, yo tenía que ir. Y Sam estaba con la banda.

Lo que significaba que sería aún peor cuando Sam se fuera, ya que literalmente nunca estaría en su casa, y por lo tanto nunca estaría haciendo otra cosa.

No había fiesta con Sam y Zach, ya que no había podido convencer a su madre.

Así que aquí estaba yo. Mientras mi dibujo del dragón languidecía en la mesa de casa, desesperado por mi atención.

—Nic —dijo mamá—, quiero que me prometas que esta vez intentarás socializar con Alyssa y Kayla. Sabes que tienes que hacer un pequeño esfuerzo si quieres tener una vida social. Esta podría ser la oportunidad perfecta.

Tal vez mamá tenía razón.

—¿Lo prometes?

—Bueno. —Supongo que tal vez podría intentarlo, aunque fueran tan aburridas. Salí del coche y arrastré los pies por el camino de forma tan notable que mamá me llamó la atención.

En cuanto estuvimos dentro, Gina Sheridan, la madre de Alyssa, empujó un vaso de plástico rojo hacia la mano de mamá.

—¡Margarita! Woo!

Supongo que Gina ya se había tomado unos cuantos. Podía imaginármela enloqueciendo en algún viaje de vacaciones de primavera del instituto y acabando en uno de esos vídeos de «Girls Gone Wild». Ella y la madre de Kayla eran tan elegantes. Me costó mucho trabajo no poner los ojos en blanco.

Mis padres se rieron y papá se dirigió al estudio, donde había una mesa plegable con uno de esos tableros de póquer. Había montones de fichas de colores repartidas y un par de barajas. Los hombres estaban sentados alrededor de la mesa y un par de ellos gritaron saludos hacia nosotros.

Había demasiada gente. Ya sentía la familiar punzada de nervios, aunque conocía a la mayoría de ellos.

Gina terminó de abrazar a mamá, y se dirigió al comedor, donde la mitad de su larga mesa marrón estaba cubierta de patatas fritas y salsa, una mini maceta de barro con *Ro-tel* y queso, y alitas. Un par de mujeres estaban sentadas en el otro extremo de la mesa charlando y comiendo de una bandeja de verduras. Levantaron la vista y saludaron a mamá, que se dirigió hacia allí.

Gina seguía de pie sosteniendo la puerta abierta, así que me acerqué un poco más para que pudiera cerrarla.

—Kayla ha vuelto con Alyssa a su habitación.

En otras palabras, sal de aquí.

—De acuerdo.

Cuando salí al pasillo, escuché mi nombre. Me volví y vi a Bridget, la amiga de mi madre, de pie en el vestíbulo, con una taza roja en la mano también. Mi corazón casi se detuvo porque era la madre de Logan y eso significaba que podría estar aquí. Pero probablemente no. No lo había visto desde la cafetería y no quería hacerlo. Pero ella me sonreía.

—¿Cómo estás, cariño? ¿En qué gran proyecto estás trabajando ahora?

Ella siempre preguntaba eso, lo cual me gustaba. Era simpática.

—Empecé un dibujo que será de una pareja de dragones luchando —dije—. Es bastante grande. —Hice un gesto con las manos para indicar el tamaño.

—¡Vaya! No puedo esperar a verlo. — Bridget tenía un pelo rojo brillante, sobre todo cuando se lo veía al sol, y lo llevaba como todo el mundo: largo y liso.

—Bueno, apenas he empezado.

Dio un paso adelante para apretarme el hombro.

—¡Tienes mucho talento! Tienes muy buen ojo para los detalles. Y ese elfo era precioso; esa túnica brillante parecía tan real que quería tocarla para sentir el suave terciopelo. Pero me ha encantado todo lo que te he visto hacer.

—Gracias. —Le devolví la sonrisa.

Luego hubo un momento un poco incómodo, hasta que ella levantó su taza y dijo:

—Diviértete con las chicas.

—Hasta luego. —Estaría muy enfadada con Logan si supiera cómo me trataba. Pero no podía decírselo. O podría, pero eso empeoraría todo. Demasiado riesgo.

Llamé a la puerta de Alyssa y Kayla abrió. Sonrió y se movió para dejarme entrar. Alyssa estaba sentada en el suelo apoyada en su cama, un sofá cama con un edredón blanco y rosa pálido con volantes, que le quedaba mucho mejor que el mío. Extrañamente, también hacía juego con su camiseta de hoy, que era rosa y tenía las palabras «mantente loco» impresas al revés en blanco. Qué ironía. Ella era tan rara como yo era normal.

Kayla volvió a su lado mientras yo cerraba la puerta. Llevaba unos pantalones cortos amarillos que dejaban ver sus piernas bronceadas. Pero era algo fornida y se notaba cuando se sentaba así. Me sentí mal por haberlo notado, pero solo lo hice porque todo el mundo sabía que sus padres siempre la ponían a dieta porque no parecía anoréxica. Yo pensaba que eran unos idiotas. No tenía que adivinar lo que pensaban de mí.

—¿Está Logan aquí? —pregunté. Tenía que asegurarme.

—No —dijo Kayla—. Menos mal.

—Es un imbécil pretencioso —dijo Alyssa. Bajó la voz y continuó—: "Un *Frappucino* no es una bebida de verdad porque lo inventó Starbucks. Sólo es una bebida negra fría. La crema y el azúcar son para los maricas". Bla, bla, bla.

Kayla y yo nos reímos de su imitación porque sonaba igual que él.

—Siéntate —dijo Kayla.

Había estado de pie torpemente apenas dentro de la puerta, pero me senté a su lado.

—¿Qué están haciendo?

—Mirando Pinterest. —Kayla movió el portátil que tenían en el suelo delante de ellas para que yo pudiera ver.

Cosas de la moda que no me importaban. Quiero decir, sé que estaban tratando de ser inclusivas, y le había dicho a mi madre y a mí misma que lo intentaría, pero Dios, esta sería una larga noche. Deseaba que mis padres me hubieran dejado quedarme en casa para poder dibujar. Había estado avanzando mucho esta noche hasta que nos habíamos tenido que ir.

Siguieron mirando las fotos y hablando de diferentes

conjuntos mientras yo estaba sentada jugando con mi teléfono. Lo siguiente que recuerdo es que estaban en el armario de Alyssa, tirando la ropa sobre la cama. Luego Alyssa estaba mezclando y combinando cosas y modelándolas para nosotros. Sabía que era un poco antisocial por mi parte quedarme allí sentada, pero no estaba ni remotamente interesada. Y no se me daba bien fingir.

—¡Nic! —dijo Alyssa, toda animada con su actual atuendo de falda verde corta y camiseta blanca ajustada—. ¡Deberías dejarnos hacerte un cambio de imagen!

—¿Qué? No. —Tuve que reprimir una mirada de disgusto. No se me ocurría nada que me apeteciera menos hacer esta noche.

—¡Deberías hacerlo! —dijo Kayla.

—¡Puedes usar una de mis bufandas para complementar un poco las cosas! —Alyssa añadió.

—No. —Lo dije con toda la firmeza que pude. La idea era horrible. No solo no quería hacerlo, sino que deseaba activamente *no* hacerlo.

—Sí —dijo Alyssa, sonriendo.

Kayla me apretó la parte superior del brazo, lo que me asustó un poco. No estaba acostumbrada a que la gente me tocara, excepto Izzy y mamá, además de Sam de vez en cuando.

—Será divertido. Y quién sabe, quizá te guste —me dijo.

—No es probable —murmuré.

—¿Por favor? —dijo Alyssa, poniéndome un mohín tan ridículo que me hizo reír.

—¿Sí? —preguntó Kayla—. Podemos hacer un look natural. Nada extravagante.

Con las dos mirándome, me sentí como una aguafiestas. Tal vez estaría bien. Dijeron «natural».

—Puedes quitártelo cuando terminemos —dijo Alyssa—. Estará bien.

No cedí de inmediato. Pero siguieron, y finalmente me rendí a lo que parecía inevitable porque no tenía energía para resistirme.

Diez minutos más tarde me tenían sentada en el suelo y ambas estaban de rodillas inspeccionándome.

—Tienes mucha suerte de no tener granos —dijo Kayla mientras extendía un poco de crema blanca sobre mis mejillas.

—Sí los tengo. Siempre tengo uno en alguna parte. Ahora está en mi frente.

Kayla se inclinó para mirar.

—Oh, sí. Pero es pequeño. —Empezó a extender esta crema fría, de color canela, por toda mi pobre cara. La sensación era extraña y antinatural, y también rara al tener a alguien tan cerca de mí.

Alyssa cogió una paleta de colores de sombra de ojos, que abrió y sostuvo.

—¿Cuál?

Dios, ¿cómo iba a saberlo? Esto era una locura.

—No tengo ni idea.

—Usemos el marrón para un look natural —dijo Alyssa con firmeza—. Ahora vuelvo, voy a por un pañuelo.

Cuando se fue, Kayla dijo:

—Esto es realmente genial, Nic. Esto es lo que necesitas: podría cambiarlo todo.

No sabía qué decir, así que sonreí débilmente, resistiendo el impulso de levantarme y salir corriendo. No iba a quedar bien. Iba a parecer una gorda fea maquillada.

Bueno, no debería pensar así.

—Vamos, mira un poco hacia arriba.

Lo hice y ella extendió la crema casi hasta mis párpados inferiores, lo que me puso nerviosa. No quería nada en mis ojos. Luego sacó unos polvos y los extendió también por todas partes.

—¿Qué estás haciendo? —pregunté, relajando mis ojos.

—Esto lo fija —dijo Kayla. Me sonrió—. Ahora voy a poner un poco de rubor.

Cogió otro disco de plástico marrón con polvos y me lo puso.

—Ahora solo un poco de iluminador.

Kayla cogió un aplicador con unos polvos blanquecinos y me los extendió por la nariz y los pómulos y luego dio unas palmaditas con una esponja.

Me sonrió, aparentemente divirtiéndose. Sabía que no era a costa mía, pero aun así me incomodaba.

—Ahora, cierra los ojos un rato —dijo Kayla.

Lo hice.

—No tan apretados. Intenta relajarte.

Hice todo lo posible por obedecer, pero los nervios se congregaban en mi estómago. Empezaba a sentirme desubicada. Era como si todo lo que me ponían fuera otra capa que borraba mi verdadero yo. Al final, todo se esfumaría.

Me extendió la sombra de ojos, por todas partes, hasta la ceja y casi hasta las pestañas, lo que me hizo retroceder. Después de un momento, oí que la puerta se abría y se cerraba.

—Te verás muy bien —dijo Alyssa, sonando casi alegre.

Al menos se lo estaban pasando en grande.

Nada de esto cambiaría el hecho de que me consideraran fea, aunque eso hiciera que la gente me aceptara más. Entendía que parte del contrato social consistía simplemente en jugar al juego, y la gente me odiaba por no hacerlo.

¿Por qué no podía hacerlo? ¿Jugar al juego y conseguir que la gente me dejara en paz? Tal vez esto sería todo. Tal vez podría maquillarme y todo sería un poco mejor. Tendría que empezar poco a poco: no le dedicaría tanto tiempo, o la gente se burlaría totalmente de mí. No se puede pasar de cero a sesenta y que la gente no lo note.

Kayla se detuvo un segundo y abrí los ojos. La luminosidad de la habitación me sorprendió.

—Todavía no —dijo—. Un color más.

Gemí, lo que hizo reír a las dos.

—La mayoría de las chicas hacen esto todos los días —explicó Alyssa.

Kayla empezó a extender la sombra de ojos a los lados, pero también a lo largo de la ceja.

Oí un poco más de ruido, que reverberó en mi estómago, antes de que Kayla dijera que podía abrir los ojos.

Kayla se apartó y Alyssa se acercó con un tubo negro de algo.

—Delineador líquido —dijo Alyssa—. Relaja los párpados y quédate quieta.

En cuanto metió la mano, parpadeé porque estaba demasiado cerca de mis pestañas.

—Puedes hacerlo —dijo Kayla.

No estaba segura de si me hablaba a mí o a Alyssa, pero ella lo intentó de nuevo y supongo que me quedé lo suficientemente quieta como para que arrastrara el aplicador a lo largo de mi párpado y hacia un lado, en ambos ojos.

Kayla le pasó a Alyssa otro tubo y Alyssa anunció:

—Rímel.

Oh, Dios. ¿Y si se le resbalaba la mano?

Se acercó a mí con ese cepillo aterrador y dijo:

—Parpadea un par de veces. Estará bien. —Ella cepilló

a lo largo de las pestañas, que se sentía como si alguien estaba tirando de ellas. Qué raro.

Alyssa se sentó y me estudiaron.

—¿Qué? —pregunté, mi estómago se puso nervioso.

—Esto es increíble —dijo Kayla. Le entregó a Alyssa lo que parecía un lápiz de color rosa—. Saca los labios un poco, Nic.

No podía creer que hubiera dejado que me hicieran esto. Ya me estaba arrepintiendo, y ni siquiera había visto los resultados. Probablemente no quería hacerlo.

Alyssa terminó de perfilarme los labios y luego me puso una barra de labios que también era de algún tono de rosa; como artista, sabía que había muchos tonos de rosa, pero no creía haber visto tantos en un solo lugar. Me hizo hacer cosas raras con la boca mientras me lo ponía.

Me había dado por vencida.

Me hicieron las cejas y luego me envolvieron el pañuelo alrededor del cuello con un nudo suelto. Me alegré de no tener que ponerme otra camisa delante de ellas o algo igual de horrible.

Al menos la bufanda era de un color bonito, un verde azulado oscuro. Pero era algo esponjosa. Nada que me pondría en la vida real.

Por fin, *finalmente*, me llevaron al baño y me dejaron mirar.

Lo primero que vi en mi cara maquillada en el espejo fueron mis ojos. Las pestañas sobresalían por encima de ellos y la sombra de ojos los hacía resaltar demasiado. Y todas mis pecas habían desaparecido. Tenía una piel anormalmente suave. Mis mejillas eran de un horrible color rosa, al igual que mi boca. Y el pequeño destello negro junto a mis ojos me hacía parecer un… no sé. No era yo. El verdadero yo era más simple y sencillo.

Un aspecto natural, mi trasero.

Oh, Dios. Caí hacia delante, con las dos manos sobre el lavabo y sentí que mi largo pelo me cubría las orejas. Estaba mareada. Levanté la vista y fruncí el ceño mientras una ola de desesperación me inundaba. ¿Cómo pude pensar que esta sería la solución?

Podía ver las lágrimas brillando en mis ojos y apenas tuve la presencia de ánimo para coger un poco de papel higiénico y secarlas. Las lágrimas hacían que todo corriera, y entonces yo pareciera un payaso triste. Tenía que quitarme estas cosas de la cara.

Cuanto más miraba, más se me retorcían las tripas, lo que también me daba ganas de vomitar. Sentía como si alguien me hubiera arrancado el alma y la hubiera arrojado a algún lugar, porque definitivamente no podía estar detrás de esta cara. Me pitaban los oídos y el corazón se me aceleraba y sentía que todo se cerraba.

Estaba congelada. Kayla y Alyssa entraron emocionadas.

—¡Vamos, mostrémosles a todos! —dijo Alyssa. Me agarró el codo derecho, luego Kayla me agarró el izquierdo, y no pude resistirme. Tuve que cerrar la mandíbula.

Me llevaron por el pasillo y volvimos al vestíbulo. Era como si estuviera en un coma andante; no podía hacer nada por mi cuenta. Los hombres de la mesa de póquer levantaron la vista. El padre de Alyssa silbó, ¡silbó! y dijo:

—¡Vaya, Nic, te has arreglado bien! —Luego, otros dos silbaron y me sacaron del estado de fuga. Me sonrojé y cerré la boca. Pero seguía congelada a pesar de que ardía de humillación.

Papá me miraba confundido. Se frotó la barba. Seguro que no sabía qué pensar.

—¿Qué está pasando? —dijo Bridget cuando ella y las

otras mujeres entraron en el vestíbulo desde el comedor. Kayla y Alyssa me giraron para mirarlas.

—Oh, vaya —dijo Susan, la madre de Kayla—. Estás estupenda.

Todas se deshicieron en elogios y yo me encogí y me derrumbé sobre mí misma. Cuando miré a mamá, pude notar que estaba tensa.

Me quería morir, pero nadie más parecía darse cuenta, y siguieron comentando lo bien que me veía hasta que volvieron a su coliflor y su salsa. Kayla y Alyssa me bajaron los codos y me relajé un poco. Volví a entrar tranquilamente en el baño, donde me miré en el espejo y empecé a entrar en pánico de nuevo. Me miré fijamente. Ya no me sentía como una persona. El pánico subió por mi columna vertebral. Quería arrancarme todo de la cara. Ya ni siquiera era mi cara.

Kayla y Alyssa entraron, todavía emocionadas por el aparente éxito de su aventura.

—¿Qué pasa? —preguntó Alyssa—. Te ves estupenda.

Kayla asintió.

—Te ves muy bien.

—¡Dime cómo se quita! —dije con un agudo pánico.

—Tranquila —dijo Alyssa, con los ojos muy abiertos. Miró a Kayla, que también parecía un poco preocupada. Entonces Alyssa dijo:

—No pasa nada, todo se quita. —Me enseñó los productos que tenía que usar y procedí a quitarlo. Mi cara se sentía tan rara después que incluso me puse un poco de la loción que ella había señalado.

Pero cuando miré por última vez antes de salir, me di cuenta de que no me había quitado todo el puto rímel, así que tuve que trabajar más en eso.

Cuando volví a la habitación, estaban de nuevo sentadas frente al portátil.

—¿Estás bien? —preguntó Alyssa.

—Sí. —Ahora me sentía mucho mejor. Al menos había terminado.

Kayla sonrió.

—Tienes la cara limpia. ¿Te sientes recuperada?

—Supongo. —No del todo. Solo me sentí como yo otra vez. Eran tan inconscientes. No tenían ni idea de lo que me habían hecho. Y actuaban como si me estuvieran haciendo un gran favor. Nunca se habían preocupado por *mí*, ni antes ni ahora.

Miré la pantalla de la computadora. Fotos mías. Mi corazón casi se detuvo.

—¿Las pusiste en Facebook?

Me miraron inocentemente.

—Sí —dijo Alyssa—. ¡Te veías muy bien! Mira, mira. —Giró el portátil para que pudiera ver mejor.

Me sentí mal y me puse la mano en la frente recién humedecida, golpeando ese estúpido grano, que me dolía.

—Por favor, quítalas.

—Oh, vamos, Nic —dijo Kayla—. Sé buena.

—La gente se va a burlar de mí. —Disminuí mi respiración y traté de exudar calma—. Sabes que lo harán.

Alyssa negó con la cabeza.

—No, no lo harán.

—Lo harán. —Era evidente que no tenía ni idea de cómo era mi vida.

—Bueno —dijo Kayla con un suspiro—. Las borraré.

—Gracias. —Gracias a Dios.

—¿Pero por qué te opones tanto al maquillaje? —preguntó Alyssa—. Solo nos estábamos divirtiendo.

Me encogí de hombros.

—No lo sé. Simplemente no soy yo.

Las dos me miraron con sincera confusión. No podían entenderme, y yo nunca las entendería a ellas. Era así.

El resto de la noche fue un poco tensa. Entré a Facebook en mi teléfono para asegurarme de que las fotos no habían salido, y ellas volvieron a mirar Pinterest, riéndose de algunas publicaciones de Snapchat. Luego pasaron a los vídeos de gatos.

Ni mamá ni papá dijeron mucho en el camino a casa, pero ella me siguió hasta mi habitación y se apoyó en el extremo de la cama cuando me subí a ella.

—¿Estás bien?

Me dieron ganas de llorar, pensando en toda la debacle, con todo el mundo como testigo. Ahora pensarían que debería hacerlo siempre, y como no lo haría, me juzgarían aún más.

—Bien.

—Se notaba que estabas muy alterada, cariño.

Me encogí de hombros.

—¿Fue tan malo?

—Lo *odié*. —Espeté.

Ella sacudió la cabeza hacia atrás, sorprendida.

—Nic, es que… te pones muy intensa a veces. Es solo maquillaje. No tienes que llevarlo.

Miré hacia mi escritorio y vi algunas de las figuras en las que había estado trabajando recientemente. Así era yo.

—Lo sé.

Se levantó y se acercó a abrazarme, lo que me dio ganas de llorar. ¿Por qué tenía que ser tan rara? ¿Por qué no podía estar bien siendo como los demás, y ser normal?

Sinceramente, no lo sabía.

Me tumbé en la cama y recé una pequeña oración del universo para que nadie hubiera visto las fotos. Luego pensé en lo estúpido que era todo. El maquillaje. La idea de que las mujeres tienen que modificar sus cuerpos solo para ser consideradas aceptables. Quitarse el vello natural del cuerpo. Pintarse la cara. Hacerles agujeros en las orejas.

La razón por la que surgieron el lápiz de labios y el colorete fue que cuando una mujer se excita sexualmente, sus labios y mejillas se enrojecen. Las primeras mujeres que llevaban pintalabios eran prostitutas, para atraer mejor a los clientes. Y el maquillaje de ojos hace que los ojos destaquen más, ¿no? Esto tiene que estar relacionado con el hecho de que los bebés mamíferos tienen ojos proporcionalmente más grandes. Entonces, ¿las mujeres trataban de parecerse a los bebés sexualmente excitados?

¿Por qué? ¿Por qué era la norma? ¿Por qué era yo el bicho raro por no hacerlo? La sociedad estaba realmente jodida.

PARTE II

¡Invitado a salir!

El sábado por la mañana estaba sentada en la mesa del comedor trabajando en el sombreado de las últimas hojas del arbusto de montaña del dibujo. Ya sabes, ocupándome de mis asuntos.

Oí el sonido chillón de la nevera al abrirse, y entonces Caleb dijo:

—Lindas fotos, Nicole.

Mi mano se detuvo.

Oh, Dios. ¿Quería decir…?

Las fotos *sí* habían salido a la luz. Mi corazón empezó a saltar como loco.

No, no podían haberlo hecho. Lo habían prometido.

Me limpié la frente y sentí el sudor real allí.

Caleb estaba sirviendo un vaso de algo, el sonido más agudo de lo que hubiera esperado.

—Pero no estoy seguro de que podamos permitirnos comprarte un montón de maquillaje ahora. —Resopló.

O bien habían vuelto a publicar las fotos, o alguien las

había pillado antes de que Kayla las retirara. Me ardían las mejillas y me sentía mareada, mi sensación habitual de por vida.

Caleb estaba en la puerta del comedor, sonriendo y con un vaso de zumo de naranja en la mano. Llevaba un par de pantalones cortos vaqueros raídos y una vieja camiseta Nike. Aunque jugaba al tenis, también era un poco regordete: era algo que venía de familia. Básicamente, era la versión masculina de mí.

Cuando terminó de burlarse de mí y se bebió su zumo de naranja, fue al estudio y le dijo a mamá que iba a salir, antes de volver a subir.

Por supuesto, tenía algo que hacer un sábado. A pesar de ser enorme, impresentable e idiota, tenía todo un grupo de amigos, muchos de los cuales eran mayores, así que siempre lo llevaban a todas partes. No era justo. Para los chicos era diferente. No estaban obligados a entretener al resto de la sociedad con su aspecto. Podían simplemente ir a lo suyo, haciendo cosas, y a nadie le importaba.

Pero las chicas eran castigadas si no tenían un aspecto perfecto. Sabía que esto era cierto incluso para aquellas mujeres y chicas que sí la jugaban bien. En mi caso, la gente se desvivía por hacerme saber que no era aceptable.

Intenté no pensar en ello. Izzy tuvo la suerte de ser normal, tal vez. Siendo normal, no tendría tantos problemas. Ahora mismo estaba en el centro comercial con la familia de una amiga. Supuse que pronto se convertiría en una adicta de centro comercial.

Volví al dibujo. Todavía quedaba mucho trabajo de sombreado y detalle. Borré una pequeña marca de lápiz errante y comencé a sombrear bajo el arbusto, teniendo en cuenta la luz que provenía del fuego que aún no había dibujado.

Dios, no podía creer que las fotos estuvieran ahí. Esto

era horrible. La escuela sería aún más intolerable que antes.

Intenté quitarme la imagen de la cabeza y me lancé a trabajar durante otra hora, centrándome en las zonas que necesitaban un sombreado más oscuro para poder sacar mi frustración apretando más el lápiz. Caleb hacía tiempo que se había ido. Entró mamá.

—Cariño, esto ya está muy bien. Tienes mucho por delante, ¿verdad? —preguntó.

No se equivocaba.

—Sí, pero es divertido.

—Ven a Walmart conmigo, Nic.

—Estoy trabajando.

—Vamos, nunca vamos a ninguna parte juntas. Solo quiero pasar un tiempo con mi hija.

El viaje de la culpa. Me encantaba.

—Bien.

En el camino, ella preguntó:

—Así que realmente, ¿qué pasó con el maquillaje de anoche? Me sorprendió mucho.

—Oh, Dios. —Puse mi cara en mis manos. La cosa es que mamá se maquillaba como cualquier mujer de mediana edad. Lo cual estaba bien. Era su elección.

—No quería hacerlo. Me obligaron a hacerlo. ¡Y ahora hay fotos para que todo el mundo las vea!

—Cariño, no es tan malo. —Esto no fue convincente. Había heredado su condición de blanco fácil, pero no su optimismo.

—Eso no lo sabes. Estará en toda la escuela para el lunes.

Ella suspiró mientras giraba el coche en el estacionamiento de Walmart.

—Lo siento.

—Se sintió horrible.

Le había dicho muchas veces que no quería usar maquillaje y siempre le pareció bien.

—¿Como si no fueras tú?

—Exactamente. —Al menos ella lo entendía, más o menos. Mamá me entendía bastante bien, para ser una madre.

Entró en un aparcamiento y paró el coche. Luego me miró.

—Ya sabes lo que pienso sobre las cosas. Siempre debes ser fiel a ti misma. La gente te querrá más por ello.

—Sí, lo sé. —No la miré porque sabía que ella tenía más fe que yo en el éxito de ese enfoque. Sin embargo, tampoco estoy segura de que haya funcionado para ella. Sabía que todavía la habían acosado durante toda la secundaria.

Una vez dentro, nos separamos para que yo pudiera ir a mirar los libros, pensando que nos encontraríamos en la sección de congelados en unos minutos. No es que pudiera comprar nada, pero me gustaba mirar.

De camino, me paré en el mostrador de los móviles y estuve mirando un Samsung. Estuve jugando con la pantalla durante un par de minutos antes de oír:

—¿Puedo ayudarle, señor?

Levanté la cabeza para ver a un viejo con el chaleco azul oficial que me miraba desde detrás del mostrador. Se me calentó la cara y las emociones se agitaron como siempre que me llamaban señor, pero no dije nada. ¿Qué sentido tenía?

Su expresión no cambió de aburrimiento, y me di la vuelta y crucé hacia los libros. Estaba leyendo la parte de atrás de un libro de ciencia ficción (por supuesto, me encantaba imaginar un mundo tan diferente de este como fuera posible) cuando oí una voz masculina que decía: «Seguro que hay muchas lesbianas por aquí».

Miré estúpidamente y vi a dos chicos del colegio de pie junto a los libros de cocina, sonriéndome.

Por supuesto, me sonrojé de nuevo y volví la cabeza hacia el libro. Se rieron y se alejaron, y yo intenté seguir mirando los libros, pero era difícil.

Todo porque no trato de parecer una reina de belleza o algo así.

Quiero decir, fue lo mismo en la escuela, excepto cuando intenté vestirme un poco más como una chica en octavo grado. Todavía se burlaban de mí por ser gorda, pero era como si una vez que superaban la novedad de burlarse de mí por llevar ropa normal, me daban crédito por intentarlo en el departamento de moda. Pero al año siguiente, ya no pude hacerlo. Lo odiaba tanto.

Pero tal vez solo estaba en negación. Tal vez todos veían algo en mí que yo no podía ver, y realmente era lesbiana. Quiero decir, mi única amiga era una chica, y éramos unidas. Tal vez estaba secretamente enamorada de Sam y ni siquiera lo sabía. Lo que significaría que todos los chicos que creía que me gustaban eran… ¿qué? ¿Barbas?

Volví a poner el libro en su sitio y me dirigí a la zona del congelador.

—¿Estás bien, cariño? —preguntó mamá.

Supongo que todavía parecía molesta por el comentario lésbico, así que me encogí de hombros y miré hacia otro lado. No sabía si había algo de verdad en ello.

La cuestión era que comentarios como ese eran frustrantes porque, ¿cuál sería el problema si yo fuera lesbiana? A quién le importaba: estábamos en el siglo XXI. Pero entonces, como no creía que lo fuera, me enfurecía por otra razón.

Cogimos varios platos congelados y algo de pollo con patatas fritas y nos dirigimos a la caja registradora.

Para mi suerte, los tipos que habían hecho el comentario estaban un carril más allá. Quién sabe por qué tardaron tanto en llegar a este punto (lo único que tenían era un paquete de una docena de Coca-Colas), pero estaban hablando intencionadamente en voz alta sobre las chicas feas de Tulsa.

Suspiro. Era interminable.

Mamá no se daba cuenta, o al menos lo ignoraba, que era su modus operandi para todo lo malo. Ignorar, ignorar, ignorar. No les des la satisfacción de verte alterada, ni de conseguir la reacción que pretenden sacarte.

Ella se movió casualmente entre los chicos y yo, así que supuse que sí se había dado cuenta.

No hablamos mientras estábamos en la cola. Los chicos aún no habían llegado al cajero cuando salimos, y los oí quejarse de la lentitud de la cola mientras mamá empujaba nuestro carrito.

Finalmente, una vez que estuvimos fuera, mamá dijo:

—Nic, voy a trabajar horas extra a partir de ahora. —Había trabajado a tiempo parcial desde que empezó hace cuatro meses—. A partir del horario de la semana que viene, trabajaré muchas más tardes.

Asentí con la cabeza, sin saber cómo me afectaría esto.

—De acuerdo.

—Necesito que ayudes más en la casa. En la limpieza.

Ah, eso era. Me crucé de brazos.

—¿También se lo vas a pedir a Caleb y a papá? ¿Y a Izzy? —Más le valía que no me lo pidiera solo por ser la mayor.

—Claro que sí —dijo, mirándome de reojo. Detuvo el carro y abrió la parte trasera de la minivan. Teníamos un viejo Toyota Sienna que había visto días mejores, pero de ninguna manera íbamos a actualizarlo ahora.

La ayudé a cargar la comida en el coche mientras ella enumeraba todas las cosas de las que sería responsable.

Pasar la aspiradora. Limpiar mi habitación. Limpiar el baño que Caleb, Izzy y yo compartíamos.

Iba a ser una mierda. ¿Por qué todo apestaba?

Cuando volvimos de Walmart, subí a pintar unas figuritas o algo así. Pero antes de empezar, se me ocurrió una idea. Durante todo el trayecto de vuelta a casa, me había obsesionado con el asunto del maquillaje de anoche, con el comentario lésbico de hoy y con la posibilidad de que hubiera algo de verdad en ello. Decidí tratar de averiguar las cosas.

Entré en mi habitación, me subí a la cama y me senté con las piernas cruzadas frente a mi portátil. Busqué en Google «LGBTQ».

Nunca había entendido lo que significaba la Q, pero aparentemente podía ser «queer» o «interrogante», la segunda de las cuales se ajustaba a mí en ese momento, ya que la estaba buscando en Google.

Pero por lo demás, las cosas eran confusas. La verdadera pregunta era si yo era lesbiana.

Había un montón de cuestionarios para responder a esta pregunta. Pero parecían cursis, así que no los acepté. Quería información de una fuente fiable, no un cuestionario cursi. De todas formas, ¿quién iba a hacer un cuestionario cursi sobre si eras o no lesbiana? Deben ser una broma.

Encontré algunos buenos artículos que hablaban de que a menudo es confuso porque puedes preguntarte si te atrae una chica de la que eres amiga porque realmente te gusta. Pero quizás solo quieres ser ella, no estar con ella. Leí un artículo en el que se hablaba de que todos los sitios que intentaban explicar las cosas daban información diferente y contradictoria, lo cual era cierto. Pero lo que al final se me ocurrió como la única prueba verdadera era si querías o no chupársela a la chica que supuestamente te gustaba.

Así que pensé en eso con Sam.

De acuerdo, no. Simplemente no. Nunca había visto esa parte de ella, pero la respuesta era clara: no quería.

Había pasado la noche en su casa un montón de veces, pero ella tenía dos camas individuales en su habitación. Nunca se me había ocurrido acostarme con ella en todas esas ocasiones.

Nunca podría hacerlo. Sonaba un poco asqueroso.

Pero entonces pensé en las mamadas, y también eran totalmente asquerosas. Por supuesto, solo había visto tres penes en mi vida. El de papá y el de Caleb una vez, por accidente, y otro en el que no quería pensar. Esa fue una época oscura.

Era un imbécil. Yo era solo una niña, y él seguía acorralándome en mi propia casa y metiéndose conmigo. Siempre me he preguntado si por eso yo era tan rara.

En fin. ¿Quién sabe? Tal vez me sentiría diferente si fuera alguien que me gustara. Y si fuera lo suficientemente mayor como para tener una idea de lo que estaba pasando y consentir.

Lo que por supuesto me llevó a pensar en Zach.

De acuerdo, ahora me costaba imaginarme el pene de Zach, aunque la idea era un poco… Supongo que podría decir, interesante. Es decir, la idea de hacerle una mamada no me atraía, pero tal vez simplemente no me gustaban. No todo el mundo lo hacía, ¿verdad?

Ni que lo supiera.

Mierda.

Aun así, parecía que me daba menos asco la idea del pene de Zach que las partes femeninas de Sam.

Pero entonces, tal vez era lesbiana pero simplemente no me atraía Sam específicamente.

Bah.

Tal vez incluso era asexual. Eso también era una cosa. Pero entonces, ¿querría besar a los chicos? Porque sí quería. Nunca había querido besar a Sam.

Busqué en Google «¿por qué odio ser una chica?», lo cual fue interesante. El artículo que encontré señalaba que podría ser simplemente que odiaba ser considerada inferior, lo cual tenía sentido. Sí que lo odiaba. Y además, muchas chicas se sentían incómodas con la atención que recibían sus cuerpos recién desarrollados. El sexto grado había sido una maldita pesadilla. Era una copa B en Navidad, y todo el mundo pensaba que era divertidísimo. Varias veces, los chicos me tocaron las tetas. Y cuando lo denuncié, solo les dijeron que dejaran de «burlarse» de mí. No de agredirme, sino de burlarse. Pero yo no iba a montar una escena y era demasiado embarazoso decírselo a mamá, así que nada cambió. En séptimo grado disminuyeron las burlas y en octavo dejaron de hacerlo. Afortunadamente, no había crecido mucho desde entonces, así que no era enorme.

Aun así, ser una chica apestaba.

Pero de todos modos, no eran solo esas razones. El resto del artículo hablaba de intentar averiguar con qué género te identificas. Tal vez fuera transgénero. Estaba claro que no me identificaba con las chicas. En realidad, nunca lo había hecho.

Cuando tenía diez años, una amiga y yo estábamos jugando y, por alguna razón, surgió el tema de escupir, y ella anunció: «¡Las chicas no escupen!». Yo había hecho una gran producción de escupir en el suelo. Solo saliva. Luego dije: «Ves, las chicas pueden escupir». Pensé que había hecho este punto profundo.

Ella pensó que era gracioso.

En otra ocasión el mismo tipo de actitud me humilló. Estábamos en clase de música y estábamos a punto de empezar el casting de nuestro musical, en el que el protagonista era un hombre. Señalé, por principio, que una chica también podía hacer el papel, y el profesor entró en ese momento y me obligó a hacer una audición para el papel. En serio, no sé cantar, así que aquello había sido un auténtico asco.

¿Era yo trans?

No podía imaginar qué otra cosa podía ser. Pero tampoco sabía cómo saberlo con seguridad.

El domingo por la mañana, hicimos el trayecto de cuarenta y cinco minutos hasta Tulsa para ir al centro comercial. Aparcamos junto a Penney y caminamos por el centro comercial hasta llegar a Dillard primero. Había mucha gente y mucho ruido y me quedé mirando la fuente cuando pasamos por delante, con gente sentada a su alrededor.

Una vez que llegamos a Dillard, nos dirigimos a la sección de jóvenes. Izzy era alta y estaba bien en las tallas inferiores. Estaba creciendo muy rápido. También me preocupaba que se desarrollara joven. No sabía cómo se tomaría el ser manoseada por todos los chicos. Pero tal vez no le pasaría a ella.

Solo podía tener la esperanza.

Tal vez debería hablar con ella sobre eso. Advertirla. Decirle que se lo contara a los profesores y que hiciera un gran escándalo, que se cagara.

Empecé a buscar entre los vaqueros, que a duras penas

eran de la talla Júnior, gracias a Dios. Entonces se me acercó una mujer y me dijo:

—Disculpe.

Levanté la vista y vi a una vendedora de mediana edad con un vestido blanco y verde.

—¿Sí?

—Oh —dijo ella, llevándose el dedo a los labios—. No importa. Estás en el lugar correcto.

Mientras se alejaba, me di cuenta de que probablemente había pensado que yo era un chico perdido en el departamento equivocado. Qué idiota.

Encontré unos cuantos pares para probarme y miré a mamá e Izzy. Estaban viendo estos pantalones cortos. Me pregunté si mamá estaba estresada por lo cortos que eran. Nunca había tenido que pasar por eso conmigo.

Me dirigí al vestuario y me quité los vaqueros.

Esto me permitió verme en el espejo. Odiaba mis piernas. Nunca había tenido un hueco entre mis muslos, eso era seguro.

Me puse el primer par, la etiqueta me arañó al subirlos.

Estaban bien, tal vez un poco holgados en la cintura pero se ajustaban bien en el resto. Empecé a ponerme el segundo par cuando oí mi nombre.

—Aquí —dije.

—De acuerdo, bien —dijo mamá.

—Me gusta este —dijo Izzy.

—Primero tenemos que ver cómo se ve, cariño.

Me puse el segundo par y comprobé mi trasero con ellos. Supongo que no era el peor trasero del planeta. Al menos no era plano. Los vaqueros me quedaban bastante bien.

Oí un ruido en el vestuario de al lado.

—Mamá, ¿cómo va esto? —preguntó Izzy.

Mamá debía de haber entrado a ayudarla.

Me probé el último par de vaqueros y me quedé con el segundo, dejando los otros en el banco. Mamá estaba de pie fuera del otro probador, así que le entregué los vaqueros y fui en busca de la única camiseta que me permitieron coger.

Cuando estábamos en la caja registradora, Izzy empezó a mostrarme todas las cosas que había elegido. Cosas femeninas. Un poco de encaje, algo de rosa, y un poco de brillo.

—¿Qué has comprado, Nic? —me preguntó.

Le mostré los vaqueros y una camiseta roja.

—¿Cómo es que nunca llevas faldas?

Mamá me miró, con la cabeza inclinada hacia un lado, como si ella misma se lo preguntara.

—Ya sabes por qué. No soy yo. —Aunque no fuera por su aspecto, las faldas me hacían sentir expuesta.

—¿Pero por qué no? Tú también eres una chica.

—Solo anatómicamente —dije. Pero si fuera trans, ¿querría hacer algo al respecto? ¿Qué implicaba la cirugía, de todos modos? ¿Te trasplantan un pene o qué? Sabía que las hormonas estaban involucradas, pero más allá de eso, no tenía ni idea.

Izzy frunció el ceño. Pero lo dejó estar, pues obviamente suponía que yo no podía explicárselo.

En el viaje de vuelta a casa, Izzy me hizo sentar atrás con ella porque quería decirme algo. Una vez que nos acomodamos y mamá entró en la carretera principal, susurró:

—Tengo un novio secreto. —Luego soltó una risita.

—¿Un novio? ¿De verdad?

Sus ojos se abrieron de par en par.

—¡Shh! ¡No tan alto!

—¿No quieres que mamá lo sepa?

—No, solo tú.

—Bueno, entonces háblame de ese chico —le susurré
—. Más vale que sea bueno contigo.

—Lo es. Me llamó y me dijo que era bonita hoy. Me ha
dicho que quiere que sea su novia pero que es un secreto.

—¿Por qué un secreto?

Su sonrisa se hizo más grande.

—¿No es genial?

—Claro, Izzy.

—Isabella —susurró.

—Lo siento. Es genial, Isabella. Mantenme informada.
—No quiso hablar de la parte secreta, lo que me pareció
un poco raro para una niña de diez años. No es que lo
supiera necesariamente.

—¿No quieres saber su nombre?

—¿Cómo se llama?

—¡Jake! —Lo dijo lo suficientemente alto como para
taparse la boca en señal de sorpresa, lo que me hizo reír.

Siguió sonriendo y se recostó en su asiento.

Después de eso, pensé en la experiencia de la compra y
en cómo era como si estuviera separada de toda mi familia. Estaban los normales y estaba yo. Una chica, un chico,
un yo. ¿Realmente estaba haciendo las cosas mal como
tanta gente pensaba? Simplemente no sabía cómo ser otra
cosa que yo.

Paramos en casa de Sam de camino a casa y recogimos
el teclado. La madre de Sam charlaba con mamá e Izzy
jugaba con su gato mientras nosotros subíamos.

Había unas cuantas cajas de mudanza y la magnitud
de la situación me golpeó en las entrañas. Ella se iba. Era
casi lo peor que me había pasado. Pero tenía que estar
tranquila. No es que pudiera hacer nada al respecto.

Tenía la caja apoyada en la pared, pero el teclado
seguía en el soporte.

Tranquila.

—Todavía no puedo creer que me des esto. Eres demasiado buena.

Se encogió de hombros.

—En realidad ya no lo toco, de todos modos. Vamos a meterlo en la caja.

Sujeté la caja mientras ella metía el teclado en ella y plegábamos el soporte y el pequeño asiento que usaba con él.

—No puedo creer que te vayas. —De repente, quise llorar. Aquí estaba yo, tomando esta cosa que una vez le había importado, pero ella había seguido adelante. Como ella probablemente seguiría adelante conmigo.

Sam frunció el ceño.

—Lo sé. No quiero hacerlo. Es una mierda. Y también me siento mal por ti. Realmente tenemos que trabajar en OISN.

—Sí. Eso es lo que hacemos. Pero no queda tiempo…

—Sí. —Ella sonaba deprimida y yo no sabía qué decir.

—Supongo que será mejor que lo llevemos abajo. Probablemente se estén preguntando qué estamos haciendo.

Ella se rió.

—Coge el soporte y el taburete.

Bajamos todo y lo metimos en el coche. Agité la mano hacia Sam mientras salíamos en reversa.

—Siento que se mude, cariño —dijo mamá.

No pude decir nada. Todavía quería llorar.

—¿Estás triste? —preguntó Izzy.

—Sí. Es mi mejor amiga.

—Yo también lo siento.

—Gracias.

Una vez que estuvimos en casa, arrastré todo hacia arriba y tiré la ropa nueva sobre la cama. Coloqué el teclado a su lado y me senté en el taburete que había frente a él. Volví a emocionarme por las posibilidades que representaba.

Podría resultar que tenía un talento natural oculto. Tal vez, una vez que dominara el teclado, podría pasar a la guitarra. Casi podía verme en un escenario, tocando un largo solo, con los dedos volando sobre el diapasón.

Sonreí y encendí el teclado. Me conecté los auriculares y toqué algunas teclas.

Un ruido horrible.

De acuerdo, me quedaba un camino por recorrer. Pero la música tenía que ser la clave. Tendría más en común con más gente. Podía ser lo que cambiara las cosas para mí socialmente. No importaría si era trans o no. Creía en la música.

Iba de camino a la escalera para reunirme con Sam, Ryan y Lizzy (estaba en marcha el OISN) y un chico al que conocía desde segundo grado me llamó desde el otro lado del pasillo:

—Oye, Nic, ¿vas a empezar a competir en concursos de belleza ahora?

Me ardía la cara. Las fotos del viernes estaban dando vueltas. Cuando se alejó de mi alcance, mi cerebro se descongeló y murmuré:

—Vete a la mierda —lo que me hizo sentir bien.

Cuando llegué a la escalera, Sam ya estaba allí con su hamburguesa.

—Hola. ¿Qué pasa con esas fotos? —Me miró con sorna—. Ayer no mencionaste nada.

Me senté contra la pared junto a ella y cerré los ojos.

—Sí. Fue demasiado embarazoso.

—¿Qué pasó?

—Bueno, estaba allí y me molestaron y... no sé. Simplemente cedí. —Hice una mueca y me encogí de hombros.

Ella me dio un ligero golpe en el hombro.

—Eres demasiado inocente. Tienes que defenderte más.

Puse la cara entre las manos, revolcándome en el ardor de la humillación y la desesperación que sentía, aunque no le decía a Sam lo mal que estaba. Me sentí mal del estómago al pensar en ello.

—Lo sé. —¡Los silbidos! Dios.

—Fue tan raro verte así. Quiero decir, te veías bien, pero no como tú en absoluto.

—Lo sé. Me sentí muy mal.

—Pero en realidad, eres demasiado buena. —Ella arrancó el pepinillo de la hamburguesa y lo dejó caer en su boca.

La miré y desenvolví mi burrito.

—No sé si soy buena. Creo que soy un poco antisocial.

—No, no creo que sea eso. Solo eres extremadamente tímida.

—Pero ni siquiera me gustan esas chicas. Quiero decir, están bien, pero son tan aburridas. Dios, ¿a quién le importa la moda? —Le di un mordisco al burrito.

—Así que tienes un alto nivel de exigencia. —Ella chocó mi hombro con el suyo—. Son seguidoras sin cerebro, eso es todo.

—Supongo. —Terminé de masticar y dije—: ¿Sabes lo que dijo Alyssa una vez? Fue hace poco, pero igual.

—¿Qué?

—Estaba hablando de que iba a ir a la UCLA y de que la universidad es genial porque no tienes que ir nunca a clase. —Me reí.

Sam resopló.

—¿Ves lo que quiero decir? Sin cerebro.

—Yo estaba como, eh, no creo que funcione así.

—No me digas. Además no le va bien en la escuela, de todos modos.

Nos quedamos en silencio por un momento, hasta que dije:

—No creo que Ryan y Lizzy vengan.

—Creo que tienes razón. No es que sean las personas más atrayentes, de todos modos. —Ella sonrió.

—¿Verdad? Probablemente estén en otro lugar besándose.

—Definitivamente. —Dio un mordisco a su hamburguesa y, cuando la terminó, dijo—: Así que mi padre se va este domingo.

Sacudí la cabeza.

—No puedo creerlo. Está sucediendo. —Me puse la mano en el estómago para calmar el nuevo revoloteo.

—Lo sé. —Miró a lo lejos antes de volverse—. ¡Oh! Casi lo olvido. He convencido a mi madre para que me deje ir a una fiesta este sábado. Me quedaré en tu casa y Zach podrá recogernos. Supongo que a tu madre no le importará.

La mención de Zach hizo que mi mente diera vueltas a las posibilidades. Quizá pronto saldríamos. ¡Solo faltaban cuatro días!

—No creo que le importe. ¿Pero estás segura de que Zach nos llevará?

—Sí, lo vi en el pasillo esta mañana y le pregunté. Me dijo que aún no sabe de ninguna fiesta, pero que ya surgirá alguna. E incluso si no hay ninguna, podemos quedarnos todos en la suya. Así que está bien. Solo tienes que consultarlo con tu madre.

—Lo haré.

—Genial. Quizá puedas charlar con Zach. —Movió las cejas.

Estaba sonriendo y tuve que contener mi entusiasmo o Sam podría descubrir lo mucho que me gustaba. No estaba preparada para ese tipo de conversación.

—Además, tenemos la reunión del club de arte el miércoles. Tienes que intentar mezclarte más, ¿vale?

Asentí con la cabeza. No se equivocaba.

—Será una buena práctica para el sábado por la noche.

—Sí.

Con voz seria, dijo:

—Sé que puedes hacerlo, Nic. Tienes que esforzarte un poco más, eso es todo.

Eso no era del todo justo. Lo estaba intentando. Simplemente no podía hacerlo bien.

—La Operación Interacción Social para Nic sigue en marcha —dijo—. A toda máquina.

El miércoles, estaba en matemáticas al lado de Carlos, con Kyle riéndose al otro lado y hablando de las fotos. Carlos parecía incómodo, aunque esbozaba una media sonrisa. Al parecer, las fotos eran lo más divertido que Kyle había visto en lo que iba de año. Solo quería que la clase terminara para poder llegar a la reunión del club de arte y tratar de hacer amigos. Realmente quería tener nuevos amigos. Y tenía mucho más en común con los otros chicos de arte que con el chico promedio.

Me quedé mirando la pizarra mientras el Sr. Martínez repasaba algunas ecuaciones más. No era capaz de concentrarme a causa de Kyle y mis mejillas nucleares que anunciaban mi humillación a toda la sala, pero me esforzaba por anotar todo lo que importaba.

Miré mis notas y me di cuenta de que había omitido una línea entera de la ecuación, por lo que no tenía ningún sentido.

¿Por qué tenía que importarme tanto lo que pensara la gente? ¿Por qué específicamente me molestaba tanto que la gente me hubiera visto maquillada?

Me sentía casi tan mal como si me vieran desnuda. Tal vez porque revelaba lo que yo era al recordarle a todo el mundo lo que no era. No me maquillaba, aunque fuera una chica, así que tenía que ser lo otro: un bicho raro. Una lesbiana, por supuesto.

Me preguntaba por qué nadie pensaba en que yo fuera trans. No estábamos *tan* lejos de Tulsa, y estaba dispuesta a apostar que había algunos chicos trans allí. Era una ciudad, después de todo.

De todos modos, pensé que la suposición de que era lesbiana era la razón por la que Kyle pensaba que las fotos eran tan divertidas. Pero él sabía que yo no era gay, ya que había aparecido en la puerta de Carlos. No sé si consideró la posibilidad de que yo fuera bi. Supongo que la cuestión era que yo era lo suficientemente tonta como para pensar que, incluso en mi estado natural, debía ser lo suficientemente buena para Carlos.

Idiota.

Finalmente, el Sr. Martínez dio por terminada la lección y nos dejó ir. No miré a Carlos ni a Kyle y escapé sin más recordatorios verbales de mi vergüenza.

Encontré a Sam en su casillero y nos dirigimos al aula de arte para la reunión. No empezaba hasta dentro de cuarenta y cinco minutos, pero el objetivo era llegar allí y hablar con la gente.

Subimos las escaleras, y recordé haber bajado a toda velocidad por ellas para llegar al autobús el día que Zach me llevó a casa. Cerré los ojos por un segundo y reprimí la sonrisa que amenazaba con escaparse al pensar en lo genial que sería el viernes. Mamá había aceptado que Sam se quedara y que fuéramos a una fiesta. Parecía un poco nerviosa al respecto; después de todo, era mi primera fiesta.

No importaba que Caleb ya hubiera ido a un par de ellas. Mamá estaba más preocupada por mí, porque era una chica, supongo. Una razón más para odiar serlo.

Por no hablar de que era un desastre que intentaran protegerme *ahora*. ¿Dónde estaban cuando el amigo de papá se metía conmigo?

Sam abrió la puerta de la habitación y el sonido de una docena de voces se extendió. Aparté los oscuros pensamientos y maniobramos alrededor de las mesas más cercanas a la puerta para llegar a donde estaban todos. La gente estaba de pie junto a los volantes de cerámica porque había más espacio libre. Los estantes con todas las piezas de cerámica estaban al otro lado.

—Oye, Sam, mira mi maceta —dije. Señalé una pieza gigante de cerámica. Era de unos cuarenta y cinco centímetros de alto, y la Sra. Tolliver no estaba segura de que sobreviviría al horno, pero lo hizo. Estaba orgullosa de ella.

—Vaya, es impresionante. ¿La espiral está en la parte inferior?

Asentí con la cabeza y nos acercamos a inspeccionarla. Los quince centímetros de la parte inferior eran un gran cuenco circular, luego puse piezas de losa verticales encima en un cilindro que se estrechaba, y finalmente algunas piezas de losa más que se estrechaban aún más hasta que había una abertura en forma de boca en la parte superior, pero que se abría hacia un lado en lugar de hacia arriba. Era un poco chiflado.

—¿Es eso una pipa de agua? —preguntó el tipo.

—No —dijo Sam—. No lo es.

Oh, Dios. No había pensado en cómo se veía. Me sonrojé. Fui una idiota.

—Me encanta esa maceta —dijo alguien más, y me giré para ver a Mia, la chica de mi clase con la que había hablado en el Key Club la semana pasada.

—Gracias. No se parece en nada a lo tuyo. —Luego miré a Sam—. Deberías ver lo que hace; realmente crea pequeñas flores de arcilla. Es increíble. —Era cierto. Había hecho esta maceta con delicados pétalos decorativos alrededor del borde.

Mia sonrió.

—Gracias.

—Es realmente genial. ¿Hay alguna aquí? —preguntó Sam.

Mia le mostró una de ellas y la admiramos.

—Oh, mira —dijo Sam—. Ahí está Andrew. Voy a hablar con él. —Desapareció entre la multitud, lo que nos dejó a Mia y a mí. Esto era probablemente una parte de OISN.

A pesar de llevar más maquillaje de lo habitual, Mia me parecía una niña pequeña. Me desconcertó.

Charlamos un rato; no era difícil hablar con ella, aunque nos limitamos al arte, excepto cuando mencionó a su novio. Cuando hablaba de él le brillaban un poco los ojos. Le compraba cosas todo el tiempo, incluida la pulsera de dijes que llevaba ahora. Me pregunté cómo sería eso. No es que quisiera joyas. Pero tener a alguien a quien le gustas lo suficiente como para comprarte regalos podría ser genial.

No sabía si estaba haciendo un buen trabajo participando en la OISN, pero al menos no estaba siendo solo un adorno.

La Sra. Tolliver pasó al frente de la sala para comenzar la reunión. Entre otras cosas, habló del concurso de arte. Nosotros éramos los responsables de la recaudación de fondos, e íbamos a vender chocolate. Lo cual sería un asco. Odiaba ir de puerta en puerta. Pero como esperaba ganar algo en el concurso, pensé que sería justo que yo hiciera parte del trabajo de campo.

Cuando terminó, todos salimos.

Había un BMW negro con los cristales polarizados parado frente a la acera. Vi cómo se le iluminaba la cara a Mia cuando se acercó a él.

Se subió justo cuando pasamos, y miré dentro y vi a un tipo blanco de pelo negro con tatuajes en las mangas de ambos brazos que parecía enfadado. No parecía el tipo de hombre con el que me habría imaginado a Mia, por alguna razón. Parecía peligroso, y ella parecía tan agradable. Además, al menos habría pensado que el tipo se alegraría de verla.

Si Zach me recogiera, ¿se alegraría de verme?

El viernes por la mañana, de camino a clase, recibí un mensaje de Sam sobre el plan para la comida.

«Almorzaré con la banda»

Eso significaba que no era bienvenida. Esos chicos eran así. Traté de no tomarlo como algo personal.

«Y mi madre cambió de opinión sobre la fiesta. No puedo ir porque mi padre se va el domingo»

«¡¡¡No puede ser!!!»

«Lo sé, lo siento mucho»

«Eso apesta». De verdad lo hacía.

Había estado tratando de pensar en un plan para tal vez incluso tratar de hacer un movimiento con Zach.

Dios, odiaba a su madre. Entonces ella volvió a enviar un mensaje de texto.

«Pero apuesto a que Zach igual te recogerá. Deberías ir de todos modos»

«…»

«¡Hazlo!»

Miré hacia el aula con todos los chicos y me senté en mi asiento habitual en el centro.

¿Tenía el valor? No sería fácil, eso era seguro.

Si tenía alguna esperanza de tener una vida real, tendría que salir de mi zona de confort. Pero, ¿podría dar un paso tan grande en este momento? Quiero decir, Dios. ¿Era yo tan valiente?

«Lo estoy pensando»

«Hazme saber. Se lo diré a Zach»

Normalmente ella lo veía en el pasillo por la mañana o antes de la sexta hora.

Guardé mi teléfono en el bolsillo porque la clase estaba a punto de empezar, mi mano temblaba un poco por la idea de ir con él sola.

Si iba, Zach era un tipo lo suficientemente agradable como para sentirse obligado a hablar conmigo ya que Sam no estaría allí. Por supuesto, no podía saberlo con seguridad, lo que podría significar que acabaría sola toda la noche. Y dependería de él para que me llevara, así que no era como si pudiera levantarme e irme si quería.

Además, Evan estaría allí, lo que sería potencialmente desagradable, especialmente en el viaje de ida y vuelta. ¿Y qué pasa si Zach se emborracha? Tendría que ir con él o llamar a mis padres, lo que sería embarazoso. Nunca me dejarían ir a otra fiesta.

Cuando terminó la clase, me dio un arrebato de valentía. Aunque sería aterrador, tendría que salir de mi zona de confort para estar con Zach. Mis manos aún temblaban un poco cuando recogí mis cosas.

Una vez que cogí mi almuerzo y me dirigí a mi lugar en la escalera, simplemente era más fácil no tener que lidiar con otras personas, me senté y le envié un mensaje a Sam.

«Bien, iré»

Esperé un momento.

«¡Sí! Se lo diré cuando lo vea. Le daré tu número»

«Genial»

Estaba sonriendo para mis adentros cuando el señor Martínez bajó las escaleras.

—¿Dónde está tu amiga? —preguntó, ladeando la cabeza.

—En la cafetería. —Me sentí como un espécimen en exhibición.

—¿No hay nadie más con quien puedas almorzar?

Me encogí de hombros, sin saber qué responder. Una vez más, un adulto no aprobaba mis elecciones. Se estaba volviendo tan viejo.

Sin embargo, tenía por delante la fiesta. Y a Zach.

▭

El sábado por la tarde, toqué una nota mala en el teclado y me estremecí. Lo tenía preparado con los auriculares conectados para poder hacer lo que fuera sin que toda la casa supiera lo mal que lo hacía. Porque, vaya, sí que apestaba.

En realidad, era probablemente culpa de Zach que yo siguiera tocando notas malas porque no podía concentrarme. Seguía pensando en él. No dejaba de preguntarme cómo sería si acabáramos solos en algún rincón esta noche. ¿Me besaría?

Si no lo hiciera, ¿tendría yo suficiente valor para besarle a él primero?

Seamos realistas: no. Pero tenía que gustarle, por la forma en que se había comportado: mirándome en el espejo, siendo tan amable, y demás. Así que aún mantenía la esperanza.

Me imaginé su sonrisa fascinante y cómo me miraba cuando hablaba de la mano azul. Él de verdad pensaba que era genial, y parecía que incluso pensaba que yo era genial. Eso hizo que mi corazón se hinchara.

Esto parecía algo seguro.

Se oyó un golpe en la puerta e Izzy me llamó por mi nombre.

Fue bueno que mis pensamientos fueran interrumpidos. Puse los auriculares en el teclado.

—Entra.

Entró como un tornado seguido de purpurina, con sus pantalones cortos rosas favoritos y una camiseta que decía «Princesa inteligente» en la parte delantera.

Al menos estaba lo de «inteligente». Tenía buenas aspiraciones. Por lo demás, ugh. ¿Qué pasaba con las niñas y las princesas? Nunca sabré cómo es que somos de los mismos padres.

—Hola, Nic.

—Hola, Iz.

—Voy a dejar pasar eso porque era el diminutivo de Isabella, ¿no?

Me reí.

—Por supuesto. —Nunca me iba a acostumbrar a esto. Durante diez años había sido Izzy.

—¡Tengo mi nueva caja! —dijo.

Esto era perfecto para alejar mi mente de Zach. Gracias a Dios por las hermanas pequeñas.

—La última. —Lo dijo frunciendo el ceño

No le había hablado de mi idea.

—¿Cuánto cuesta cada mes?

—Veinticinco. —Se sentó en el centro del piso y yo me senté frente a ella. Abrió la caja y empezó a repartir el contenido delante de nosotras.

—Bueno, tengo una propuesta para ti. *Podría* estar dispuesta a compensar la diferencia por ti.

—¿De verdad? —Aplaudió.

Miré hacia abajo para ver un montón de piezas cuadradas de madera fina, algunas piezas de metal y pintura.

—Sí. Pero tendrías que hacer algo por mí.

—¿Qué? —Se estremeció de emoción.

—Limpiar mi habitación. —Mamá no era súper estricta al respecto, pero era una de las tareas que había destacado recientemente.

—¿Eso es todo? Eso es fácil. —Izzy ya era una maniática del orden.

—Sí, pero tienes que mantenerlo. Una vez a la semana.

—De acuerdo, trato hecho. —Extendió la mano.

Me reí y la estreché.

—Trato.

Me sonrió, mostrando sus frenos rosas.

—¿Qué es todo esto? —le pregunté.

—Es un reloj. —Levantó dos largas y finas piezas de metal negro—. Mira, estas son las manecillas.

—Ah, claro. —Saqué las instrucciones y las leí mientras ella jugueteaba con las piezas. Había una batería con una varilla metálica que sobresalía y sobre la que debían apilarse las piezas de madera, que tenían agujeros. La idea era que pudieras inclinarlas en diferentes direcciones para hacer tu propio reloj personalizado.

Mi teléfono sonó, lo que me sacudió porque era

extraño. Sam era la única con la que hablaba, y siempre enviaba primero los mensajes de texto.

—¿No vas a contestar? —preguntó Izzy.

—No. —No reconocí el número, aunque era un número local.

Recogí algunas de las piezas del reloj y las apilamos en la barra. Entonces empezó a mover las piezas en diferentes configuraciones, con los labios apretados en señal de concentración.

Con el rabillo del ojo, vi una ventana emergente en mi teléfono que indicaba que había un mensaje. Un poco más inusual, así que comprobé el buzón de voz. Mi corazón se aceleró doblemente cuando escuché la voz de Zach en el mensaje.

«Hola, Nic. Quería hacer planes para esta noche. Llámame. Adiós».

De acuerdo, eso era raro. Podríamos hacerlo por mensaje de texto.

Espera, ¿quería hablar conmigo? Ahí estaba mi corazón de nuevo.

Mierda.

—¿Quién es? —preguntó Izzy.

Mis entrañas estaban a punto de estallar de la emoción, lo cual sabía que era una reacción exagerada, pero no pude evitarlo.

—Nadie. —Me sentí rara. No creía que pudiera decírselo.

—Te ves muy feliz.

Tenía razón. Ahora estaba sonriendo locamente. Intenté reprimirla y fracasé por completo.

Ella soltó una risita.

—¡Vamos, quiero saberlo!

—De acuerdo, bien. Solo este chico que conozco.

—¡Un chico te llamó! ¡Oh, Dios mío, Nic! Estoy tan celosa. —Sus rodillas rebotaron hacia arriba y hacia abajo.

—Izzy, no es gran cosa. Y no deberías estar celosa. ¿Qué pasa con Jake?

Su cara se iluminó aún más.

—¡Es tan divertido! Quizá tú y yo podamos tener novios al mismo tiempo.

¿No sería bonito? La idea me hizo sonreír aún más.

—Creo que le gusto de verdad —dijo Izzy—. Todo el mundo lo dice.

—Pensé que era un secreto.

Se rió.

—A veces es malo conmigo, y por eso todo el mundo lo dice.

—¿Cómo es que es malo contigo?

Debió notar mi alarma.

—No es gran cosa. Como que a veces me insulta. O actúa como si yo oliera.

—¿Cómo hace eso?

—Se tapa la nariz cuando paso. Solo cuando está con sus amigos.

Ah, eso tenía sentido. Sabía, por haber observado a los chicos que me rodeaban, que los chicos de esa edad eran especialmente idiotas. A algunos les gustaban las chicas, pero era lo peor del mundo que eso se supiera.

—No vale la pena, entonces. Ningún chico tiene derecho a ser malo contigo, aunque le gustes. Porque si realmente le gustas, no sería malo contigo.

Ella frunció el ceño.

—No lo sé. No es muy malo.

—Vamos, tú lo sabes bien. Es importante tener respeto por uno mismo.

Ella miró hacia otro lado y yo dije:

—Vamos a trabajar en el reloj.

—De acuerdo. —Ella volvió a sonreír—. ¡Sigue siendo genial que te haya llamado un chico!

Movimos las piezas de madera durante un rato, tratando de encontrar una buena configuración.

Yo estaba, por supuesto, desesperada por llamar a Zach, pero primero tenía que calmarme. Sabía lo suficiente sobre este tipo de cosas como para actuar al menos con un poco de calma. Puede que *estés* desesperada, pero no debes parecerlo.

—¿Cómo es él? —preguntó Izzy.

La enorme sonrisa de mi cara se había desvanecido.

—Oh, ya sabes. Es agradable.

—¿Pero *cómo* es él? ¿Es guapo?

—Sí, supongo. Pero sabes que no todo es apariencia.

—Adam tiene un pelo muy bonito. —dijo Izzy.

—¿Quién es ese?

—Solo un chico de mi clase. Pero es estúpido. Va por ahí haciendo sonidos de pedos con el sobaco.

Me reí. Al menos en secundaria la mayoría de los chicos habían dejado de hacer eso.

Cambiamos las piezas un poco más hasta que nos pareció que quedaba bien.

Entonces estaba preparada. Estaba segura de poder hablar con una voz normal.

—Voy a llamarle rápidamente.

—Nic —respondió.

—Hola —dije como chillando. No me había dado cuenta de lo profunda que era su voz. Quiero decir, era un chico, así que era de esperar, pero me gustaba.

—¿A qué hora tienes que estar de vuelta en casa? Buena señal, imbécil.

—¿Qué?

—Lo siento, estoy conduciendo —explicó—. ¿La hora de retorno?

Mi corazón se hundió. Lo de conducir era la razón por la que había llamado en lugar de enviar un mensaje de texto.

—Las once y media.

Izzy se sentó allí sonriendo y observando con fascinación, lo que me hizo sentir rara, como un espécimen de nuevo.

—Genial. Entonces me pasaré sobre las seis y cuarenta y cinco, ¿de acuerdo?

—Claro. —Mi pulso volvía a acelerarse a pesar de mis esfuerzos por calmarlo.

Su risa llegó a través del teléfono toda ronca.

—Pareces nerviosa.

Supongo que mi «claro» había sido tambaleante.

—Sí. —¿Por qué no se me ocurría algo más que respuestas de una sola palabra?

—Me lo imaginaba. Tienes que salir más, ¿no?

—Supongo. —Me reí nerviosamente—. Sí.

—Está bien, me aseguraré de que nadie te moleste. Seré como tu hermano mayor.

Eso estaba bien, me gustaba la idea de que cuidara de mí. Era un poco dulce. Pero esperaba que no pensara en mí como una hermana.

—Debería colgar, Nic. Nos vemos esta noche.

—Adiós.

Aferré el teléfono y noté que mi mano volvía a temblar un poco.

—Estás sonriendo de nuevo —observó Izzy.

—Es simpático.

—¿Te *gusta*? —Se acercó y me agarró la mano.

—¡No! —Dios, nunca podría admitirlo. Era demasiado difícil de decir.

—¡*Sí* te gusta! —Me agarró la otra mano.

Me solté. No quería que se diera cuenta de que estaba temblando.

—Izzy, no quiero hablar de ello.

—Isabella —dijo, sonando decepcionada.

—De acuerdo, lo siento. —Respiré profundamente y luego tomé una foto rápida del reloj—. Vamos a desmontarlo para poder pegarlo de nuevo.

—Bien.

Había sonado como si Zach estuviera deseando que llegara esta noche. Por qué, si no, habría llamado en lugar de enviar un mensaje rápido más tarde: «en tu casa, a las 6:45», habría funcionado. ¿Por qué la necesidad de hacer el plan ahora mismo?

Esto era tan genial. Tenía que gustarle.

Ayudé a Izzy a apretar el pegamento en los lugares adecuados y conseguimos colocar la primera pieza en la base. Luego la dejé seguir con ella, ya que lo estaba haciendo bien.

¿Estaba pensando en mí también? ¿En qué iba a pensar? Alguien me dijo que tenía una bonita nariz una vez, pero dudaba que fuera eso. ¿Mis tetas? No eran pequeñas, pero tampoco gigantes. Aunque se suponía que también tenía un bonito pelo. No me hice nada, pero era largo y suave de forma natural. A algunos chicos les gustaba el pelo, ¿no?

La verdad es que no tenía ni idea. Todas esas experiencias que otras chicas tenían con los chicos en la escuela habían sido inaccesibles para mí.

Me preguntaba qué haría si Zach me tocaba las tetas esta noche cuando Izzy preguntó:

—¿Y ahora qué?

Mierda. Tenía que dejar de pensar en él. No quería que esto se convirtiera en algo grande solo para descubrir que había estado equivocada todo el tiempo.

Eso sería horrible. Otra situación como la de Carlos.

Miré hacia abajo. Todo estaba en su sitio.

—Solo hay que dejarlo secar, luego puedes pintarlo y ponerle las manecillas.

—Está muy bien. ¿Puedo dejarlo aquí?

—Sí. —Me levanté y puse el reloj encima de la cómoda antes de volver al teclado.

Izzy se quedó junto a la puerta.

—¿Podré conocerlo?

—¿Qué? No. —Seguramente se le escaparía algo. Qué mortificante sería eso.

—¿Por qué no? —Parecía dolida.

—Esta noche no. En otro momento. —Como cuando lleváramos un tiempo saliendo.

Izzy sonrió y salió corriendo de la habitación y yo me senté ante el teclado, soñando con todo lo bueno que podía pasar esta noche en lugar de practicar.

———

Llevaba un rato practicando con el teclado cuando entró mamá, con aspecto pensativo.

—Cariño, lo he pensado, y creo que como Sam no puede ir, no quiero que vayas a esa fiesta esta noche.

Mi corazón casi se detuvo.

—¿Qué? ¡Tengo que ir!

—¿Por qué?

No podía decírselo. Ni siquiera podía decírselo a Sam.

—Sé que estás decepcionada, cariño. —Ella fruncía el ceño como si no le gustara decirlo.

Apreté los lados del taburete y lidié con algo que pudiera decir para convencerla.

—Mamá, por favor. Zach va a estar allí.

—Es que no lo conozco lo suficientemente bien. Con

Sam, sé que se cuidarían mutuamente, pero ¿cómo puedo confiar en un chico que apenas conozco?

—¿Por favor? —La desesperación me destrozaba el estómago.

—Lo siento. Necesito que estés a salvo. —Su ceño estaba fruncido.

—¡Puedo cuidarme sola! —Dios, aquí vamos de nuevo. Si fuera un chico no sería un gran problema.

—No es que no confíe en ti, cariño —dijo en tono apaciguador—, pero las chicas tienen que cuidarse unas a otras en las fiestas.

—Dios, mamá. No es que sea una chica de verdad. Nadie querría drogarme.

Ella entrecerró los ojos.

—¿Qué quieres decir?

—No importa. —Me llevé la mano al estómago para calmarlo.

—Todavía eres muy joven. El mundo puede ser un lugar peligroso.

—Vamos, estoy a punto de sacar mi licencia. —Mi tono suplicante me avergonzó.

—Tengo que irme a trabajar. Podemos hablar más tarde. —Cerró la puerta mientras desaparecía en el pasillo.

Oh, Dios mío. Estaba arruinando mi vida.

Estaba aturdida y me escocían los ojos. Después de un par de respiraciones, no pude contener las lágrimas.

Esto era tan jodidamente injusto. Me acerqué a mi escritorio y miré fijamente mis figuritas, queriendo romperlas. Todo lo que tenía que hacer era doblar el metal un par de veces en cualquier cosa que sobresaliera, como una espada o un báculo, y listo. Apenas podía verlas a través de mis lágrimas.

Dios, odiaba llorar. Una vez que empezaba, estaba

fuera de control. Mi cara lo mostraría durante horas. Ahora tendría que pasar toda la noche en mi habitación.

Me trasladé a mi cama para no romper nada. Y cuando pasó lo peor, le envié un mensaje a Zach para que cancelara la cita. Esto me hizo empezar de nuevo, sobre todo cuando me contestó.

«Eso apesta chica. Tal vez la próxima…»

No pude saber si le importaba.

Pero entonces pensé en el hecho de que me había llamado «chica». Nunca nadie me había llamado por un apodo. Al menos, uno que no fuera despectivo.

Eso me hizo sentir marginalmente mejor. Quiero decir, tal vez esta no era mi única oportunidad con él.

Pero no detuvo totalmente el llanto.

Después de haber perdido cerca de un galón de mocos, pensé en volver a trabajar en el teclado. Pero entonces se me ocurrió que nunca podría ir a una fiesta ya que Sam se iría pronto, y mamá aún no «conocería mejor a Zach». Era inútil. Esto me convirtió de nuevo en un desastre lloroso, y nunca llegué al teclado. Todo era tan inútil. ¿Por qué me había hecho ilusiones?

Al menos vería a Sam mañana. Tal vez incluso le diría lo mucho que me gustaba Zach.

Ayudé a Sam a embalar su dormitorio el domingo por la tarde. Esto significaba preparar sus varias piezas de arte para que las empacaran los de la mudanza que venían el viernes. Teníamos papel de periódico esparcido por todo el suelo con dibujos, que habíamos rociado con ese fijador. Las instrucciones de la lata indicaban que había que ventilar bien, y la habitación olía un poco a alcohol, aunque Sam había puesto un ventilador en la ventana abierta apuntando hacia fuera. Era un poco curioso ya que el aire acondicionado seguía funcionando. Se podía sentir el calor que se filtraba alrededor del ventilador.

—¿Cuántos más de estos tienes? —pregunté.

—Ya casi terminamos. —Se rió.

Desenrolló otro (un bonito estudio de un castillo de Escocia que debió de hacer recientemente), lo puso encima de un periódico vacío y lo roció.

Después de rociar los dos últimos, nos desplomamos cada uno en una de sus camas gemelas, evitando los papeles a los pies de cada una.

Hice rebotar las piernas contra el lado de la cama.

—Oye, ¿qué terminaste haciendo con tus figuritas?

—¿No te lo he dicho? Me las quedo.

—Ah. —Me acosté con los ojos cerrados—. Genial. ¿Por qué no las vendes?

—Valor sentimental, supongo. Tal vez deberíamos empacarlas ahora.

—Deberíamos.

Ninguna de los dos se movió y después de un momento, las dos nos reímos de nuestra pereza.

—De acuerdo, de verdad, ahora —dijo ella con fuerza.

Las dos nos sentamos al mismo tiempo. A pesar del ventilador, creo que estábamos un poco dopadas por los gases. Me sentía mal. Mareada. Supongo que deberíamos haber ventilado mejor.

Pero entonces nos metimos en el pequeño ático terminado que estaba detrás de su armario. Era nuestra zona de pintura.

Recogimos las distintas figuritas y cargamos las cajas con espuma protectora y luego envolvimos las figuritas en papel. Cuando las tuvimos casi listas, Sam preguntó:

—¿Has intentado ver si Carlos y Kyle podrían ser amigos potenciales tuyos?

Se me retorció el estómago al revivir el horrible momento en que Carlos me miró por primera vez en su casa, y sentí que mis mejillas se encendían. Por suerte, Sam no me estaba mirando en ese momento. No sabía cómo podía contarle aquello. Sería muy humillante.

—No sé, creo que Kyle es un poco idiota —dije—. Se burló de mí por las fotos de maquillaje.

—Oh. Siempre pensé que estaba bien. Eso demuestra que nunca se sabe. No es él que sea un bombón.

Me encogí de hombros. La cosa era que Sam solía ser tan perdedora como yo. Sin amigos. Las dianas marcadas en nuestras espaldas. Las cosas cambiaron en octavo grado. No entendía qué había pasado, salvo que se hizo popular entre los chicos de la banda de la noche a la mañana. Nunca me había pasado nada parecido. No habría sido con los chicos de la banda, pero uno pensaría que tal vez con los de arte.

Pero no.

En lo único que seguíamos siendo iguales era en los chicos. Ella tampoco había tenido nunca un novio. No hablábamos de ello, aunque yo estaba bastante segura de que le habían gustado algunos.

No le había contado mi última conversación con Zach porque no me atrevía, y seguía sin hacerlo. Aunque esta era la oportunidad perfecta para sacar el tema. Sería admitir demasiado, incluso ante Sam.

Oí que se abría la puerta del dormitorio y su madre dijo:

—¿Sam?

Salimos arrastrándonos, con Sam delante, y su madre se quedó mirándonos a las dos de rodillas en el suelo. Olfateó el aire y dijo:

—¿Qué han estado haciendo aquí? ¿Es eso marihuana?

Nos miró de un lado a otro, con los ojos entrecerrados. Era extraño lo mucho que Sam se parecía a ella, piel pálida y pelo rubio y liso.

—¿Qué? —preguntó Sam—. ¡No! Dios, mamá. Es ese spray para mis dibujos. Lo estamos ventilando por la ventana.

—No tomes el nombre del Señor en vano, Samantha. —Su madre frunció los labios y me miró con los ojos todavía entrecerrados. No le gustaba porque pensaba que Sam y yo éramos «demasiado unidas», lo que pensé que era su manera de acusarnos de estar juntas.

—Creo que es hora de que te vayas, Nic. Por favor, llama a tu madre.

▭

Me fui a casa y después de cenar, me puse a jugar con el teclado un rato. Seguía siendo terrible, pero parecía que estaba mejorando. Había encontrado algunas canciones fáciles y estúpidas para tocar en Internet y trabajé para aprenderlas.

Así que estaba tocando «En la granja de Pepito» y «Debajo de un botón» como una profesional.

Me alegré mucho de tener los auriculares. ¿Te imaginas lo malo que habría sido si mi hermano me hubiera oído tocar «Estrellita dónde estás»? Se lo habría contado a todo el mundo. Qué humillante sería que la gente supiera que estaba intentando aprender eso.

Me alegré de que no supiera nada del teclado.

Un poco antes de las nueve, me quité los auriculares y noté un sonido extraño. Rápidamente, me di cuenta de que eran gritos. Corrí hacia la puerta y escuché. ¿Se estaban peleando mis padres?

Nunca los había oído pelear. Discutir, sí, ¿pero pelearse

de verdad? No. Apreté el oído contra la puerta para escuchar mejor. Seguía sin poder distinguir lo que se decía.

Entonces empecé a arrancar palabras. «Cuenta». «Cuenta de ahorros». «Cable».

Bien, entonces, dinero. Mi estómago se apretó. ¿Estaba empeorando?

Me senté, con la cabeza dando vueltas. ¿Terminaríamos mudándonos? Teníamos una bonita casa de dos plantas construida en los años 80. No era tan grande como la de Sam, pero tenía un tamaño decente. En mi barrio había muchas casas con piscinas y cosas así, aunque nosotros no la teníamos.

Mudarme estaría bien si implicara cambiar de distrito escolar. Me daría un nuevo comienzo.

Todo había quedado un poco tranquilo, pero luego hubo más gritos y Caleb subió corriendo las escaleras y gritó:

—¡Me están arruinando la vida! —antes de dar un portazo.

Necesitaba hacer algo para dejar de pensar en toda esta mierda. La mudanza de Sam. Los problemas de dinero. Todo apestaba.

Abrí mi mochila para terminar algunos deberes de historia que había estado evitando todo el fin de semana y me senté en mi escritorio, moviendo algunas de las figuritas y frascos de pintura Testors hacia atrás para hacer espacio. Levanté mi azul favorito (oscuro y metálico) a la luz para poder admirarlo antes de empujarlo de nuevo al rincón con el resto, haciéndolos chocar entre sí.

Tras unos minutos de trabajo, pensé en el concurso de arte. No había trabajado en el dibujo del dragón desde que recibí el teclado, pero había mucho tiempo. Debería planificar mis proyectos en la escuela para maximizar mis participaciones. Un poco de todo. Solo podía presentar uno por categoría, y quería presentar muchos trabajos. Incluso pensar en ello me entusiasmaba: sabía que podía ganar algo, lo que me haría competitiva para la escuela de arte.

Llamaron a mi puerta.

—¿Sí?

Mamá entró. Tenía la cara roja como si estuviera a punto de ponerse a llorar. Me habría sentido mal si no fuera porque todavía estaba enfadada con ella por lo de anoche. Quiero decir, nada malo habría pasado con Zach allí. Y algo *bueno* podría haber pasado.

—Hola, cariño.

La miré.

—Te hago saber que nos vamos a deshacer de todo el cable excepto el básico. —Parecía que quería hablar, pero no le seguí—. Sé que no ves mucha televisión, pero deberías saberlo.

—De acuerdo.

Se escabulló de nuevo por la puerta, y yo me fui a tumbar en mi cama, pensando en Zach. Me pregunté qué sentiría si me tocara. ¿Y dónde? ¿En mi mano? ¿En cuál? ¿Querría algo más? Ni siquiera lo sabía. ¿Cuándo iba a averiguarlo?

Izzy llamó a la puerta y dijo mi nombre.

—¿Sí?

Entró, con los ojos muy abiertos por el miedo. Se arrastró a la cama y se acurrucó contra mí.

—¿Por qué están peleando?

—¿Qué te han dicho?

—No más cable. ¿Pero por qué gritaban tanto?

—Por el dinero. —Apreté su mano.

—¿Se van a divorciar? —La voz de Izzy era tensa.

—No lo creo. —Esperaba que no. No podía ni imaginar cómo sería eso.

Esperaba a Sam en la escalera el lunes, desesperada por hablar del mensaje que había recibido de ella de camino a la escuela.

«¡No nos mudamos hasta diciembre!»

Eso era genial. Más tiempo para OISN. Y obviamente más tiempo con mi mejor y única amiga.

Así que cuando llegó allí y había una chica con ella, tuve sentimientos encontrados. Tenía muchas ganas de hablar con ella sobre la no mudanza.

La nueva chica tenía una larga trenza castaña y caminaba con una ligera cojera. Iba maquillada, pero solo un poco, así que quizá no me juzgaría demasiado.

Sam me presentó a Chelsea.

—¿Eres de segundo año? —preguntó Chelsea con voz amable mientras Sam se sentaba a mi lado.

—Sí. ¿Y tú?

Ella asintió y miró a su alrededor, posiblemente confundida por el entorno.

—Nos sentamos en el suelo —dijo Sam.

—Oh, claro —respondió Chelsea. Se sentó en uno de los escalones.

Tal vez ella funcionaría. Incluso si mis habilidades de conversación necesitan algo de trabajo.

Pero ahora estaban hablando de la banda, así que escuché y comí mi pizza de peperoni. Por una vez no estaba demasiado grasienta. Chelsea tocaba la trompeta, lo cual era genial. Parecía que iba a tocar la flauta. Todo inocente. Yo pensaba que los trompetistas eran más bulliciosos.

Después de un rato, Chelsea se puso las manos en los muslos y se inclinó hacia delante para bajar.

—Creo que voy a ir a la biblioteca. Necesito conseguir algo para historia.

—De acuerdo. —Sam arrugó el envoltorio de su hamburguesa.

—Encantada de conocerte —me dijo Chelsea.

—Igualmente.

Una vez que se fue, Sam me chocó el hombro y me sonrió.

—¿Puedes creer mi mensaje?

—¡No! —Ahora podíamos hablar de ello—. ¿Qué pasó?

—Se pelearon un poco el viernes por la noche. Escuché algo sobre que no querían sacarnos de la escuela a mitad del semestre. Me dijo esta mañana que no nos iremos hasta justo antes de Navidad. —Se encogió de hombros.

Esto fue un alivio increíble; me sentí casi feliz. Tal vez terminarían cancelando todo el asunto.

—Por cierto —anunció Sam—. Estoy bastante segura de que puedo convencer a mi madre para que me deje ir a una fiesta este sábado.

—¿En serio? La mía definitivamente me dejará ir si estás allí. Ella no confía en Zach solo. —De nuevo, la ironía de que no confíe en *este* chico cuando probablemente era el único chico decente en la escuela.

—Eso es gracioso. Es tan agradable. —Ella arqueó una ceja—. Me pregunto si te dejaría tener una cita con él.

Me sonrojé y picoteé la corteza de mi pizza.

—Cállate. —Si al menos preguntara—. No tengo ni idea.

—Hablaré con él esta tarde. Vamos a planearlo, y trabajaré con mi madre esta semana.

—Sí, de acuerdo.

Revisó su teléfono y lo sostuvo para que lo viera. Hora de irse.

Fui a mi siguiente clase. ¿Cuál era la probabilidad de éxito de la OISN ahora que Sam se quedaba mucho más tiempo? Me sentía más ligera que en mucho tiempo. Cuando llegué a arte, saqué mi dibujo y mis lápices de colores de la caja y me senté junto a Mia. Llevaba una camiseta de manga larga, lo cual era extraño. Era una de esas chicas que parecían querer mostrar tanta piel como fuera humanamente posible, dentro de las limitaciones del código de vestimenta de la escuela. O sobrepasando los límites del mismo.

—Hola —dijo.

—Hola. —La había visto un par de veces desde la reunión del club de arte y había sido más amigable desde entonces.

Mia tenía su bloque de arcilla frente a ella y se subió las mangas antes de tomar el cortador de alambre para cortar un trozo de arcilla. Sus dedos y manos eran tan pequeños que no era de extrañar que pudiera hacer un trabajo tan delicado.

Yo tenía jamones por manos.

Se las arreglaba para mantener sus uñas pintadas en buen estado a pesar de todo el trabajo de arcilla que hacía. Pensé que eran falsas como las de mi madre.

Su camiseta era una de esas estúpidas con los hombros recortados, y pude ver que tenía tres pequeños moratones morados en la piel. Me quedé mirando más tiempo del que debía, y ella misma se miró las manchas. Rápidamente volvió a centrarse en su nueva maceta que acababa de tomar forma.

No sabía qué pensar ni qué decir, así que me puse a trabajar en el paisaje que había empezado la semana pasada.

Mientras me dirigía al autobús después de las clases del lunes, vi a Zach en el pasillo. Eso era un poco inusual, y lo tomé como una buena señal del universo. Pero me pareció especialmente buena cuando me vio, sonrió y me saludó desde el otro lado del pasillo.

Y aún mejor cuando me dijo:

—Hola, tú. Nunca te veo después de la escuela. ¿Quieres que te lleve a casa?

Era mi oportunidad. Mi corazón se volvió loco.

Aun así, logré decir más de tres palabras.

—Claro, sería genial, si no te importa.

—No hay ningún problema. ¿Está Sam por aquí? Podría llevarla a ella también.

—Ella tiene una cita con el dentista hoy.

—Vamos, entonces.

Me aferré a las correas de mi mochila para calmar mis manos temblorosas y lo seguí hacia afuera, dando pasos cuidadosos para atravesar la multitud.

—Tomas arte, ¿no? —preguntó—. ¿Ahí es donde hiciste esa mano?

—Sí. —Necesitaba decir algo más pero mi mente estaba en blanco.

—Eso es genial. Mi hermana mayor trabaja como diseñadora gráfica.

—¿En serio? —Me pregunté si la conocería si empezábamos a salir.

—Sí.

Llegamos a su coche, lo desbloqueó y bajó las ventanillas. Esta vez me di cuenta de que tenía uno de esos ambientadores con forma de árbol colgando del espejo retrovisor. Sin embargo, no pude olerlo. Lo único que podía oler era el desodorante de cuando se inclinó para coger sus gafas de sol de la guantera.

Mi mente daba vueltas mientras me esforzaba por pensar en algo más que decir porque era mi turno de hablar.

—Entonces, ¿en qué trabaja tu hermana?

—Trabaja en una agencia de publicidad en Nueva York.

—Oh, eso es fantástico. —También era intimidante como el infierno. ¿Podía estar interesado en mí si era el tipo de hombre que tenía una hermana viviendo en Nueva York? ¿Acaso él era cosmopolita o lo que sea? Ciertamente yo no lo era. Nunca había estado en ningún sitio excepto en Arkansas y Texas.

Dio marcha atrás y nos unimos a la cantidad de coches que intentaban salir del parqueo.

—Es una pena eso de la mudanza de Sam. Ustedes parecen muy unidas. —Golpeó con los dedos el volante.

Esto me hizo sentir una ráfaga de alivio de nuevo.

—En realidad, todavía no se va. No hasta diciembre.

Se giró para verme.

—¿De verdad?

—Sí, de verdad.

—Debes estar feliz entonces.

—Lo estoy. —Asentí con la cabeza.

Dios, era tan mala conversadora. ¿Por qué no se me ocurría nada más que decir? A otras personas no les costaba pensar en cosas de las que hablar. Quería preguntarle si quería salir alguna vez, pero ahora no podía ni abrir la boca.

—Entonces, ¿por qué se mudan? —preguntó mientras se metía en la carretera principal.

—Su padre consiguió un nuevo trabajo. Creo que

perdió el suyo antes y estaba buscando algo, y lo que encontró está en Escocia.

—Sigue siendo un poco loco que se mude hasta allí. «Al otro lado del charco». —Se rió de manera que sus ojos se arrugaron y me hizo reír.

—Es una locura. Es un ingeniero químico; uno pensaría que sería capaz de encontrar algo, al menos, en América.

—¿Te refieres a Argentina? —bromeó.

—*Norteamérica.*

Zach se encogió de hombros.

—Puede que tenga alguna conexión familiar allí.

—Quizá, aunque nunca mencionó nada de eso.

Este giro de la conversación me hizo relajarme de nuevo en el asiento, porque era más fácil que tratar de idear algo que decir. Y estaba fluyendo. Tal vez *podría* invitarle a salir.

Miré hacia él y traté de organizar las palabras que se agolpaban en mi cerebro. ¿Debería decir: ¿Quieres salir algún día? ¿O qué haces los fines de semana? O, ¿te gusta el cine? Esa sonaba bien.

—¿Quieres…?

—Sam también es artista, ¿no? —dijo al mismo tiempo.

Exhalé. Fuera de peligro.

—Sí, lo es.

En otra ocasión. Definitivamente le preguntaría.

━━

Recogí mi bebida fría del mostrador de Orange Julius y me senté junto a Sam en una de esas pequeñas e incómodas sillas de metal el viernes por la tarde. La tienda estaba en la esquina de un centro comercial, así que había un montón de gente a la que observar, que pasaba como una carrera pedestre en cámara lenta.

Sorbí mi bebida, una original de color naranja. Me gustaban tanto que nunca me atrevía a probar otra cosa. Vi pasar a una pareja de adolescentes cogidos de la mano.

Una pequeña punzada de envidia me retorció el corazón, pero luego me di cuenta de que tal vez no tardaría mucho en saber lo que se sentía.

Esa idea era embriagadora.

—¿Qué te parece Evan? —preguntó Sam. Me miró de reojo.

¿No se había dado cuenta de cómo se comportaba conmigo?

—Oh, ya sabes, está bien. Aunque no es muy amigable.

—Siempre es bastante amable conmigo. Creo que es lindo.

Le devolví la mirada, sorprendida. Era la primera vez que me admitía algo así. No hablábamos de chicos, al menos, no con mucho detalle. Sam nunca me había hablado de que le gustara alguien.

Era otra oportunidad perfecta para sacar el tema de Zach, sobre todo porque era amigo de Evan. Intenté reunir el valor necesario para hacerlo y fracasé por completo.

Pero Evan era un idiota, ¿cómo podía gustarle? Quiero decir, me atacaba cada vez que estábamos cerca de él. ¿Cómo podía no darse cuenta?

—¿Qué, no lo crees? —preguntó cuando no respondí.

—No, está bien. —No era nada mal parecido. Pelo ondulado casi negro y ojos marrones súper oscuros que siempre parecían intensos, pero eso podía ser porque siempre me miraba con extrema repugnancia. Por lo demás, era algo fornido, como si hiciera ejercicio. Lo cual era inusual para un tonto de la banda.

Objetivamente, era más guapo que Zach. Aun así, sabía a quién prefería.

—¿Crees que es raro? ¿Por eso no dices nada? —preguntó Sam.

—No, no es eso. Pero es un poco idiota conmigo, ¿no crees?

—¿De verdad? No me he dado cuenta. —Ella frunció el ceño, pensativa.

¿Pero se había dado cuenta de que Zach me miraba? Eso debía ser súper obvio, porque las miradas sucias de Evan eran descaradas, y ella no las había notado.

—Bueno, a veces hace comentarios que probablemente no escuchas. Dice que estoy gorda.

Ella frunció más el ceño. Era difícil negar que estaba gorda, pero no era que estuviera obesa. El problema era que yo era muy alta, así que exudaba grandeza. Incluso cuando era pequeña, nunca fui delgada como la mayoría de los niños.

—Tal vez lo estés imaginando. Creo que es agradable.

Aparté la mirada, cabreada. Sabía lo que había escuchado en el Key Club. Pero no podía decir nada. ¿Y si acababa enfadada conmigo? Incluso la idea me hizo entrar en pánico.

—De todos modos —continuó—. ¿Ya empezaste tu trabajo?

—¿Para inglés?

—Sí.

—No. Lo haré este fin de semana.

—Sí, yo también. —Ella asintió distraídamente.

Tomé otro sorbo de mi bebida, terminándola.

El momento de mencionar a Zach había pasado.

—¿Has terminado? —pregunté.

Ella negó con la cabeza.

—¿Estás enfadada conmigo?

—No. —No debería estarlo. Ella nunca fue más que amable conmigo, y trataba activamente de ayudarme a conseguir más amigos. Pero me dolía que no se hubiera dado cuenta de cómo era Evan—. ¿Estás lista para mañana?

—¡Sí! Estoy muy emocionada. Zach nos recogerá a las 7:15.

Asentí con la cabeza, la emoción creciendo en mi propio pecho. Una noche entera con Zach. Seguramente se sentiría al menos un poco obligado a pasar tiempo con nosotras. No podía esperar.

—¿Qué vas a ponerte? —preguntó Sam.

—Oh, ni siquiera había pensado en ello.

—Yo tampoco, no hasta ahora. No somos unas adolescentes normales. —Sam se rió.

—No, no lo somos. Pero probablemente los vaqueros, y además tendré que encontrar una buena camiseta.

—¡*Weight Watchers*! —Me pareció oír, y levanté la vista para ver a un grupo de chicos en edad universitaria. Uno de ellos me estaba señalando.

—¿Qué? —dijo Sam.

—He dicho que es un anuncio en directo de *Weight Watchers*. Se parece a la foto del antes.

Todos se rieron y siguieron adelante, aunque Sam les gritó:

—¡Vete a la mierda! —Luego me miró y dijo—: Imbéciles.

Me ardían las mejillas y notaba cómo se me despertaban los conductos lagrimales.

Me obligué a no llorar.

—No dejes que te molesten. ¿A quién le importa lo que piense una banda de inútiles?

—Sí. —A mí, es a quién. Mierda.

—De todos modos —dijo Sam—. Yo también voy a llevar vaqueros. Creo que voy a llevar mi camiseta de *Foo Fighters*.

—Oh, sí, esa es genial. —Sabía que sonaba plana, pero estaba distraída.

—Olvídate de ellos, Nic —dijo ella.

Definitivamente lo estaba intentando.

Solo piensa en cosas buenas. Como la fiesta del sábado. Ese sería el día en que mi vida cambiaría. Me obligaría a hablar con Zach.

▭

El sábado por la noche, Zach nos recogió y nos llevó a la fiesta, dándonos consejos durante todo el camino.

—Se trata de socializar. Tienen que asegurarse de hacer las rondas, especialmente tú, Nic. No aceptes una copa de alguien que no conozcas. Aléjate de las habitaciones a menos que quieras ver algo que no quieras ver.

Salimos de su coche, y mi corazón empezó a latir como loco de nuevo porque esta era mi primera fiesta real, y estaba aquí con el chico que me gustaba y al que parecía gustarle también. Es cierto que no éramos solo nosotros, pero como a Sam le gustaba Evan, también podía serlo.

Había acabado con una camiseta de Doctor Who y mis mejores vaqueros. Y unas zapatillas moradas. No me iba a llevar a ninguna parte con el público en general, pero supuse que Zach ya sabía cómo me veía.

Sam se las arregló para lucir un poco linda a pesar de que estaba vestida básicamente como yo. Supongo que el hecho de ser más delgada y pequeña la hacía intrínsecamente más guapa.

Pudimos escuchar la música mucho antes de llegar a la

puerta de la gran casa blanca. La planta baja de la casa estaba acabada en una piedra muy clara, y la mitad superior era de madera.

El vestíbulo era grande y estaba lleno de gente moviéndose de un lado a otro, y la música era aún más fuerte en el interior.

Era, en una palabra, abrumador. Ya tenía ganas de esconderme en un rincón.

Ahora mi corazón se aceleraba por una razón diferente.

Zach estaba hablando, y me giré para mirarle fijamente.

—¿Una bebida? —preguntó.

Mierda, me quedé con la boca abierta.

—Claro. —La cerré.

Desapareció por la izquierda mientras Evan seguía recto entre la multitud que palpitaba.

—Estamos aquí —dijo Sam, sonriéndome.

—Sí, lo estamos. Se siente raro.

—Oh, no pasa nada. Solo tienes que ser un poco más valiente. Intenta hablar con la gente. La mayoría de las veces, la gente te responderá.

No estaba seguro de que tuviera razón.

Todavía estábamos de pie como un par de novatas cuando Zach reapareció con tres vasos rojos. Llevaba dos por el borde apretado entre los dedos. Le dio el otro a Sam y levantó los otros para que yo cogiera uno.

Me gustó la idea de que hubiera tocado mi cerveza. Debía de haber chapoteado en sus dedos cuando se acercó.

¿Era eso raro? No tenía ni idea.

Excepto por ese pensamiento, ahora me sentía casi normal. Era una chica en una fiesta normal de la escuela.

Los seguí hasta el salón, donde estaban todos.

De acuerdo, esto es lo que vi: piel y pelo y destellos de color, por todas partes.

Claramente no lo estaba manejando bien. Perdí a Sam y a Zach entre la multitud y me escurrí hacia la pared. Por el camino, me encontré con el sofá, en el que había dos parejas distintas besándose seriamente. Me quedé mirando durante unos segundos, fascinada y celosa a la vez. Uno de los chicos tenía la mano en la teta de la chica.

Me pregunté si Zach sería así. ¿Y me gustaría a mí?

Era imposible saberlo.

Seguí pasando por el sofá y por delante de más gente.

Tomé un sorbo de mi cerveza y me pareció repugnante. Había bebido sorbos de la cerveza de mi padre, pero nunca más de uno, y ahora recordaba por qué.

De acuerdo, debería intentar mezclarme, probablemente. Quiero decir, no podía confiar en que Sam lo hiciera todo. Pero Dios, no sabía cómo empezar.

Me quedé allí un buen rato, la condensación del vaso acabó recorriendo mis dedos mientras la cerveza se calentaba.

Ahora sería aún más asqueroso.

El jugador de fútbol me miró de arriba abajo, y el asco en su cara delató su evaluación de mí, pero se limitó a volver a su conversación, lo que fue un alivio.

Por supuesto, entonces me sentí llamativa en ese lugar, así que me moví un poco por la pared, hacia la cocina.

Esto era decepcionante. ¿Dónde estaban Zach y Sam? Me sentí totalmente abandonada. Sé que Sam quería que hablara con la gente, pero tenía que saber que sería imposible por mi cuenta. Al menos podría haberme presentado a algunas personas o algo así.

Justo cuando me di cuenta de que estaba rotundamente aburrida y algo frustrada con Sam, la vi abrirse paso entre la multitud. Su cara se iluminó cuando me vio y se lanzó hacia mí.

—¡Ahí estás! Te he estado buscando por todas partes. —Su cara estaba un poco roja y puede que arrastrara las palabras.

—He estado aquí todo el tiempo —le dije.

Se apoyó en la pared, justo a mi lado.

—Estás siendo un florero. Casi literalmente.

—Lo sé. Sigo mirando a la gente que habla y trato de visualizarme uniéndome a la conversación, pero no puedo imaginarme cómo sería.

Se apartó y se volvió hacia mí.

—Vamos, hay algunas personas que puedes conocer. —Su voz no era uniforme.

—¿Estás borracha? —Me quedé atónita. No se me había ocurrido que Sam se emborrachara.

—He tomado un par de cervezas. —Se encogió de hombros.

—Vaya. —No había pensado que ella bebería. Quiero decir, me imagino que tienes que tomar una cerveza o arriesgarte a parecer una mojigata del alcohol o lo que sea, pero esto fue una sorpresa.

—Vamos —dijo ella.

—¿Dónde está Zach? —pregunté.

No contestó, así que la seguí entre la multitud, pasando por algunas chicas de clase alta y luego por los jugadores de fútbol. Nos encontramos con un grupo de chicos que no conocía, aunque parecían de clase baja, al menos.

Un par de ellos me miraron mientras nos apretujábamos en el círculo. Nadie me saludó, pero estaban hablando de una película que yo no había visto, así que me limité a escuchar. Supe que Sam la había visto porque se metió en la conversación. Intenté prestar atención a cómo funcionaba eso. Básicamente, cuando había una pequeña pausa, ella decía lo suyo. No parecía tan complicado, y no sabía por qué me resultaba tan difícil.

Pero me seguían temblando las manos y temía empezar a sudar.

Entonces, una chica risueña vino y agarró a Sam por el codo, y me quedé sola en el grupo. Por fin, finalmente, pasaron a una película que yo había visto. Entonces formulé un comentario ingenioso al respecto, pero nunca parecía haber una pausa. Me di cuenta de que, en realidad, a veces la gente hablaba por encima de los demás, pero yo no me atrevía a hacerlo.

Cuando se presentó la oportunidad, me armé de valor y dije lo mío. Sin embargo, mi momento fue malo y los demás no dejaron de hablar. Los únicos que me miraron fueron los que estaban a mi lado, y ambos se mostraron sorprendidos, con los ojos muy abiertos, antes de volver al grupo.

Fracaso.

Me escabullí porque para entonces ya estaba sudando. También seguía con la estúpida cerveza caliente en la mano. Tomé otro sorbo y me pareció positivamente repugnante, así que me dirigí de nuevo a la cocina. Me sorprendí y me alegré cuando llegué y vi a Zach frente a la ventana, y entonces me di cuenta de que estaba charlando con Sam. El alivio me invadió.

No se dieron cuenta de mi presencia hasta que llegué allí. Zach empujó el hombro de Sam mientras ambos se reían de lo que había dicho y luego me miraron.

—Hola —dijo Zach, todavía con esa sonrisa encantadora—. ¿Te estás divirtiendo?

—Claro —mentí.

—¿Qué número es esa? —preguntó.

—No está tomando nada. —Sam se rió.

—¿Es la primera que te di? — Me la quitó de las manos y tomó un sorbo—. Mmm, cerveza caliente.

Me encantaba que bebiera después de mí.

—Es imposible que te guste —dijo Sam.

—Bueno, es cerveza —respondió riendo.

Quería preguntarle cuántas había tomado, porque se suponía que nos llevaría a casa en algún momento. Esperaba que fuera pronto.

—No te preocupes, yo tampoco voy a beber mucho esta noche, Nic. Conducir y todo eso.

Necesitaba relajarme. Sonreí.

—¿A qué hora dijeron que debían volver a casa? — preguntó.

—A las once y media.

Todos sacamos nuestros teléfonos simultáneamente y notamos que eran casi las once.

Zach asintió y volvió a meter su teléfono en el bolsillo.

—Déjame ir a buscar a Evan para que sepa que nos vamos pronto. —Se dirigió a la cocina.

Eso nos dejó a Sam y a mí. Ella sonrió, pareciendo un poco perdida en sus pensamientos.

—¿Qué? —le pregunté.

—Nada.

—¿De qué estaban hablando? —¿Por qué no había pasado nada de tiempo conmigo? ¿Estaba yo equivocada con él, o era otra cosa?

—No sé. Cosas. De ti, un poco. ¿Sabías que su hermana es artista?

—Sí. —¿Pero hablaron de mí?— ¿De qué hablaron, de mí?

—De arte y otras cosas. —Ella puso su brazo alrededor de mí, y me puse un poco rígida. Ella no solía ser tan táctil. Me crucé de brazos para relajarme y ella dijo—: Es tan agradable.

Zach reapareció con Evan a cuestas.

Durante todo el trayecto a casa, estuve nerviosa por si mis padres se daban cuenta de que Sam estaba algo borracha. Tenían que estar atentos a ello. Quiero decir, todo el mundo sabía lo que pasaba en las fiestas de la escuela.

Zach nos dejó, y me decepcionó notar que no me había mirado ni una sola vez. ¿Lo había malinterpretado?

No podía ver cómo.

De todos modos, cuando llegamos, Sam mantuvo la compostura y subimos sin incidentes. Mi madre tenía el colchón de aire preparado para ella, así que nos cambiamos y nos metimos en nuestras respectivas camas. Supuse que hablaríamos de la noche, pero ella estaba dormida segundos después.

Lo que me dejó sola con mis propios pensamientos sobre la fiesta. No fue un desastre, pero sí una gran decepción. No había pasado nada bueno.

A la mañana siguiente, Sam y yo esperábamos a su madre en los escalones de la puerta lateral junto al garaje. Estaba un poco verde y acunaba la cabeza entre las manos.

—Será mejor que te controles, o tu madre sabrá que pasa algo —le dije.

—Dios, ¿por qué hice eso?

—¿Cuántas te has bebido, de todos modos? —Pensé que ella había bebido más que Zach.

—Creo que solo tres —gimió.

—Tal vez demasiado para tu primera vez.

—Claramente.

Vi a su madre doblar la esquina y entrar en el camino de entrada. No es que Sam se hubiera dado cuenta: seguía mirándose los pies.

—Levanta la cabeza. —Le toqué el hombro.

Arrastró la cabeza hasta una posición normal, se levantó lentamente y se echó la mochila al hombro antes de arrastrar los pies hacia el coche que la esperaba.

Me arriesgué a mirar a la madre de Sam y descubrí que también me estaba mirando. Tenía esa forma de ocultarlo tras una expresión tensa, en la que uno podría pensar que estaba malhumorada. Pero no siempre me había mirado así. Había empeorado cuanto más tiempo llevábamos Sam y yo sin ser femeninas. Creo que una vez que se dio cuenta de que era una causa perdida, estaba eternamente enfadada conmigo. Como si yo dictara las decisiones de Sam.

Sam subió a la parte trasera y la saludé mientras se alejaban.

Cuando volví a entrar, papá estaba sacando una cerveza de la nevera y me preguntó si quería practicar a conducir el coche en un rato.

Yo no quería, pero sabía que tenía que hacerlo. Todavía no me sentía cómoda conduciendo, a pesar de que mi cumpleaños era dentro de unas semanas.

—¡Nic! —Izzy llamó y entró corriendo desde el estudio.

—¿Sí?

—¡Sube! Quiero decirte algo.

Miré el dibujo que había en la mesa del comedor, lo que había hecho hasta ese momento tenía buena pinta, antes de seguirla arriba. Fuimos a su habitación. Y oh, Dios mío, el rosa. Rosa por todas partes.

—¡Jake ha llamado y me ha dicho que hoy he vuelto a estar guapa! —Se sentó en su cama.

—¿Pensé que estaba siendo malo contigo?

—No, es amable. ¡Es tan lindo!

—¿De verdad? ¿Cómo es? —Me senté junto a ella en la cama.

—Tiene el pelo largo y castaño y los ojos oscuros y siempre lleva camisas bonitas.

Esto me hizo reír. Me pregunté qué era para Izzy una «camisa bonita» en un chico.

—Suena lindo.

—¡Y es muy divertido!

—Eso es genial. Pero de verdad, si es malo contigo cuando hay otros niños cerca, no es un buen chico. Deberías deshacerte de él.

Izzy frunció el ceño.

Probablemente estaba siendo un poco dura.

—Depende de ti, pero no dejes que un chico te falte al respeto solo porque es guapo y divertido.

Asintió pensativa.

—Ahora tengo que hacer algunas cosas, así que me voy a mi habitación, ¿de acuerdo?

Empecé a practicar con el teclado. Estaba haciendo un progreso lento pero constante en todo. Las cosas estaban mejorando. Ahora tenía que pedirle a Zach que saliera la próxima vez que lo viera. De alguna manera tenía que encontrar el valor, porque se lo iba a pedir.

Durante toda la mañana del lunes, no pude esperar a comer con Sam porque quería hablar de Zach antes de ir a estudiar para un examen de matemáticas. Por fin me había decidido a confesar lo mucho que me gustaba. Quizá si se lo decía a alguien, sería más real y no tendría más remedio que hablar con él.

Acababa de entrar en la escalera cuando Sam irrumpió por la puerta.

—¡Dios mío! —dijo, con los ojos muy abiertos y una enorme sonrisa en la cara.

—¿Qué? —pregunté, sin poder reprimir mi propia sonrisa.

—¡Zach me ha pedido salir!

Sentí que mi corazón dejaba de latir y casi me caigo, lo juro. Y entonces fue como si todos los sentimientos que había tenido hubieran sido absorbidos de nuevo por mi pecho, mientras la sangre se drenaba de mi cara.

—¿Qué? ¿Por qué? —pregunté estúpidamente.

—¡Supongo que porque le gusto! —Se rió, sonando más como una chica típica que antes.

—Oh. —Invoqué la más sombría de las sonrisas—. ¿Qué has dicho? —Contuve la respiración aunque la respuesta era obvia.

—¡Sí!

Asentí con la cabeza. Por supuesto que había dicho que sí. Zach era amable con las dos, no solo conmigo. Ahora me sentía como si me hubieran atropellado.

—Es tan raro… ¡Pensé que le gustabas tú!

Forcé otra sonrisa dolorosa.

—¿No estás emocionada? —preguntó Sam—. ¡Por fin una de nosotros va a salir con alguien!

—Sí, es genial. —Pensé que podría vomitar y me sujeté el estómago—. Iba a decir que no puedo quedarme mucho tiempo. Tengo que ir a la biblioteca. —Tenía que alejarme de ella—. Acabo de recordar que tengo un examen de matemáticas.

—Está bien. Iré contigo.

—Oh-okay. —¿Qué podía decir? Tenía la garganta apretada. No podía comer el burrito que había traído—. Supongo que me voy a ir ahora.

—¿Cuál es la prisa? Al menos comamos antes de ir allí. —Se sentó en su sitio habitual contra la pared.

La miré fijamente, incapaz de procesar lo que estaba pasando.

Me había vuelto a equivocar. Por supuesto que nunca le había gustado. Solo me miraba porque estaba desconcertado por cómo alguien podía ser tan fea.

O tal vez estaba tratando de averiguar cómo sacarme del coche.

¿Cómo pude ser tan estúpida? ¿Cómo podía esperar que a un chico normal y agradable como Zach le gustara una chica rara como yo, especialmente cuando probablemente era trans de todos modos? Si lo era. Todavía no tenía ni idea.

Pero esas veces que se ofreció a llevarme… ¿qué fue eso?

—¿Estás bien? —preguntó Sam a través un bocado de hamburguesa. Luego se acercó y me tocó el brazo—. Espera. No te gustaba, ¿verdad?

Sin pensarlo, retrocedí ante el toque. Luego logré decir:

—No seas estúpida. Claro que no. —Aparté la mirada.

—*Sí* te gustaba. Oh, Dios mío. ¿Por qué no me lo dijiste? No voy a salir con él.

Tomé aire. Esto no era culpa de ella. No podía reclamar a Zach.

—No, Sam, no me gustaba. Solo estoy sorprendida. Un poco celosa, eso es todo.

Me miró con los ojos entrecerrados, obviamente tratando de decidir si me creía.

—¿No vas a comer tu burrito? —preguntó, con los ojos aún entrecerrados.

—No tengo hambre. —Soné de forma mecánica. Todo mi cuerpo ardía de humillación y estaba a punto de llorar —. Voy a ir al baño.

—Nos vemos en la biblioteca, ¿de acuerdo?

—De acuerdo, claro. —Me concentré para no tropezar

con la puerta y me dirigí a ciegas al baño más cercano. Creo que no había mucha más gente en el pasillo, pero no podía asegurarlo. El corazón se me aceleró, estaba mareada e incluso un poco aturdida. Llegué a un privado y me dejé caer en el asiento, con la cara entre las manos.

No quería llorar. Sería obvio. Y necesitaba llegar a la biblioteca o Sam se preguntaría qué pasaba.

Oh, Dios.

¿Cómo pude ser tan estúpida? Realmente había pensado…

Se me revolvió tanto el estómago que me puse de pie y me enfrenté a la taza porque realmente pensé que iba a vomitar. Me apoyé en las paredes del privado y me obligué a controlar el estómago.

Estúpida. Yo era realmente ridícula. Nadie podría querer salir conmigo. Era un paria.

La primera vez que me di cuenta fue en la clase de arte de séptimo curso. El arte no siempre había sido un santuario. Una vez, el profesor salió del aula y Keely, una chica súper popular, dijo para que todos pudieran oírlo: «Nic, Mack quiere invitarte a salir pero es demasiado tímido. ¿Quieres salir con él?»

No era un idiota total. Mack era uno de los chicos más populares de todo el séptimo grado. Sabía que no quería invitarme a salir. Pero toda la clase estaba escuchando, y sabía que esperaban que me avergonzara, me acobardara y no dijera nada. El enfoque de mamá.

Así que dije:

—¿Sí? Claro, lo que sea.

Nadie se rió, fue tan inesperado. Nadie dijo nada. La propia Keely no sabía qué decir. Me dejó tranquila el resto de la clase.

Pero de todos modos, la cuestión era que yo era irrisoria como pareja romántica. ¿Cómo había olvidado eso?

Además, ¿no era yo trans? ¿Quién salía con personas trans? Realmente no sabía cómo funcionaba eso. ¿Tendrían que ser chicos homosexuales? Pero entonces no tendría todas las partes correctas, así que no tendría sentido. No tenía ni idea de esto.

De todos modos, ¿era yo trans? No me sentía del todo bien.

Me agarré el estómago, me senté de nuevo e intenté calmarme.

Cuando mi respiración volvió a ser regular, mi corazón no parecía que fuera a explotar y mi estómago se había calmado, salí del privado.

Me miré en el espejo, aunque normalmente intentaba no hacerlo. Porque soy fea. Pero tenía que asegurarme de que mi aspecto era normal para mí.

No lo era, no realmente. Mi cara seguía pálida, y parecía asustada. Esperaba que Sam no lo notara. Estaba bastante segura de que me había creído lo de que no me gustaba Zach. Nadie más lo notaría, seguro.

Así que me lavé las manos y me fui.

El pasillo parecía un túnel de la muerte. No tardé mucho en llegar a la biblioteca. Respiré hondo y entré, pero no vi a Sam por ninguna parte.

Entonces oí una voz familiar y me giré para ver a Zach. Y a Sam. Hablando. Con sonrisas tontas en sus caras.

Me morí de nuevo y me dirigí mecánicamente a la sección de no ficción.

¿Cómo iba a sobrevivir a esto?

PARTE III

Edad suficiente para conducir

Qué suerte, en historia ese día fuimos a la biblioteca a investigar para un trabajo. Y las sillas y mesas en las que nos hizo sentarnos estaban todas a la vista de donde Sam y Zach habían estado hablando.

Así que, un recordatorio constante.

Yo tenía algunos libros en mi mesa, pero solo miraba al frente. No podía pensar, y mucho menos leer y analizar algo.

Dios, era tan estúpida. ¿Cómo podía ser tan inconsciente? ¿Y arrogante? Pensar que podía gustarle a alguien. Sí, claro. Yo. La rara del pueblo. Imagina que la gente pensara que yo también soy trans. Sería aún peor.

También tenía a la mano mi libreta. Dibujé una espada elegante y empecé a detallarla con una empuñadura ornamentada e incluso con gemas incrustadas. No era una espada práctica, pero en mi cabeza podía cortar a una persona por la mitad.

—¿Cómo te va, Nic? —preguntó el profesor, con las

yemas de los dedos apoyadas en mi mesa mientras se quedaba mirando hacia abajo, a mí y a mi dibujo.

—Bien. —Sonaba tan monótona, casi como muerta.

—¿En qué tema estás trabajando?

—No lo sé. —Ya había olvidado las opciones.

—Tienes que pensar en algo. No deberías perder el tiempo.

—¿Qué importa? —Empecé a dibujar un trabuquete.

—Si no lo haces ahora, tendrás que hacerlo en tu tiempo libre.

—Tal vez no lo haga en absoluto. No veo la diferencia de una manera u otra. —Empecé a trabajar en la primera rueda.

—¿Pasa algo? —preguntó mientras se sentaba en una silla a mi lado.

—Ja. No, todo está muy bien. Grandioso. Magnífico.

Me miró con esa preocupación condescendiente que manejan algunos profesores. Como si estuvieran preocupados, pero creen que nuestros problemas no son reales, así que deberíamos superarlos.

Sinceramente, pensé que estaban más preocupados por la aparición de un tirador en la escuela que por cómo me sentía yo. Pero yo nunca haría algo tan horrible a otras personas, aunque la mitad de los adultos que me rodean se imaginen que podría hacerlo.

—¿Tienes amigos con los que puedas hablar?

Me reí amargamente, con la bilis formándose en el fondo de mi garganta.

—La verdad es que no.

—Escucha, no quiero decirte cómo vivir tu vida, pero deberías considerar cambiar tu forma de presentarte. Ser única está bien, pero la gente no siempre está segura de qué hacer con las personas que se salen demasiado de la norma. Podrías ser más feliz si haces algunos cambios.

Le miré fijamente, con los oídos zumbando.

—Así que lo que me está diciendo es que, si me conformo, de repente seré feliz y todo el mundo me querrá. Mm-hmm, claro.

—Nic, ponte a trabajar en tu proyecto. —Suspiro.

—De acuerdo. —Detallé la parte del brazo deslizante del trabuquete.

Se alejó, y me pregunté si realmente no haría el proyecto.

▭

Esperé a que empezaran las matemáticas, con solo la mitad de la clase allí. Pensé que al menos no todos sabían lo de Sam y Zach. O al menos, si lo sabían, no sabían de mi participación. La humillación de que todos supieran que había estado suspirando tontamente por él durante meses… ¿un año?

Idiota.

Levanté la vista al oír que la gente se acercaba y accidentalmente hice contacto visual con Carlos, que desvió la mirada. La cara de Kyle se deslizó en una sonrisa justo detrás de él, y me quedé mirando mi escritorio, ardiendo de humillación otra vez.

Sí, sería peor si alguien supiera que me gustaba Zach. Solo otras dos personas sabían lo de Carlos, y eso ya era bastante malo.

Es decir, si Sam hubiera sabido lo que sentía por Zach, supongo que es posible que no hubiera dicho que sí cuando él la invitó a salir, y difícilmente podría enfadarme con ella por ello ya que no lo sabía. No tenía ningún derecho sobre él.

Pero estaba muy contenta de que Zach no lo supiera. Dios, eso sería tan horrible.

—Guarden sus libros y apuntes —dijo el señor Martínez.

Oh, mierda. De nuevo me había olvidado del examen. Anoche había estudiado un poco, pero había estado tan concentrada en armarme de valor para pedirle a Zach que saliéramos hoy que no le había dedicado mucho tiempo.

Y hoy había pasado la hora del almuerzo en el baño y luego me había concentrado en no llorar ni vomitar en la biblioteca.

Puse todo bajo mi escritorio, excepto el lápiz y la goma de borrar. Con suerte podría hacer lo necesario.

El señor Martínez repartió la hoja y eché un vistazo. No tenía tan mala pinta. Debería poder hacerlo todo bien.

Empecé con la sección de números irracionales. Eran todos fáciles: no, claro que la raíz cuadrada de dos no era un número racional, pero el cuatro sí.

¿Sabes qué más no era racional? Yo. Era una locura haber pensado que podía gustarle a Zach.

Dejé el lápiz y cerré los ojos para concentrarme en mantener la calma y respirar de manera uniforme y tranquila, porque podía sentir una emoción excesiva.

En la biblioteca, Sam parecía tan feliz. ¿También le había gustado todo el tiempo?

De acuerdo, quizá si me concentraba en el examen me sentiría mejor. Abrí los ojos y lo miré de nuevo. Enfócate en polinomios a partir de ahora. No era difícil, solo requería mucho tiempo, porque había que mostrar el trabajo por si te equivocabas en algo. El Sr. Martínez también había sido mi profesor el año pasado en geometría, y sabía que era bueno con los créditos parciales.

Trabajé en el primero, llegando a la mitad antes de pensar en lo que Sam y Zach harían en su cita. ¿La besaría?

¡Puaf! Por supuesto que lo haría. ¿Cuándo?

Apreté los dientes y me confundí con el resto de la pregunta. Luego me puse un poco en marcha y pasé el resto. Miré el reloj y aún quedaban quince minutos, así que le llevé el examen al señor Martínez y me senté de nuevo, abandonada a mis horribles pensamientos.

Estar en mi cabeza apestaba.

Carlos y Kyle entregaron sus exámenes y yo evité mirar en su dirección. Finalmente, la clase terminó y salimos.

Me dirigí a mi casillero para coger mi mochila y luego me dirigí al autobús. Cuando empujé la puerta exterior para abrirla, casi choco con un chico mayor que estaba a punto de abrirla él mismo.

—Eh, amigo —dijo. Luego sus ojos se entrecerraron mientras me estudiaba por un momento mientras yo trataba de esquivarlo—. Espera, ¿eres una chica? —preguntó.

Un par de chicos que habían estado observando todo el intercambio se rieron, y yo me sonrojé y pasé junto a él para salir hacia el autobús.

¿Por qué siempre tenía que sonrojarme? ¿Por qué no podía decir simplemente «Vete a la mierda» y seguir adelante?

Odiaba ser yo.

<hr>

La noche del lunes fue la peor. Fui directamente a mi habitación al llegar a casa y, por costumbre, me senté ante el teclado, y me di cuenta de que no podría volver a mirarlo. Lo metí en el fondo de mi armario detrás de unas cajas.

¿Cómo pudo Sam hacerme esto?

No importaba que no se lo hubiera dicho; ella debería

haberlo sabido. ¿Y por qué me había creído hoy? Después de todo, éramos mejores amigas.

Intenté pintar algunas figuritas pero me encontré con el mismo problema. Todo me recordaba demasiado a Sam.

También tuve que evitar las redes sociales, porque ¿y si Sam publicaba cosas sobre Zach allí? Me mataría.

No sabía por qué no me había enviado un mensaje de texto todavía. Me imaginé que querría enviar un mensaje o incluso hablar.

¿Estaba ocupada enviando mensajes con Zach?

En un momento dado fui al baño y me miré accidentalmente en el espejo.

Tenía muy mal aspecto. Quiero decir, era mi fea normal, pero además estaba extra pálida, y mis ojos estaban hinchados como si mi cara supiera que iba a llorar.

Que es exactamente lo que pasó cuando volví a mi habitación. No podía volver a salir de la cama.

Finalmente, Izzy llamó a mi puerta para cenar, y me di cuenta de que Sam aún no se había puesto en contacto conmigo, lo que me pareció extraño. Izzy me dejó y entré en el baño de nuevo. Mis ojos estaban rojos e hinchados. Genial.

Sin embargo, si no bajaba, habría preguntas. Así que bajé. Pude escuchar a Izzy hablando de algo que había pasado en la escuela. Aparentemente un niño se había roto el brazo en el recreo. Parecía emocionada por eso.

Había una cazuela en la mesa que mamá había hecho y papá había calentado. Papá no era un gran cocinero, pero sabía manejar el horno.

Izzy seguía hablando del niño, que al parecer había llorado. Su tenedor se agitaba en el aire. Hablaba con las manos como yo. Cuando acerqué la silla a su lado, miró hacia ella.

—¿Qué pasa? —preguntó.

Me quedé mirando la cazuela y me senté.

—Nada.

—¿Por qué estabas llorando? —preguntó Izzy.

—No lloraba. —Me serví una porción, parecía una cosa de hamburguesas y patatas, con queso *cheddar*.

Izzy se levantó y me abrazó, lo que me hizo sentir mejor y peor a la vez. Estaba a punto de llorar de nuevo, así que murmuré:

—Suficiente. Gracias.

Miré a papá, que estaba concentrado en su plato, probablemente contento de evitar una conversación sobre las emociones. Por el rabillo del ojo, pude ver a Caleb sonriendo, aunque no dijo nada.

Parecía haber matado el ambiente porque todos estaban callados.

Así que comí y desaparecí en el piso de arriba, donde no pude evitar llorar el resto de la noche. Así me dormí. Llena de temor por el día siguiente.

El martes por la mañana me arrastré de algún modo fuera de la cama, con los ojos llenos de costras y las mejillas en carne viva. Estuve tentada de intentar quedarme en casa, pero no quería atraer el escrutinio de mis padres. Así que me preparé a toda prisa, luego asistí a las clases de la mañana y me dirigí a comer.

Pasé por la cola y estuve a punto de pedir una hamburguesa, pero me recordaba demasiado a Sam, así que pedí un trozo de pizza.

Había decidido que comería en una mesa por una vez, pero entonces Sam me vio antes de que encontrara una.

—Vamos a la escalera —dijo, claramente con ganas de hablar, a juzgar por su tono excitado.

¿Qué podía hacer yo? Fuimos al hueco de la escalera.

Nos sentamos en nuestros lugares habituales y comencé a comer mi pizza mientras miraba el suelo, deseando poder hundirme en él.

—Anoche vimos *Super Z* —dijo.

Me dolió el corazón.

—¿Ah, sí? No me había dado cuenta de que ya se había estrenado. —Había leído el libro pero no prestaba mucha atención a las películas.

—Sí, estuvo bien. Pero Nic, ¡me tomó de la mano!

—¿Si? Genial. —Tortura. Dejé caer la pizza en el plato.

La puerta se abrió, y miré hacia ella y vi, con horror, a Zach.

Las caras de ambos se iluminaron con ojos brillantes, y él dijo «Hola», mientras la miraba fijamente. Yo ni siquiera estaba allí.

Pero luego miró y dijo:

—Hola, Nic. ¿Cómo estás?

—Bien —murmuré mientras se sentaba al otro lado de Sam.

Se miraron un poco más. Sinceramente, nunca había visto a dos personas que se miraran el uno al otro, pero eso es lo que era.

Entonces él entrelazó sus dedos con los de ella.

Miré mis feos dedos y me limpié una mancha de grasa con la servilleta.

—Le estaba contando a Nic lo de *Super Z* —dijo Sam.

—¿Vas a verla? —preguntó él.

—No lo sé. —No, ni hablar porque me recordará a ustedes dos—. El libro fue probablemente suficiente. ¿Fue fiel al libro?

—Mmm, en realidad no —dijo Sam—. Cambiaron muchas cosas.

—Nunca lo leí —añadió Zach.

Siguieron hablando de tema y yo me desconecté, sin poder dejar de ver la forma en que el pulgar de Zach se movía de un lado a otro en la mano de Sam.

Sentí como si hubiera un centenar de cuchillos tratando de escapar de mi estómago. No podía soportarlo más. Me levanté y anuncié:

—Tengo que irme.

Los dos levantaron la vista, sorprendidos. Supongo que se habían olvidado de que estaba allí.

—De acuerdo, hasta luego —dijo Sam. Parecía la misma de siempre.

—Adiós —dijo Zach mientras empujaba la puerta para abrirla.

Una vez alejada de ellos, pude respirar un poco mejor, pero aún sentía que podría morir. Solo caer de un corazón roto.

▭

El miércoles conseguí evitar a Sam y Zach.

Me sentía mal por ello y también la echaba de menos, pero era necesario para mi cordura.

De camino a la clase de arte, vi a Alyssa, la del cambio de imagen, al otro lado del pasillo entre la multitud de chicos. Me vio y establecimos contacto visual, pero no dijo nada.

Como si debiera haberme sorprendido.

Cuando llegué a la clase y me senté, Mia me sonrió.

Tal vez podría reemplazar a Sam como mi mejor amiga. Teníamos al menos una cosa en común.

Entonces me miró, y me di cuenta de que la estaba

mirando fijamente y aparté rápidamente los ojos mientras se me calentaban las mejillas.

Ahora probablemente pensaba que yo era un bicho raro.

Me acerqué a las cajas donde guardábamos nuestras cosas y cogí el dibujo a lápiz de color en el que estaba trabajando.

Era un paisaje desértico que estaba haciendo a partir de una foto de página completa de una revista. Había algunos arbustos pequeños y desaliñados en la toma, pero sobre todo eran dunas con las gradaciones de arena que había que recrear. La aparente sencillez de la escena me permitió identificarme con ella, ya que enmascaraba todo tipo de cosas que ocurrían por debajo. El dibujo era un reto, pero lo estaba disfrutando. Al menos hasta el lunes.

Aun así, estaba segura de que podría presentarlo al concurso. Pensaba hacer un dibujo a carboncillo en algún momento, pero tenía que elegir un tema. Normalmente eran personas u objetos. Tal vez podría hacer un dragón estilizado. Podría dibujar uno a lápiz primero y luego trabajarlo a carboncillo. Eso podría ser genial.

Me pregunté qué iba a presentar Mia, ya que se nos permitía traer cosas que habíamos trabajado fuera de clase. No sabía lo que hacía en casa. Pasaba la mayor parte de su tiempo de clase en la alfarería, probablemente porque había uso gratuito de un horno. Y los suministros gratuitos, también.

¿Sam entraría en algo?

Solo pensar en ella me dolió de nuevo. ¿Cómo iba a sobrevivir a esto?

Además, ella ni siquiera estaría aquí. No sé cómo podría olvidar eso.

—¿Estás bien? —Mia irrumpió en mi cavilación.

La miré un segundo, tratando de reorientarme.

—Estoy bien.

—Te ves un poco gris.

—No he tenido la mejor semana. —Una vez más, había malinterpretado el comportamiento de un chico. Y esta vez los recordatorios no se limitaron a dos clases al día.

—Tal vez trabajar en tu dibujo te ayude. Está quedando muy bien. —Volvió a sonreír.

De acuerdo, tal vez ella no pensaba que yo era un completo bicho raro.

Volví a mirar el dibujo, pensando en los dragones que languidecían en casa. Debería volver a trabajar en eso. Cualquier cosa para mantener mi mente ocupada.

Esperaba terminar el dibujo del paisaje esta semana, pero no iba a suceder porque no podía hacer nada. Me quedé mirando, imaginando a Zach de la mano de Sam. Luego tuve que lidiar con dos de mis personas favoritas en el mundo en la clase de matemáticas antes de que finalmente pudiera ir a casa.

Me senté en la mesa del comedor por primera vez en un tiempo y miré el dibujo. Había algo de polvo en él que tuve que quitar. Debería haberlo cubierto. Pero parecía estar bien. No se había dañado. Gracias a Dios.

Hice un balance. La única pieza que estaba completamente hecha era ese pequeño arbusto. El siguiente que hice estaría en llamas, justo al lado. Empecé a rellenarlo, pero nada de lo que hacía era bueno, y tuve que borrar varias veces.

Mi teléfono sonó. Revisé y vi un mensaje de Sam. Mi mano agarró la funda y la dejé caer sobre la mesa.

Me dirigí con furia al armario y saqué una bolsa de basura para colocarla sobre el cuadro. Puse los lápices y otros utensilios encima para mantenerlo en su sitio.

Ya está, eso está mejor. Ahora podía subir las escaleras

e ignorar los mensajes de Sam mientras me tumbaba en la cama sintiéndome fatal.

▭

De alguna manera, en contra de todo lo que quería, me habían convencido de ir a otra fiesta el sábado por la noche con Sam y Zach. Y, por supuesto, con Evan. Un viaje de culpabilidad combinado con la falta de energía para defenderse. No esperaba que pasara nada bueno. Solo quería superarlo.

Sam se sentó ahora en la parte delantera con Zach, así que quedamos Evan y yo en la parte trasera. Nos subimos al mismo tiempo cuando él se cambió con Sam y, al inclinarnos para abrocharnos los cinturones, chocamos las cabezas. Se echó hacia atrás y me miró como si le hubiera arruinado la vida. Sabía que estaba pensando en lo horrible que era ser tocado por una chica tan fea. Probablemente se sentía ofendido porque suponía que debía gustarme, cosa que definitivamente no era así, pero sabía que eso era lo que pensaba. Evan se había pegado a su puerta. Aquí no habría doble cita, seguro.

Me alegré de estar sentada detrás de Zach esta vez, porque no podía mirarle en el espejo y perderme el hecho de que me devolviera la mirada. Por supuesto, ahora en cambio estaba mirando la parte posterior de su cabeza.

Al menos podía hacerlo sin que nadie lo supiera.

Sam y Zach charlaban en la parte delantera sobre no sé qué, porque yo intentaba no escuchar.

Cuando Zach estacionó el coche, no sentí nada de la emoción ni de los nervios que había sentido solo ocho días antes, cuando todo parecía preparado para la grandeza. Estaba entumecida. Hasta mis pies se sentían muertos.

Caminamos por la acera, Sam y Zach cogidos de la mano y Evan y yo en fila india detrás de ellos.

Mi corazón empezó a acelerarse a medida que nos acercábamos a la casa. Los nervios habían vuelto. Sospechaba que esta noche se repetiría lo de la semana pasada, en la que me había escondido todo el tiempo. Esperaba que no fuera peor que eso.

Llegamos al alcance de la música, lo que me hizo temblar aún más. Pero entonces llegamos a la puerta y entramos.

Evan se zambulló entre la multitud, incapaz de alejarse de mí lo suficientemente rápido.

—¿Quieren cervezas? —preguntó Zach.

Tal vez si bebiera una, las cosas irían mejor. Solo una. Así que asentí.

—Sí —dijo Sam—. Pero solo una. Nic y yo podemos compartir.

—Um, en realidad, creo que voy a tratar de mezclarme. Me llevaré la mía. —Arrastré los pies.

Sam me miró como si me hubiera vuelto loca y Zach se fue.

—¿Qué? Se supone que lo estoy intentando, ¿no?

—Sí. Solo estoy sorprendida. ¿Cómo has estado esta semana? Parece que apenas he hablado contigo.

Fue a propósito. Me preguntaba si ella lo notaría.

—Mm, sí, supongo que me he mantenido ocupada. Empecé con el dibujo del dragón otra vez. —Técnicamente es cierto, aunque no haya hecho ningún progreso.

—Oh, eso es genial. Va a quedar muy bien cuando lo termines.

—Espero no estropearlo. A veces me pregunto si es una buena idea dejarlo fuera, también. Con Izzy y Caleb y sus amigos yendo y viniendo.

—Seguro que está bien. A Izzy le gusta el arte y Caleb no es tan imbécil.

Eso era cierto. A Izzy le encantaba, y en un momento dado, Caleb y yo incluso habíamos sido íntimos. Cuando ambos éramos pequeños. Solo nos separaba un año, después de todo.

Pero luego se convirtió en un tipo cualquiera, que yo, por supuesto, no podía entender.

Zach volvió con las cervezas, y yo cogí una y le di un rápido trago. Asqueroso, pero, coraje líquido. Y yo necesitaba un poco de eso. Además de algo de distracción de la realidad.

Zach se marchó y Sam dijo:

—Ven, vamos.

—Voy a tratar de mezclarme —dije. ¿Cómo diablos iba a hacer esto?

Ella entrecerró los ojos por un segundo, y luego siguió a Zach.

Me pregunté si se había olvidado de la OISN.

Tomé otro sorbo y no pude reprimir una mueca. Había un par de sofás en el salón cubiertos de gente y, por supuesto, un montón de personas de pie, hablando y riendo y pasándolo bien.

¿Cómo sería disfrutar de la socialización? Podía soportar estar rodeada de gente, pero si no había un propósito más allá de la socialización, como si estuviéramos allí para hablar del club de arte o del voluntariado o lo que fuera, era doloroso. Sentía que había un muro entre mí y los demás que no podía superar. Socializar por socializar era una pesadilla.

Y eso es lo que eran las fiestas. ¿En qué estaba pensando al venir a esto?

Todavía estaba de pie en el vestíbulo, así que tuve que moverme cuando se abrió la puerta. Entraron un par de chicos. Uno era (oh, estupendo) Carlos, cuya cara de sorpresa al verme lo delató antes de que empezara a mirar a otro sitio que no fuera a mí. Pero el otro era un chico que nunca había visto antes. Llevaba unos pantalones cortos negros y unas chanclas verdes, con una camiseta morada arrugada que completaba el conjunto. Tenía el pelo negro pero la piel pálida.

Ese es el tipo de hombre que debería gustarme, si es que me iba a permitir hacerlo de nuevo. Debería tener algún sentido de los ligues, y quién más estaba dentro de los míos. A pesar de que Zach está un poco en el lado regordete, todavía era muy guapo. Nunca tuve una oportunidad. Pero este tipo claramente no se preocupaba por las apariencias. No esperaría que una chica estuviera perfectamente maquillada.

Mi cerebro cambió mientras los veía doblar la esquina hacia la cocina. Volví a la realidad.

El tipo no me había mirado, así que no podía saber lo que yo estaba pensando, gracias a Dios. Era una idiotez. Nunca le interesaría. Nadie lo haría.

Finalmente salí del vestíbulo y me quedé de pie apenas dentro del comedor. Había gente parada alrededor de la mesa allí, pero no estaba tan lleno como el salón y parecían contentos de ignorarme.

Había bebido unos cuantos sorbos más cuando me di cuenta de que tres chicos, un chico y dos chicas, me miraban en una esquina de la habitación. Aparté la mirada, pero ahora estaba sintonizado con su conversación.

—¿No es esa la chica que dejó que sus amigas se maquillaran y luego no aprendió de ello?

Dios, otra vez Facebook. Mi cara sin pintar se calentó.

—Sí. Nic. —Todos seguían mirándome.

El tipo resopló.

—Por supuesto que se llama así.

—Bueno, su verdadero nombre es Nicole.

¿Creían que no podía oír, o no les importaba?

Me quedé congelada en ese momento. Porque si me alejaba, sabrían que me habían atrapado. Pero empezaba a sentir pánico, porque quería salir de allí.

En lugar de eso, tomé un tembloroso sorbo, prestando más atención al frío de la cerveza que al mal sabor, y miré a la ventana. Lo único que podía ver eran las persianas blancas de madera.

¿Cuál era el problema? ¿Por qué era un crimen ser mujer y no estar maquillada? Me empezaron a temblar las manos. ¿Por qué se esperaba que las chicas realizaran todas esas modificaciones corporales solo para ser consideradas mínimamente aceptables?

Mi aversión a usar maquillaje era muy fuerte. Pero otras chicas y mujeres no parecían tener esos problemas. Aunque a veces se quejaban de ello, no parecía importarles de verdad. ¿Podría ser que realmente fuera un chico en el cuerpo equivocado?

Sin embargo, no me sentía del todo bien. Cuando miraba a los chicos, no sentía ningún semblante. Sentía o bien antipatía (la mayoría de los chicos eran una mierda) o bien algún tipo de atracción. Entonces, ¿qué era? Simplemente deseaba que fuera posible no tener género, porque eso sonaba como un alivio.

El trío se fue alejando y yo me quedé más o menos en paz.

La gente iba y venía por el comedor mientras yo tomaba mi cerveza. Después de haber tomado unos dos tercios de ella, mi corazón ya no latía tan rápido. No me había preguntado quién más estaba hablando de mí. En lugar de eso, había estado bebiendo tranquilamente mi cerveza, sin preocuparme. Incluso sentí que flotaba un poco.

Decidí ir en busca de Sam. ¿Dónde se había metido? La echaba de menos, sobre todo cuando pensaba en su mudanza.

Salí por la parte de atrás del comedor, terminando en el estudio. Tal vez la otra era la sala de estar. Si es que eran cosas diferentes. Nunca había estado segura. Estaba algo oscuro allí, con una sola lámpara de pie para iluminar toda la habitación. Los chicos parecían estar bailando al ritmo de la música, que, según vi, debía proceder del elegante centro de entretenimiento empotrado en la pared. Empecé a dar vueltas por la habitación, buscando a Sam.

Tuve que pasar entre la gente, pero me obligué a seguir, y finalmente logré dar la vuelta. Ella no estaba aquí.

Pasé a la sala de estar, forzando los ojos con la transición a la luz brillante. También rodeé esta habitación. Casi me topé con Evan, que se mofó: «Mira por dónde vas». Ni siquiera me importó. Seguí adelante, pero todavía no había Sam.

Así que me dirigí de nuevo a la cocina. Había unos cuantos chicos allí, y decidí tirar lo que quedaba de mi cerveza caliente en el fregadero.

—¿Por qué has hecho eso? —exclamó un chico.

—Estaba caliente —dije.

—Podrías habérmela dado.

Salí de allí y volví al salón porque había visto una puerta corredera abierta. Quizá había más gente ahí fuera. Me abrí paso entre la multitud y salí por la puerta.

Estaba en una gran terraza de madera roja. Había iluminación por todas partes, aunque no era especialmente brillante. La cubierta estaba rodeada de tumbonas ocupadas.

Era una noche agradable. Era la época del año en que

todavía podía hacer calor durante el día, pero refrescaba por la noche. Me quedé de pie un momento, experimentándolo. Olía a fresco, y supe que el otoño se acercaba. También mi cumpleaños.

Entonces miré a la derecha, a una de las sillas, y vi el trasero de Sam. Me llevó un momento entender la escena. Básicamente estaba tumbada encima de Zach y se estaban besando.

Me tambaleé de la sorpresa. ¿Cómo me había olvidado de Zach? De Sam y Zach.

El ardor comenzó detrás de mis ojos, y corrí en la otra dirección, encontrando unos escalones que bajaban al patio. Pero mientras corría por ellos, me estrellé contra alguien con una camisa morada.

Tuve que agarrarme a la barandilla para no perderla, y miré al amigo de Carlos.

—Oye, cuidado —dijo.

Me limité a sollozar y seguí pasando por delante de él. Llegué hasta el lado de la casa, donde estaban los cubos de basura. No había nadie más allí porque apestaba. Así que pude componerme un poco.

Me limpié los ojos. Dios, era humillante que la gente me viera llorar. Solía pasarme mucho, aunque había mejorado en controlarlo. Durante toda la escuela primaria fui una llorona, y lo despreciaba. Todos los profesores actuaban como si yo hubiera elegido hacerlo, cuando habría hecho cualquier cosa para evitarlo.

Más o menos como ahora.

¿Cómo iba a pasar esta noche? ¿Cómo iba a superar esta vida sola?

▭

En la clase de arte del lunes, la Sra. Tolliver nos dio una nueva tarea, un autorretrato, en lápiz de color o pasteles.

—Tengo espejos si alguno de ustedes no quiere o no puede trabajar con una foto del smartphone.

—¿Qué utilizarás para esto? —preguntó Mia.

—Lápiz —dije—. Todavía no me he acostumbrado a los pasteles.

—Yo tampoco, pero voy a darles una oportunidad. Me gusta cómo quedan.

—Seguro que puedes hacerlo. Definitivamente pueden parecer más dramáticos que el lápiz, pero no estoy buscando una obra maestra aquí.

Mia sonrió y me acerqué a sacar los lápices de mi caja.

Hice una foto con mi teléfono y dibujé un ligero contorno de mi cara con un color melocotón pálido que utilizaría como base para mi piel.

Intenté mirarlo como un objeto arbitrario, porque esto era una tortura. Tener que mirarme a mí misma. No podía detener el estribillo en mi cabeza: fea, fea, fea…

Era exasperante. ¿Por qué no podía pensar en conejitos o algo así?

Eso de mirarse al espejo y decirse a sí misma que era estupenda era algo tan extraño para mí. Nunca podría hacerlo. Era una mentira, y lo sabía.

Pero aun así, era molesto tener que trabajar en un proyecto que implicaba pensar constantemente en mi apariencia. No había posibilidad de que lo presente en el concurso. ¿Mi cara colgada en una pared? Ni hablar.

Miré la foto. ¿Era la cara de una chica? ¿Cómo se podía saber si alguien era hombre o mujer sin maquillaje o signos de vello facial como pista?

Lo que sea.

Inspeccioné la foto con mi ojo de artista. La luz no era muy buena en ella, así que tendría que improvisar un poco.

Las orejas se veían raras. En este caso concreto, no me refiero a que sean feas, sino a que las orejas en general tienen un aspecto raro cuando las estudias. Iban a ser difíciles de dibujar. De todos modos, las delineé para obtener la forma general, que parecía estar bien.

Justo cuando empecé a perfilar la nariz, un par de chicos pasaron por delante de mí. Uno de ellos dijo:

—Es una pena que ahora vaya a quedar constancia permanente de su fea cara.

El otro se rió y, por supuesto, me sonrojé.

Mia los miró y dijo:

—Cállate, Brian. No seas tan imbécil.

—Qué, solo digo la verdad. —Volvieron al otro lado de la habitación después de sacar las cosas de la zona de suministros.

Mia me miró y puso los ojos en blanco.

—Simplemente ignóralos.

Me encogí de hombros, pero el nudo en la garganta se aflojó. Brian era uno de los imbéciles que me había agarrado las tetas en la escuela. Pero como él había dicho, esa era la fría y dura realidad. Sería bueno que la gente no sintiera la necesidad de ser tan jodidamente honesta todo el tiempo, pero no podía refutarlo exactamente.

Me dediqué a esbozar mi cuello, que era más grande de lo que debería. Al menos había mirado hacia arriba cuando me hice la foto, así que no tenía ninguna papada perceptible. Aun así, era fea.

▭

El lunes llegué a casa después de las clases y empecé a trabajar en el dibujo del dragón, lo que me sentó bien y me hizo olvidar a Sam y Zach.

Apenas había avanzado cuando se abrió la puerta del garaje y oí la voz de Izzy.

—Te lo dije, se ve muy bien, cariño —dijo mamá.

Cuando vi a Izzy, no pude ocultar la sorpresa en mi rostro. Se había cortado el pelo a lo grande.

—¡Ves! ¡Hasta Nic lo odia! —dijo.

—Nic no lo odia —dijo mamá, mirándome fijamente.

—No, es bonito, Izzy. —Era muy corto. Pensaba que a ese estilo le llamaban bob.

—Isabella —dijo con el ceño muy fruncido.

—¿Qué inspiró esto? —pregunté.

Izzy se cruzó de brazos y mamá dijo:

—Un chico le cortó el pelo en el colegio.

—¿Qué? —Eso no tenía ningún sentido.

Ella articuló *Jake*, lo que me hizo entrecerrar los ojos. Ese imbécil.

—¿Qué pasó realmente?

Mamá sacudió la cabeza y dijo:

—Alguien le puso un chicle en el pelo y luego se ofreció a ayudar a sacarlo, y en su lugar solo le cortó el pelo.

—Mamá, quiero decirle algo a Nic.

—De acuerdo, esa es mi señal —dijo mamá. Dejó caer su bolso sobre la encimera de la cocina y empezó a rebuscar en la despensa.

—¿No tienes que trabajar esta noche? —pregunté.

—No. Voy a hacer una cena de verdad.

—Genial.

—¡Nic! —dijo Izzy, aparentemente impaciente por que la escuchara.

Me giré para mirarla. Sus ojos estaban muy abiertos, pero parecían un poco rojos e hinchados, como si hubiera estado llorando antes.

—Tu pelo se ve lindo, sabes.

—Lo odio. Pero, ¡adivina qué!

—¿Qué?

—Le he dicho a Jake que se lo puede tragar.

—¿Tragar?

—Sí, le dije que se largara, que habíamos terminado. Y se lo dije delante de sus amigos, y se avergonzó mucho.

—Eso es increíble. Qué idiota. ¿Por qué te puso un chicle en el pelo?

—¿Por qué los chicos hacen cualquier cosa? —preguntó ella.

—Muy astuto, Iz. Estoy orgullosa de ti. ¿Se lo has dicho a mamá?

—No, solo a ti. No tiene sentido ahora, ya ha pasado.

—Me alegro. No era bueno para ti.

—Lo sé. Si te hubiera escuchado antes. —Ella suspiró—. ¿Qué pasó con el chico que te llamó?

Oh Dios, un golpe en las tripas. Después de un largo momento, logré decir:

—Tampoco era bueno para mí.

O más bien al revés. Yo no era buena para nadie.

En la clase de matemáticas, Carlos y Kyle estaban tonteando el uno con el otro como el día que había pensado que Carlos había estado coqueteando conmigo.

Dios, qué idiota fui. Una y otra vez.

Pero entonces me cabreó. ¿Quiénes eran ellos para juzgar? Especialmente Kyle, que era más gordo que yo y tenía un acné terrible. Si yo era fea, él también lo era.

¿Por qué la gente estaba tan obsesionada con el aspecto de las chicas? Casi nadie me conocía realmente porque todo era cuestión de apariencias. Apariencias, apariencias. Todo era tan falso.

De la nada, tuve la idea más genial para el autorretrato. Una mano sacando mi cara… para revelar algo más. ¿Qué podría ser?

La idea me hizo sentir mejor, ya que sería realmente original. Podría valer la pena presentarlo en el concurso porque destacaría.

Después de la clase, me dirigí al edificio de arte para recoger el dibujo cuando vi a Sam y a Zach. Sam me detuvo.

—Tengo que ir al edificio de arte y llegar al autobús —dije, tratando de irme de nuevo.

—Puedo llevarte a casa —dijo Zach—. Vamos en esa dirección.

No quería eso, pero ¿cómo podía decir que no?

—Está bien. Solo necesito recoger algo allí primero. Los veré en el estacionamiento.

Cuando llegué al aula de arte, la señora Tolliver me pilló y tuvimos que charlar un minuto antes de que pudiera salir con mi dibujo y mis lápices. Al final, me alejé y paseé por el camino de grava hacia el edificio principal. No tenía ganas de apresurarme, no quería volver a verlos, sobre todo juntos.

Atravesé el edificio para llegar al parqueo de estudiantes del otro lado y salí de nuevo al sol. No podía ver mucho, pero me dirigí hacia donde Zach solía estacionar. Mis ojos se adaptaron y miré hacia la última fila y vi a Sam apoyada en el lateral de su coche, con Zach a horcajadas sobre ella. Por supuesto, se estaban besando.

Quería irme desesperadamente, pero los autobuses ya se habían ido. Si desaparecía, tendría que esperar hasta que mi padre pudiera recogerme, y Sam se preguntaría cuál era mi problema.

Iba a tener que averiguar cómo lidiar con esto.

La probabilidad de que eso ocurriera disminuía a

medida que me acercaba a la feliz pareja. No se dieron cuenta de mi presencia ni siquiera cuando me quedé un momento delante del coche, mirando hacia el colegio. Miré hacia atrás y la mano de él estaba en el pelo de ella. Me aclaré la garganta.

Nada.

Dios, me quería morir.

¿Cuál era el protocolo aquí?

Me apoyé en la parte delantera del coche.

Al parecer, sintieron que el coche se movía, porque oí a Sam decir: «Hola».

Se acercó a la parte delantera, todavía sonriendo, y todos subimos.

Viajé todo el camino a casa con los brazos cruzados, tratando de hacerme más pequeña e invisible. Era invisible para Zach, que no veía en absoluto quién era yo en realidad. Solo era consciente de la fea fachada. Era amable conmigo por Sam. Probablemente siempre le había gustado ella.

Planifiqué con más detalle la modificación de mi autorretrato y por fin tuve una idea sólida de lo que iría detrás de mi cara real.

En cuanto estuve en mi escritorio, hice sitio para el dibujo y lo dispuse.

Esbocé una mano y unos dedos agarrando el lado izquierdo de la barbilla y luego añadí otra cara detrás y en la parte superior derecha del rostro original. De este modo, era como si la mano estuviera apartando una máscara de la cara real, la de atrás. Necesitaba terminar primero la cara normal, así que trabajé en detallarla.

Cuando Izzy vino a buscarme para cenar, ni siquiera bajé porque no podía dejar de dibujar. Tuvo que venir a ver lo que estaba haciendo antes de bajar ella misma.

Después de un par de horas, tenía la cara hecha, así que trabajé en la mano.

Ahora viene la parte divertida. Para la cara real, primero le puse los ojos rojos y luego utilicé el negro y el morado para que la piel tuviera un aspecto extraño. Añadí rayas moradas muy oscuras. Parecía una extraña cara de tigre.

En realidad, lo que parecía era la cara de un demonio.

No estaba segura de cómo había ocurrido eso. No es que dijera que era un demonio por dentro, pero la cuestión era que nadie lo sabía, ¿verdad? Nadie sabía una mierda sobre mí.

Solo conocían mi aspecto, lo que no significaba nada. No dice nada sobre lo que hay dentro de mí.

El miércoles, antes del Key Club, decidimos (mejor dicho, Sam y Zach decidieron) pasar por una tienda de sándwiches para cenar primero. Sam y Zach iban por delante de mí y, en cuanto el encargado hizo avanzar sus pedidos por la cola, se dirigió a mí y me dijo:

—¿Qué le sirvo, señor?

De nuevo con el calor en las mejillas.

Y Evan resopló detrás de mí, sin hacer ningún esfuerzo por controlar la carcajada que se produjo después.

Sam y Zach debieron de oírlo, pero nadie dijo nada, así que pedí mi italiano de 15 centímetros como siempre. Tostado en pan plano.

No sé si el chico de los sándwiches seguía pensando que yo era un chico para cuando lo metió en el horno, y tampoco es que estuviera chorreando testosterona ni nada por el estilo. La chica que ponía todos los aderezos y nos llamó a todos no me llamó señor, así que eso ya era algo.

Sam eligió una mesa y yo la seguí, quedándome atrapada con Evan porque Zach, por supuesto, tenía que sentarse a lado de ella. Creí que Evan se caería del extremo del banco, de tanto que se desplazó. Desenvolvimos nuestros sándwiches.

—¿Alguno de ustedes irá a la colecta de alimentos? —preguntó Zach antes de dar un mordisco a su sándwich.

Evan me miró.

—Estaba planeando hacerlo. —Asentí con la cabeza.

—No —dijo Evan.

Fue lo suficientemente incómodo como para que incluso Sam y Zach se dieran cuenta, así que comimos en silencio después de eso.

Pero una vez que terminamos, Sam dijo:

—Nic está trabajando en este dibujo realmente genial de un par de dragones.

—¿Sí? —preguntó Zach, con el brazo echado sobre los hombros de ella—. ¿Cómo es?

—Es una escena de lucha. Están luchando en la cima de una montaña.

—Oh, eso suena bien. ¿Tienes una foto?

—Todavía no está muy avanzado. Acabo de empezarlo. —Negué con la cabeza.

—Probablemente deberíamos irnos —intervino Evan.

Al igual que antes, todo el camino hasta allí, Evan se pegó contra su puerta como si yo tuviera la peste.

Así sería de aquí en adelante.

Al menos hasta que Sam se fuera.

¿Seguiría Zach llevándome después de ese punto? Puede que no lo necesite, ya que tendría acceso a la minivan de mi padre. Probablemente podría tomarla prestada los miércoles por la noche. Pero entonces, ¿querría continuar con el Key Club sin Sam? No era como si hubiera hecho un montón de amigos allí. Nadie me echaría de menos si lo dejaba.

Entonces se me ocurrió un pensamiento maligno: ¿cambiarían las cosas después de que Sam se fuera? ¿Podría Zach cambiar de opinión sobre mí?

No pude evitar un pequeño aleteo de esperanza en mi vientre.

Pero eso era una idiotez. Nunca le iba a gustar. Obviamente nunca le había gustado. Tenía que sacarme de la cabeza esa serie de recuerdos tan descabellados y malinterpretados.

Sobreviví el resto de la semana, aunque creía que no lo haría. El viernes por la noche me puse delante de mi dibujo del dragón y me sumergí en él. Terminé el primer arbusto en llamas, pero no el humo, ya que este iría delante del dragón de atrás y tendría que tener en cuenta el impacto que tendría en su aspecto.

Levanté la vista cuando mi padre pasó por delante para sentarse en su sillón favorito del estudio y leer su periódico y beber su cerveza *Milwaukee's Best*.

Volví a trabajar en el segundo arbusto.

Caleb bajó las escaleras, con sus pantalones cortos de jean y su camiseta, como siempre. Fue a la cocina y bebió un poco de zumo de naranja, luego gritó para que papá pudiera oírlo:

—Estoy saliendo.

Papá sacudió el papel y lo dobló.

—Vuelve a casa a las once —le gritó.

—¿A las once? Qué demonios, papá. La película a la que voy es hasta más tarde que eso. Volveré después.

—Caleb, ven aquí. —Papá sonaba algo molesto.

Caleb suspiró fuerte, pero no tanto como para que papá pudiera oírlo, y fue al estudio. Golpeó el respaldo de mi silla al pasar.

Idiota.

—Estoy aquí —dijo—. ¿Qué?

—Caleb, ¿qué pasa con tu actitud últimamente?

—No tengo una actitud —se mofó.

Claro. «Últimamente» significaba los últimos dos años. Era difícil recordar cómo era antes de eso, cuando todavía era mi simpático hermanito.

—Caleb. Llegas más tarde que tu hora permitida la mitad de las veces y no haces tus tareas. Si no vuelves a encarrilarte, acabarás castigado. Ahora, tu hora máxima es a las once de la noche.

—Papá, vamos. La película termina a las 11:10. ¿Puedo quedarme fuera hasta las 11:30?

—No.

Guau, bien papá.

—No puedo creer esto.

—Haz tus tareas y vuelve a casa a tiempo, y tal vez la próxima semana puedas quedarte fuera hasta más tarde. Deberías intentar ser más parecido a tu hermana. Ella tiene menos restricciones porque acata con las reglas.

Oh, gracias, papá. Dios. Los padres no tenían ni idea de la dinámica social de los adolescentes.

Caleb resopló.

—No voy a ser nada como ella. Quiero tener amigos de verdad.

Papá volvió a abrir el periódico y empezó a leer.

Ya estaba acostumbrada a la traición de Caleb, pero aún me preocupaba. ¿Se iba a repetir con Izzy?

Caleb se dio la vuelta y salió furioso por la puerta lateral. Dijo algo después de abrirla, y de repente el padre de Logan estaba de pie en la cocina mirándome. Puso un paquete de doce cervezas sobre la encimera.

—Hola, Nic —dijo—. ¿Cómo va todo?

—Bien.

—¿En qué estás trabajando? —Se acercó y se puso a mi lado para inspeccionar el dibujo, despeinándome—. ¿Es una pelea de dragones?

—Sí. —Odiaba que pensara que podía tocarme sin más. Todo porque era una chica.

—¿Por qué no dibujas cosas como flores y gatos? ¿Por qué siempre algo tan horripilante?

Esto me dio esa sensación de hundimiento. Cómo me gustaría simplemente desvanecerme en la nada. Aquí había otro adulto que pensaba que estaba viviendo mi vida mal. Que no era lo suficientemente femenina para nadie.

—Porque no me gustan las flores, y me gusta la fantasía. Los dragones son geniales.

—De acuerdo, si tú lo dices. —Levantó la vista y se dirigió al estudio.

—¡Mark!

Papá por fin se fijó en él.

—Pete, hola. ¿Cómo va todo?

Pete entró y se sentó en la silla de mamá, al otro lado de la mesa auxiliar de papá.

Dios, imagina lo que pensaría todo el mundo si anunciara que era realmente un chico.

No es que lo hiciera. No era eso.

De todos modos, al diablo con este tipo. Este dibujo iba a ganarme el concurso. Empecé a rellenar el pecho del dragón del fondo mientras ellos charlaban de lo que fuera. Deportes y demás.

Entonces Pete sacó a relucir el tema de las vacaciones

que el grupo estaba planeando durante las vacaciones de Navidad.

Por favor, di que no, papá.

—No podemos hacerlo ahora —respondió papá.

Gracias a Dios.

—Mira, si se trata de dinero, puedo ayudarte. Nos encantaría que estuvieran allí.

Después de algunas idas y venidas, papá asintió pensativo.

—Tendré una charla con Nina.

—Genial. —Pete se puso de pie—. Tengo que irme.

—De acuerdo. Nos vemos la semana que viene.

—Sí. Te patearé el trasero otra vez. —Pete se rió. Papá era terrible en el póker.

Pete atravesó el comedor, apretando mi hombro al salir.

Por supuesto que lo hizo. Un imbécil.

▭

—No te olvides de hacer la señal —dijo papá el sábado por la noche.

—Estamos en un parqueo. —Señalizar en nuestra minivan implicaba mover la palanca de los intermitentes hacia arriba y hacia abajo porque el intermitente ya no parpadeaba, y papá no había conseguido arreglarlo.

—Estás practicando. Normalmente no subes y bajas las filas del parqueo.

—Obviamente nunca has ido de compras navideñas al centro comercial. —Me reí.

—De acuerdo, sabionda —dijo papá entre risas antes de ponerse serio—. Escucha, Nic, la Navidad no va a ser como suele ser este año.

Intenté reducir la velocidad la minivan y pisé el freno con demasiada fuerza, así que nos detuvimos bruscamente.

—Lo siento. —Lo miré—. ¿Vamos a ir a Texas con el grupo?

—Todavía no lo sé. Yo no voy a ir, de cualquier manera.

—No importa lo de la Navidad. No esperamos que nos consientan.

Me dio una palmadita en el hombro.

—Eres una buena chica, Nic. Ahora, para practicar un poco más, quiero que hagas un giro de tres puntos entre las dos plazas de parqueo bajo esas dos farolas.

Ejecuté el giro en la minivan a la perfección, incluso frenando suavemente, y pasamos a practicar más la aburrida conducción hacia arriba y hacia abajo por las filas del parqueo que rodea la escuela primaria.

Papá me hizo estacionar unas cuantas veces más en lugares vacíos arbitrarios.

Estaba tan aburrida que pregunté si podíamos ir al centro de pruebas para practicar el estacionamiento en paralelo de nuevo.

Ya habíamos utilizado su sitio de pruebas de estacionamiento en paralelo. No había muchas oportunidades reales de aparcar en paralelo en Emerson. Además, no creía que hubiera confiado en mí para intentarlo en este coche. Apenas se podía ver por detrás.

—Mañana, a la luz del día. Por ahora, vamos a recoger a tu madre.

—¿Está lista?

—Acaba de enviar un mensaje diciendo que está terminando.

Puse el coche en modo estacionamiento y empecé a salir cuando papá dijo:

—¿Por qué no conduces tú? Practica un poco más en la carretera.

—¿En serio? —Me sentía nerviosa al respecto. Era una tontería, porque cuando condujera de verdad sería, obviamente, en las carreteras.

—Sí, de verdad. Tienes que acostumbrarte, sobre todo en un coche más grande.

Mamá tenía uno más pequeño, pero era un estándar, y aún no había aprendido, así que la minivan sería mi única opción hasta que lo hiciera.

Atravesé el parqueo hasta la salida y salí a la calle. Me dirigí al este, lo que significaba que tenía que lidiar con un semáforo en la cima de esta ridícula colina. Nunca, jamás, vendría por aquí en el coche de mamá, incluso después de haber aprendido a conducirlo. Incluso la ponía nerviosa a ella.

Finalmente, entré en el estacionamiento de City Flame. Encontré un sitio sin coches al lado y me metí.

Papá se rió.

—¿Te asustan los otros coches?

—Bueno, esto es una furgoneta.

—No es tan grande. Intenta estacionar entre dos coches. Ese lugar de allí. —Señaló uno.

—Bien. —Hice lo que me dijo, sintiéndome bien. Podía hacer esto de conducir. Y luego nos sentamos.

Y nos sentamos. Y nos sentamos un poco más. Era bueno que ambos estuviéramos cómodos con el silencio, porque no tenía nada que decir en ese momento.

—¿Le enviaste un mensaje de texto? —Le pregunté.

—Sí, no contesta. ¿Entras a ver qué pasa?

—Bien. —No quería hacerlo, porque ¿qué pasaría si alguien conocido estuviera allí dentro? Había sido ama de casa antes de empezar allí y deseaba que hubiera elegido algo menos embarazoso. ¿Por qué no podía trabajar en una oficina? Después de todo, mi padre era un contador público con estudios universitarios. Todos sus amigos tenían trabajos de oficina.

Pero salí y me dirigí al otro lado del oscuro aparcamiento y abrí la puerta de madera.

Miré hacia el puesto de la anfitriona, pero no estaba allí. Solo un chico alto y delgado apenas mayor que yo.

Pareció confundido durante un segundo y luego dijo:

—¿Puedo ayudarle?

Yo ya estaba mirando detrás de él en la barra, pero ella tampoco estaba allí. Supuse que estaría pasando los cubiertos por algún sitio.

Volví a mirar hacia él y me estaba mirando fijamente, todavía tratando de entender qué estaba haciendo allí.

—¿Está Nina por aquí? —Le pregunté.

Sus hombros se relajaron y dijo:

—Claro, puedo llamarla.

Me senté en el banco verde y esperé.

La puerta se abrió de nuevo y se oyó un barullo al entrar un grupo de personas.

—Mira quién es —dijo una voz masculina.

Vi a Mike, uno de los chicos que me atormentaba desde segundo grado. Un agarrador de tetas.

Genial.

—¿Tu novia te dejó plantada? —preguntó, haciendo que todos los demás se rieran.

Me di cuenta de que el anfitrión había vuelto a su puesto, y tenía menús en la mano para el grupo. En cuanto se fueron, mi madre estaba de pie al otro lado de ellos.

Me miraba extrañada.

—Hola, cariño.

—¿Podemos irnos? —dije y me levanté bruscamente. Empujé la puerta para abrirla y salí como si fuera una tormenta.

En cuanto estuvimos en la acera, me agarró del brazo y me preguntó:

—¿Qué ha querido decir? ¿Tienes novia?

—¿Qué? No.

—¿Estás segura? Sabes que papá y yo te querríamos pase lo que pase.

—¡Mamá, no soy gay! Dios mío. Estaba siendo un idiota. —Empecé a caminar hacia el coche.

—Dijo algo tan específico.

Me detuve en medio del estacionamiento esperando a que me alcanzara.

—Todos piensan que soy lesbiana porque no soy lo suficientemente femenina. Eso es todo.

—Si estás confundida, también está bien. —Ella inclinó la cabeza y me sonrió.

—¡No estoy confundida! —De acuerdo, lo estaba, pero realmente, realmente no creía que fuera gay—. ¿Podemos irnos?

—Está bien, cariño. Pero sabes que te queremos tal y como eres.

—Mamá, no tengo cinco años.

Enganchó su brazo con el mío, lo que fue un poco raro.

—Ya lo sé —me confortó.

Cuando llegamos al coche, papá nos sonreía. Probablemente pensó que estábamos estrechando lazos, pero yo estaba demasiado ocupada mortificándome.

<hr>

El lunes fue un día largo. Volví a almorzar con Sam y Zach porque no se me ocurría la manera de librarme. Se besaron un poco, aunque Sam no dejaba de empujar a Zach. Ella dijo «Lo siento» una vez. Me senté contra la pared y cerré los ojos, luchando contra el deseo de simplemente desaparecer. No quería seguir existiendo. Era demasiado difícil. Estaba cansada. Todo era duro. Ser yo era difícil, intentar ser otra persona era difícil. Imposible, incluso.

Cuando llegó la hora de matemáticas, solo quería irme a dormir y despertarme cuando fuera una adulta.

A mitad de la clase, una mujer asomó la cabeza por la puerta. No sabía su nombre, pero era la consejera del colegio.

Miró un portapapeles que tenía en la mano antes de decir:

—Nicole Summers.

¿Qué? Miré a mi alrededor confundida. Carlos y Kyle me miraban fijamente, con una sonrisa de satisfacción en la cara de Kyle. ¿Qué quería de mí?

—Nic —dijo el Sr. Martínez—, anda.

Me levanté, todavía confundida.

—Coge tus cosas —dijo.

—¿Qué has hecho, Nic? —murmuró Kyle en voz baja.

—Nada —susurré.

Pero yo me preguntaba lo mismo.

La mujer me dedicó esa sonrisa forzada que a veces tienen los adultos a mi alrededor. Como si no lo aprobaran pero tuvieran que fingir que son amables, de todos modos.

¿Le había pasado algo a papá? ¿Era mamá?

—Hola, Nicole.

Agh. Odiaba mi nombre.

—Soy la señora Taylor. Soy la consejera de la escuela.

Asentí con la cabeza. Seguramente ella diría algo ahora si había algún problema con mi familia. Pero la mujer no dijo nada más de camino a donde quiera que fuéramos, lo cual era raro. Y me tenía aún más preocupada. Tal vez era tan malo que quería que me sentara primero.

Empezaba a sudar un poco por el estrés cuando llegamos a su despacho.

Caleb no estaba allí, así que me relajé un poco. Así que no es algo con mi familia.

La seguí hasta la habitación del tamaño de un armario con un pequeño escritorio de metal. En una esquina, había una gran planta de algún tipo que había crecido demasiado por un lado y se arrastraba por la pata del escritorio.

—Primero, tengo que preguntarte: ¿llevas algún arma encima o en tu casillero?

—¿Qué? —¿De qué estaba hablando?— ¿Por qué iba a tener armas?

—No lo sé. ¿La tienes?

—No.

Señaló una silla de madera de aspecto incómodo con tapicería naranja deshilachada.

—Siéntate.

Me senté, aún más insegura de lo que estaba pasando ahora.

Ella se sentó detrás de su escritorio y se cruzó de brazos.

—¿Sabes por qué estás aquí? —Su voz contenía un desafío.

—No. ¿Está bien mi familia?

Arrugó la frente e inclinó la cabeza.

—Están bien. Se trata de ti, no de ellos.

Asentí con la cabeza, completamente confundida. ¿Qué demonios estaba pasando?

Frunció los labios mientras sacaba algo de su escritorio y lo empujaba hacia mí.

—¿Reconoces esto? Un estudiante estaba preocupado por esto.

Ahí estaba mi autorretrato. Una explosión de orgullo me recorrió y lo admiré por un momento, antes de pensar que aquello no tenía sentido.

—¿Por qué lo tiene?

Alargué la mano para cogerlo, pero ella lo retiró.

Pensé en la pregunta sobre el arma y las cosas empezaron a aclararse. Aun así, dije:

—No lo entiendo.

—Nic, tenemos que tomarnos las cosas en serio.

El calor se apoderó de mi cara cuando me di cuenta de lo que estaba pasando.

—¿Cree que eso es una amenaza?

—¿Lo es? —Lo volvió a meter en el cajón de su escritorio.

—¡No! Jesús, no. ¿Cree que soy la próxima asesina de la escuela? —Esto era horroroso y mi estómago se retorcía. Todos me odiaban.

—Nicole, tenemos que tener mucho cuidado en el mundo de hoy.

—Nadie corre peligro por mí.

—¿No quieres hacer daño a otras personas?

—No. —Me removí en la silla, que era realmente incómoda.

—Entonces, ¿qué significa?

¿Qué significaba el dibujo? No lo sabía del todo ya que no lo había pensado bien.

—Era solo una idea que tenía. La gente no siempre se conoce.

—Pero estás diciendo que en el fondo eres un monstruo. —Juntó los dedos y los apoyó en el escritorio.

—¿Por qué asume que es un monstruo? Podría ser un superhéroe púrpura.

—¿Lo es?

Me encogí de hombros.

—Claro.

—Tiene ojos rojos.

—Visión láser.

Parpadeó un par de veces. Yo le devolví la mirada.

—Bien —dijo finalmente—, tu padre está en camino. —Se fue a la otra habitación.

Esperé en esa estúpida silla, sintiéndome como una idiota. ¿Por qué no había pensado más en las cosas? No tenía que poner una cara de demonio, ¿verdad? No sé qué otra cosa podría haber hecho. ¿Una cara de payaso? No tenía ni idea.

Finalmente llegó papá, con su cara de preocupación.

Esto era humillante. Ni siquiera sabía qué le había dicho la mujer, porque no había escuchado la llamada telefónica.

—Necesito sacar cosas de mi casillero —le dije.

—De acuerdo, vamos.

Bajamos las escaleras y cogí mi mochila y la cargué. Nos dirigimos al estacionamiento.

—¿Qué te parece si vamos por comida italiana? —preguntó cuando llegamos a la minivan.

—Genial. —Temía que me pidiera que condujera, pero no lo hizo.

Estuvimos callados todo el camino hasta el Olive Garden, y una vez que nos sentamos, pedimos y nos entregaron la ensalada y los palitos de pan, finalmente dijo:

—¿Qué pasa, Nic?

Me encogí de hombros y serví la ensalada.

—¿Qué te han dicho?

—No mucho. ¿Dibujaste algo que los asustó?

—Dios, son tan idiotas —*Malditos* idiotas—. No. El dibujo no significaba nada. Era genial. Si me lo devuelven, te lo enseñaré.

Dio un mordisco a un panecillo y me estudió.

—Papá, ¿podrías no contarle esto a mamá? Sabes que se asustará y reaccionará de forma exagerada. —Esto era cierto.

—¿Seguro que estás bien? Últimamente pareces más callada de lo normal.

Sabía que esto estaba entrando en un territorio incómodo para él.

—¿Es porque Sam se va? —preguntó.

—Sí. —Eso funcionaría—. Es que es difícil. Hemos sido mejores amigas durante un tiempo.

—Estoy seguro de que es difícil. Pero encontrarás más amigos.

Hasta ahora no. Y teníamos toda una operación en marcha para conseguirlo. Por supuesto, no podía ir peor. Zach, un chico que había pensado que podía ser un amigo, incluso más que un amigo, prefería a Sam. Las cosas se estaban desenredando.

—Sí —dije. Quería que llegara la comida para poder concentrarnos en eso. Aun así, estaba bastante segura de haberle convencido de que no le contara a mamá lo del dibujo, y todo esto se olvidaría. Eso esperaba, al menos.

▭

La tarde del viernes fue típica, salvo que estaba inusualmente cansada. Había tenido problemas para dormir, pero no sabía por qué. Mamá no había dicho nada en toda la semana, así que pensé que las cosas estaban bien.

El viaje a casa fue largo porque solo quería acostarme. Cuando llegué a la casa, ni siquiera me di cuenta de que los coches de mis padres estaban allí hasta que los vi dentro.

¿Qué hacían en casa?

Enviaron a mi hermano a su habitación, Izzy aún no estaba en casa, y me quedé mirándolos.

La cara de mamá estaba tensa.

—Vamos al estudio.

Obedecí y me dejé caer en el sofá, aunque ninguno de los dos se sentó. Dios, ¿se lo había dicho papá a mamá? Se me aceleró el pulso. ¿Se trataba de eso?

—¿Qué hacen los dos aquí? ¿Qué está pasando?

—Mira, cariño —dijo mamá—. Han llamado del colegio y están muy preocupados por ti con lo del dibujo.

—Les dije a todos que no era una amenaza. ¿Cuál es el problema? —No pude evitar que la irritación saliera de mi voz.

—Les preocupa que sea un grito pidiendo auxilio.

—Dios, es tan estúpido. Entonces, ¿qué van a hacer? —pregunté. No podía creer que la escuela los hubiera llamado de nuevo. Pensé que tenía todo bajo control. Había tenido que ver a esa mujer un par de veces más, pero da igual.

—Cariño, solo queremos que seas feliz.

—Ja. Buena suerte con eso. —Me crucé de brazos y quise llorar—. ¿Te han dicho qué es el dibujo?

—No, solo que parece una amenaza de violencia —dijo mamá.

—¿Por qué es un delito ser rara, eh? —pregunté—. Dímelo.

—¡No eres rara, Nic! —exclamó mamá.

Puse los ojos en blanco. Esta era una conversación que habíamos tenido repetidamente. Al menos a papá le parecía bien que fuéramos raros. Creía que había que aceptarlo.

—Simplemente marchas al ritmo de un tambor diferente —continuó—. Eso es todo.

—Entonces, ¿qué pasa? No se fueron del trabajo para decirme que no soy rara.

—No. —Entrelazó sus dedos—. Hemos concertado una cita con un psiquiatra para ti el próximo jueves.

—¿Qué? —¿Un psiquiatra?

¿Qué sentido tiene? No era como si pudieran cambiar alguna de las cosas de mi vida que apestaban.

—No quiero ver a nadie.

—No depende de ti, cariño —dijo mamá. Papá seguía allí con un aspecto incómodo. Frotándose la barba.

Tuve otro pensamiento que me hizo parar el corazón.

—¿Aún puedo hacer el examen de conducir en mi cumpleaños?

—Por supuesto —dijo mamá en voz baja—. No estás en problemas. Solo queremos conseguirte la ayuda que necesitas.

Esto era más que humillante. Me levanté de un salto.

—Voy a trabajar en mi dibujo.

Mamá asintió.

—Es una buena idea. El arte es bueno para la mente.

—¡Mi mente está bien! —¿Lo estaba? No tenía ni idea. Dios. ¿Qué pensaban realmente de mí?

▭

—Estás a unos dos metros del bordillo —dijo el examinador de conducción mientras cerraba su puerta—. Vuelve a intentarlo.

Me temblaron las manos mientras volvía a avanzar hacia delante y alineaba la minivan tan bien como podía junto a los pilones. Tenía que hacerlo bien. Era mi maldito cumpleaños, dos días antes de tener que ver al psiquiatra.

Volví a mirar al tipo. Él y yo no nos gustábamos. Tenía la cabeza afeitada y era grande, corpulento y rudo.

También parecía incómodo con sus pantalones de vestir marrones.

—Cualquier día —murmuró.

El caso es que estacionar en paralelo un coche más grande es un poco difícil, especialmente cuando estás en el coche con un imbécil prejuicioso. Así que fui por ello y llegué a la mitad cuando me di cuenta de que tenía el ángulo equivocado. Empecé a avanzar para corregirlo, pero el tipo no quiso.

—Ya está. Sigue y rodea la manzana.

Era una buena señal que me hiciera continuar, ¿no? Probablemente no me iba a reprobar.

Hice la señal de girar a la derecha para salir de allí, haciendo el gesto de subir y bajar la señal.

—¿Es eso lo que hiciste cuando lo comprobé? —prácticamente gritó.

Me acobardé un poco. Papá me había dicho que no hiciera lo de la señal cuando el probador estaba en el coche porque podía llamar la atención. Pero cuando el tipo había dado la vuelta a la minivan para comprobar que estaba en condiciones de circular, me había hecho encender el intermitente, y lo había hecho como siempre para que la luz se encendiera y se apagara como se suponía.

Lo miré, y estaba moviendo la cabeza con aparente disgusto.

—¿Debo ir? —pregunté. Dios, deseaba que este tipo no fuera tan idiota y me dijera lo que quería.

—Sí —espetó.

Rodeé la manzana y me acerqué al centro de pruebas. Era el momento. Obtendría mi licencia. ¿O no? Odiaba no tener ni idea.

—Adelante, gira y estaciona —dijo.

Me metí en el sitio con cuidado y nos quedamos

sentados un segundo mientras él anotaba algo. Apreté el volante.

—¿He pasado? —susurré.

—Te doy un 69 —dijo bruscamente.

Oh, no.

—¿Eso es aprobar?

—Necesitas un 70 para aprobar.

Mi corazón se hundió. No había aprobado. ¿Cómo podía haber reprobado? ¿Cómo pudo hacerme eso?

Abrió la puerta y se deslizó hacia fuera.

—Puedes volver a hacer el examen la semana que viene, pero arregla eso. Y practica cómo estacionar en paralelo. —Luego cerró la puerta y tuve que luchar contra mis ardientes conductos lagrimales.

Golpeó la ventanilla con impaciencia.

—Vamos.

Humillante. Lo seguí, y me dio el papel que indicaba mi fracaso y me hizo firmar algo.

Luego volví a salir a la sala de espera y papá me sonrió y me dijo:

—¿Cómo te fue?

—¡Me ha reprobado!

—Oh no, ¿qué ha pasado?

Estaba cabreada con papá.

—¿Cómo pudiste dejarme hacer el examen con la señal rota de esa manera?

—¿Fue por eso? —espetó.

—Sí. —No vi la necesidad de mencionar que yo también había reprobado el de estacionamiento en paralelo dos veces, porque estaba convencida de que era la señal (y yo engañándolo con ella) lo que cabreaba al tipo—. Me dijo que podía volver a tomarlo la semana que viene, pero que primero tienes que arreglarlo.

—Nic, no puedo arreglarlo para la semana que viene. Tendrá que esperar hasta el mes que viene.

¡No! Se suponía que iba a poder empezar a conducir hoy. Esto apestaba mucho. Todavía estábamos de pie en medio de la zona de espera del centro de pruebas. Una señora me sonrió con simpatía.

—Vamos —dijo—. ¿Quieres parar a tomar un helado?

Como si yo fuera una niña pequeña.

—No me importa. —Realmente no me importaba.

Me pasó el brazo por los hombros y me apretó, luego me soltó y salimos al sol. Al menos ya no hacía calor, estando cerca de finales de octubre.

Paramos en Baskin Robbins y pedí un cono de menta y chocolate, que no me hizo sentir mejor. Papá y yo no hablamos de camino a casa porque todavía estaba enfadada con él. Me terminé el helado justo cuando entramos en la calzada.

Papá se acercó y me dio una palmadita en el hombro. Después de esquivar a mamá e Izzy, subí las escaleras. Debería haberme puesto a trabajar en el dibujo del dragón, pero no tenía ganas.

Aunque intenté no llorar, unas cuantas lágrimas rodaron por mi cara. Es decir, esto era algo que había esperado mucho tiempo y por lo que había trabajado, y ese imbécil me había dejado intencionadamente a un punto de aprobar. Lo había hecho a propósito. Fue mezquino.

Mi teléfono sonó con un texto de Sam.

«¿Pasaste?»

«No»

«¿Qué?»

Le expliqué, y ella estuvo de acuerdo en que el examinador era un imbécil. Pero entonces empezó a hablar de Zach y no pude soportarlo. Le dije que tenía que irme, dejé el teléfono, cerré los ojos y me eché el brazo a la cabeza. Ese fue el momento que Izzy eligió para llamar a mi puerta. Cuando me vio allí tumbada, se tumbó a mi lado. Era cálida y tranquila.

Eso es lo que me gustaba de Izzy. Sabía cuándo hablar y cuándo quedarse callada. No tenía palabras para darle.

El jueves, mamá y yo esperábamos en la consulta del psiquiatra después de rellenar el papeleo sobre mi historial médico y cómo me sentía en ese momento. El tema parecía resumirse en una pregunta: ¿Me había sentido deprimida, abatida o desesperada?

Un hombre bajito y calvo, con las orejas muy despegadas, salió de una puerta junto a la recepción y nos dedicó una sonrisa que parecía bastante genuina.

—Entra.

Me levanté de mala gana y me dirigí en esa dirección.

—Usted también, mamá —dijo.

—¡Oh! De acuerdo. —Dejó caer el *Sports Illustrated* que llevaba en la mano por alguna razón (odiaba los deportes, así que era raro) y me siguió.

Sacó la mano y se presentó como el doctor Holmes y nos estrechó la mano a las dos por turnos. No había estrechado muchas manos antes, pero la suya se sentía débil.

Primero fuimos a un despacho con otro sofá que coincidía con los de la sala de espera. Mamá y yo nos sentamos una al lado de la otra mientras él se sentaba en una silla rodante cerca del sofá.

Mi ritmo cardíaco volvía a subir y me temblaban las manos. Tenía miedo de empezar a sudar. Quería irme.

—En primer lugar, quería hablar de lo que esperan conseguir con esta terapia, y luego hablaremos de las opciones. Luego te harán una serie de pruebas, Nicole, mientras usted y yo hablaremos un poco más, señora Summers. He revisado los papeles que ha llenado.

Mamá asintió pero yo no me moví. El papeleo que había llenado también era sobre mis sentimientos y mi comportamiento.

Como si ella supiera algo real de mi vida. Ni siquiera sabía lo de Zach. Al menos, no que Sam estaba con él o que me había gustado.

El Dr. Holmes continuó:

—Quiero saber más sobre tus objetivos. ¿Por qué has elegido venir ahora? —Me miraba directamente.

—Mi madre me obligó —dije secamente—. La escuela se asustó por un dibujo que hice, así que dijeron que teníamos que hacerlo.

Mamá me miró.

—No lo he visto, pero parece que es de ella misma como un demonio.

Puse los ojos en blanco aunque empezaba a sudar.

—Todo el mundo está exagerando con eso, y además no lo entiendes en absoluto. No es un demonio.

—Me gustaría ver el dibujo —dijo el doctor Holmes. Me di cuenta de que llevaba pantalones marrones y zapatos negros, que es uno de los aspectos de la moda que no recordaba.

—Está en la escuela —dije. Gracias a Dios.

—¿Tienes una foto de él?

—No. —La tenía, pero de ninguna manera se la iba a mostrar a este tipo todavía. También reaccionaría de forma exagerada y me juzgaría. Me dio la sensación de que me juzgaba.

Volvió a los objetivos y decidieron que mi objetivo debía ser el de ser más feliz y aprender a relacionarme mejor con la gente para poder tener más amigos, ya que mi única amiga se mudaba en dos meses.

Eso era todo para ellos.

—¿Te parece bien, Nicole? —preguntó.

—No parece que tenga muchas opciones.

Entonces me envió a una pequeña habitación que no tenía más que una mesa blanca y una silla de plástico azul. No parecía tan acogedora como los sofás. Además, ¿qué, tenía cinco años? Era una mesa para niños.

—Hay una variedad de pruebas y cuestionarios para que los llenes, Nicole.

Dios, odiaba ese estúpido nombre. No era para nada yo.

—La primera es cronometrada, así que te la daré y te dejaré aquí. Volveré al cabo de media hora para hacerte la siguiente prueba. —Tomó mi teléfono y señaló un reloj en la pared: un reloj de Mickey Mouse. Luego cerró la puerta y sentí una punzada de claustrofobia.

Reconocería un test de inteligencia en cualquier lugar, y eso era lo que era. Había hecho uno en séptimo curso, después de descubrir que había dado un resultado lo bastante alto como para entrar en el programa de superdotados y con talento cuando estaba en segundo curso. Pero mi profesor había decidido que no tenía el temperamento adecuado para ello, así que me habían dejado en el regular. Me enfadé cuando me enteré en séptimo grado, e hice que me examinaran de nuevo a mitad de curso, así que entré en la clase para el semestre de primavera.

Y te puedo decir que algunos de los que estaban allí no eran tan inteligentes, así que me seguía fastidiando.

Trabajé en la prueba. Identificando patrones y demás. Cosas que hago todos los días mientras trato de entender cómo funcionan las interacciones sociales. Por alguna razón, los patrones sociales se me escapaban, pero los otros eran fáciles.

Entonces el Dr. Holmes volvió y me quitó ese y me dio otras pruebas y cuestionarios.

—Estos no son cronometrados, pero volveré en media hora. Así terminará la sesión por hoy.

Tardé muy poco, unos quince minutos. Uno de ellos era otro test de inteligencia, pero el resto eran preguntas obvias sobre salud mental. Pensé en mentir en ellas, pero no lo hice.

¿Qué haría él si descubriera que no me sentía como una persona real? ¿Diría alguna burrada que me hiciera enfadar? Si me dijera que lo más importante era ser yo misma, podría darle un puñetazo. Estaba tan harta de que me alimentaran con esa mentira. Porque eso es lo que era. Nadie apreciaba que los niños fueran ellos mismos. Ni los adultos, ni otros niños, nadie.

¿Y qué hay de ser trans? No tuve la sensación de que este tipo pudiera ayudarme a descubrirlo. Nadie podía. Dios. Tendría que ser yo.

¿Me preguntaría si alguna vez había sido abusada sexualmente? ¿Tendría el valor de decir que sí? Una vez que lo dijera en voz alta, no habría vuelta atrás. ¿Me diría que por eso era como era? ¿Querría que cambiara? ¿Debería cambiar?

<hr>

Mamá y yo estábamos sentadas en el sofá del Dr. Holmes el jueves siguiente por la tarde, esperando mientras él cogía mi expediente de la recepción porque le habían dado uno equivocado. Con una semana para imaginar lo peor, temía lo que diría sobre mis pruebas. Golpeé los dedos en las rodillas.

Mi madre me abrazó de lado, aunque no estábamos sentadas tan cerca.

Volvió a entrar, con sus pantalones marrones y sus zapatos negros.

—Perdón por eso —dijo mientras se sentaba en su silla de trabajo que estaba frente al sofá pero un poco apartada. Sacó algunos de los papeles de mi expediente y los pegó en el portapapeles.

—No hay problema —dijo mamá.

—Primero, me gustaría repasar algunas cosas. No vamos a entrar en los detalles de tus cuestionarios, Nicole, porque eso es información privada, pero me gustaría repasar las otras pruebas. En primer lugar, la primera prueba me permite saber que tienes un alto coeficiente intelectual.

Por el rabillo del ojo vi que mamá sonreía y me miraba, pero no le devolví la mirada. Esto no debería ser una novedad para ella. Me había apoyado cuando trabajé para entrar en el programa de superdotados en la escuela secundaria.

Mi estómago empezó a hacer esa cosa nerviosa y agitada. ¿Iba a revelar algo a mamá? No tenía ni idea, pero este tipo no me daba buena espina.

Empezó a hablar del coeficiente intelectual y bla bla, y yo simplemente lo ignoré, aunque mamá parecía embelesada.

Finalmente, terminó con eso y dijo:

—Bien, señora Summers. Me gustaría hablar con Nicole a solas ahora.

Esto aumentó el revoloteo en mi estómago. Mamá se levantó y me dejó a solas con ese tipo raro. ¿Qué iba a preguntar ahora? Se me revolvió el estómago.

Después de algunas cortesías básicas, preguntó:

—¿Quieres empezar a ver a un psiquiatra?

Eso no era lo que esperaba.

—No. Mis padres me obligan. —Me apoyé en el sofá.

—Tus padres te obligan. ¿Por qué crees que es así?

—Lo dije que la semana pasada. Hice un dibujo que asustó al colegio.

El Dr. Holmes cruzó las piernas y juntó las manos alrededor de la rodilla.

—Claro, el dibujo del demonio. ¿Trajiste una foto de él?

Sacudí la cabeza.

—No. Además, no es un demonio.

—No lo trajiste. Está bien. —Sonrió. No creo que lo hiciera a propósito, pero era una sonrisa algo espeluznante. Como si su boca no coincidiera con sus ojos o algo así—. Entonces, cuéntame sobre tus amigos.

—Sam es muy inteligente y un buen artista, y toca el oboe y otros instrumentos.

Me miró expectante.

—¿Y los demás?

—No hay nadie más —dije.

Mencionar a Sam me recordó el horrible almuerzo de la escalera que había tenido hoy con ella y Zach. Con solo nosotros tres allí, habían empezado a besarse totalmente. Quiero decir, ¿qué demonios? Yo estaba *justo ahí*. Se sentía tan raro, y quería irme pero no sabía si debía, pero luego no sabía si era raro quedarse. Quiero decir, había llegado allí antes que ellos, así que me parecía mal que tuviera que irme.

Ladeó la cabeza.

—Solo tienes una amiga. ¿Cómo te sientes al respecto?

—Está bien. —Por supuesto, no lo estaba, pero ¿qué sentido tenía hablar con este tipo sobre ello? No lo entendería. Los adultos nunca lo hacían. Siempre era mi culpa. No estaba haciendo la vida bien.

—Está bien para ti. ¿Por qué crees que es tu única amiga?

Me encogí de hombros, golpeando mi pierna con los dedos.

—No lo sé.

—No lo sabes.

¿Qué pasaba con este tipo que repetía todo lo que yo decía?

—No, no lo sé.

—¿Antes tenías más amigos?

—No lo sé, supongo. Más chicos estaban bien para mí antes, como en la escuela primaria o lo que sea. —Esto me estaba haciendo sentir mal, pensando en toda esta mierda.

—Te trataban bien. ¿Y en la escuela secundaria?

—No realmente, hasta Sam en séptimo grado. —Odiaba mi historia.

—En realidad no. —Negó con la cabeza.

La repetición me estaba poniendo los nervios de punta.

—¿Cómo llevabas lo de no tener amigos? ¿Con quién comías? —preguntó.

—Con nadie. Iba a la biblioteca.

—Almorzabas en la biblioteca.

—No, no comía.

—¿Te saltabas el almuerzo? —Parecía sorprendido, probablemente preguntándose si había engordado algún tiempo después.

—Sí.

—¿Qué cambió con Sam?

—La conocí en sexto grado, pero no llegamos a ser amigas hasta séptimo.

—Desde séptimo grado. ¿Has tenido novio alguna vez?

—No.

—No lo has tenido. ¿Por qué no?

Apreté los dientes con tanta fuerza que me dolió la mandíbula. Jesús, deja de repetir todo lo que digo.

—Los chicos piensan que soy fea.

—Estoy seguro de que los chicos no piensan que eres fea.

Además de la molesta repetición, toda esta línea de preguntas era extraña. ¿No iba a preguntarme cosas como mi verdadera infancia? ¿No iba a tener que evitar hablarle del malvado y pervertido amigo de mi padre?

—¿Y tu familia? —preguntó.

—¿Qué pasa con ellos?

—¿Cómo son tus relaciones con ellos?

Me encogí de hombros.

—Mis padres están bien. Mi hermana es dulce. Mi hermano es un imbécil. —Todo era cierto, aunque fuera la versión reducida.

—Te gusta tu hermana. ¿Cómo es ella?

—Es la típica niña de diez años, toda ella metida en la ropa y tratando de ser mayor. Quiere usar maquillaje pero mamá no la deja todavía.

—Quiere maquillarse. ¿Por qué crees que es así?

—Ella es normal, eso es todo. —Dios, ¿y si hacía lo que había hecho Caleb y me abandonaba de la peor manera?

—¿A ti te permiten usar maquillaje?

Aquí vamos de nuevo.

—¿Tenemos que hablar de maquillaje? No me gusta, así que no me lo pongo.

—No te gusta. De acuerdo. Así que tu hermano no es muy agradable. ¿Siempre fue así? —Escribió algo.

—No. Solíamos ser amigos. Solo es un año más joven.

—Amigos. —Sonrió—. Eso está bien. ¿Qué pasó?

—Se convirtió en un adolescente.

La sonrisa del Dr. Holmes se amplió, aunque no había estado bromeando. Eso es lo que pasó. Fue entonces cuando sus prioridades cambiaron, y se dio cuenta de que yo no era su hermana *cool*, sino que era una perdedora, y si no se desvinculaba de mí, habría consecuencias sociales para él. Yo era un lastre. Me pregunté si Izzy haría lo mismo. Esperaba que no. De todos modos, para cuando ella llegara a la escuela secundaria, yo ya estaría fuera de ella.

—¿Cómo es la relación de tus padres?

—¿Entre ellos?

—Sí. —Asintió con la cabeza.

—Bien. Se llevan bien. —Tuve que luchar para no poner los ojos en blanco.

—Se llevan bien entre ellos. —Volvió a escribir en su portapapeles—. ¿Son cariñosos?

—¿Qué?

—¿Muestran afecto físico entre ellos?

—Uh. —Qué asco. Como si quisiera pensar en eso. Pero lo hice, y no realmente. Nunca se besaban delante de nosotros. Y mamá dormía en la oficina de papá porque él era un roncador terrible. Tenían una cama preparada allí. Es decir, obviamente habían sido cariñosos el uno con el otro al menos tres veces, pero realmente no quería pensar en ello.

—No.

—¿No son cariñosos? ¿Nunca los has visto besarse?

—No. —¿Por qué lo preguntaba? ¿Qué tiene que ver conmigo?

Asintió con la cabeza y luego volvió a sacar su bolígrafo.

Qué tipo raro.

—Me gustaría retomar el hecho de que solo tienes un amigo. ¿Por qué crees que es así?

Suspiré.

—Porque no le gusto a la gente. Soy una leprosa social. Asociarse conmigo es socialmente peligroso. —No era solo mi hermano.

—Eres una leprosa social. ¿Qué significa eso, exactamente?

—Como he dicho, si alguien habla conmigo, se arriesga a que otros chicos le juzguen.

Arrugó la frente como si estuviera confundido.

—Además —continué—. No tengo mucho en común con la mayoría de los chicos. No soy religiosa, así que no les caigo bien a los chicos de la Biblia, y no quiero beber ni drogarme, así que no puedo ser amigo del resto.

—No todos los adolescentes hacen esas cosas.

¿De verdad? ¿Qué adolescentes conocía?

—Creo que tenemos que trabajar en un plan para que cambies tu estrategia social.

—¿Por qué? —Buena suerte con eso.

Me miró sin expresión.

—Por ahora, la sesión ha terminado. Espero verte la semana que viene.

Asentí con la cabeza, me puse en pie y salí de allí a toda prisa.

No había respondido a mi última pregunta.

Un par de sábados luego, Zach nos recogió a Sam y a mí. Estábamos trabajando como voluntarias durante unas horas en nuestra colecta de alimentos en Walmart para el Key Club.

Era agradable estar en el coche sin que Evan intimara con la puerta para poder estar lo más lejos posible de mí. Pero volví a echar de menos las miradas de Zach en el espejo retrovisor. Me dolía el corazón al recordar la esperanza que había sentido con esas miradas.

Nos dejó junto a la entrada principal, donde ya había dos mesas colocadas, a ambos lados de las puertas, con un contenedor de cartón gigante junto a cada una. Cinco chicas bien maquilladas ocupaban las dos mesas.

—Gracias a Dios —dijo la flaca—. Estoy muy aburrida.

Llevaba una minifalda ajustada con un jersey ligero. Cogió su bolso y salió de detrás de la mesa de la izquierda, seguida por la chica que la acompañaba.

—Hola —dijo Sam.

Las chicas empezaron a irse y Sam dijo:

—Espera, ¿hay algo que debamos saber?

Pero ya se habían ido. Ni siquiera habían mirado hacia atrás. Las tres chicas de la otra mesa nos miraron con desprecio y una dijo:

—No es difícil. Solo hay que pedir a la gente que done alimentos enlatados o en cajas.

Sam asintió y yo la seguí hasta las sillas detrás de la mesa.

Las otras chicas eran todas semipopulares, pero también debían de querer entrar en buenas universidades, de lo contrario, no estarían haciendo este voluntariado.

Levanté la vista y vi a Zach caminando hacia nosotras. Debía de haber estacionado y pensaba quedarse. Genial. Lo que yo no sabía era que él era voluntario con nosotras. Ahora tendría que lidiar con todos los susurros íntimos. Dios, era físicamente doloroso estar cerca de ellos.

—¡Hola! —dijo Sam, sonriéndole al acercarse. La besó, lo que parecía innecesario ya que lo habían hecho como tres minutos antes. Luego se dejó caer en la tercera silla que había. Miré hacia otro lado.

Miré a las chicas perfectas de la otra mesa. Una estaba estudiando sus uñas mientras las otras dos tenían sus cabezas juntas mientras susurraban algo.

Saqué mi teléfono porque Sam y Zach estaban hablando de la película que habían visto anoche.

Fingí que un juego en mi teléfono era fascinante mientras trabajaba en un rompecabezas para ignorar a todos los demás. Entonces salió una mujer y colocó una bolsa de plástico llena de latas en la papelera junto a nosotros, y recordé para qué estábamos allí.

Otra mujer pasó con un niño, la miré y tuve la intención de decir algo sobre la colecta de alimentos, pero me acobardé. Por alguna razón, me sentí cohibida con las otras chicas mirando. Sam no estaba prestando atención porque ella y Zach estaban en una conversación que sonaba intensa.

Así que acabé sonriendo a la mujer, y luego me puse muy roja cuando me miró de forma extraña.

Sonreí a varias personas más a medida que entraban.

Entonces, una de las otras chicas decidió ser proactiva. Se puso de pie al final de su mesa y dijo: «Hola, ¿le gustaría donar al banco de alimentos?», lo cual no estaba especialmente inspirado, pero era mejor que lo que yo estaba haciendo.

Seguí sonriendo a la gente hasta que una señora salió con dos bolsas de macarrones con queso. Supuse que pensaba que los pobres necesitaban comida fluorescente.

Estaba mirando eso cuando otra mujer preguntó:

—¿Podemos donar dinero?

—¿Eh? No sé. —Miré la mesa y vi un tarro de plástico con un agujero en la tapa—. ¡Sí! —dije.

Se rió de mi torpe entusiasmo y dejó caer un billete de veinte.

Al marcharse, dijo:

—Que tengas un bendecido día.

Odiaba esa frase. Era muy molesta. Por un lado, no estaba segura de lo que significaba. Quiero decir, la gente puede ser bendecida. Eso significaría que las cosas generalmente les iban bien. Yo, en cambio, no estaba bendecida.

Pero si un día era bendecido, ¿qué importaba? ¿Significaría eso que todos en el mundo ese día serían bendecidos por ese día? Está claro que eso no es cierto. Algunas personas iban a morir hoy, como cualquier otro día.

La conversación de Sam y Zach se hizo más intensa. Zach gritó:

—Bien, si eso es lo que piensas. —Su silla raspó cuando se levantó y se fue furioso.

Las otras tres chicas miraban fijamente a Sam, que por una vez se había sonrojado. Por un milisegundo me alegré, luego me sentí como un imbécil.

—¿Estás bien? —murmuré.

—Bien —dijo ella, desviando la mirada hacia Zach.

¿Y si rompían? ¿Era posible que entonces quisiera salir conmigo? Tendría que esperar hasta que Sam se fuera, para ser decente, pero entonces ¿le importaría? No conocía el protocolo aquí.

Por supuesto, entonces me sentí como una imbécil de nuevo.

—¿Quieres donar al banco de alimentos, Rob?

Levanté la vista para ver a la chica de enfrente sonriendo de una manera que pretendía ser sexy a un grupo de chicos de la escuela, incluido uno que me había llamado lesbiana antes.

Hizo un gesto hacia mí.

—¿Cómo sé que no se lo va a comer todo ella? —preguntó con sorna.

La vergüenza me golpeó como siempre. Sam lo fulminó con la mirada y las dos chicas soltaron una risita, y la que estaba de pie dijo:

—No te preocupes, conmigo está a salvo. —No se le había escapado nada.

Maravilloso.

¿Por qué me importaba lo que pensaran esos imbéciles? No debería. Sabía que eran basura cósmica. Sin embargo, me importaba. Odiaba eso.

Para distraerme, pensé en lo que podría haber sido la pelea de Sam y Zach. ¿Romperían? Sería un alivio no tener que verle tanto.

Mamá y yo estábamos esperando en la consulta del psiquiatra aquel jueves siguiente. Ya eran casi las 3:20, lo que estaba estresando a mi madre porque estaba previsto que empezara a las 3:00, y ella tenía que estar en el trabajo a las 4:30. Iba a llegar tarde. O, lo que es más realista, tendría que acortar la sesión. Gracias a Dios.

—No entiendo esto —dijo—. ¿No saben que nosotros también tenemos el tiempo medido?

Me encogí de hombros. No me apetecía nada esta cita. Si se parecía en algo a la última vez, estaría repitiendo todo lo que yo dijera, cuando no estuviera haciendo afirmaciones estúpidas sobre los adolescentes. Hacía un par de semanas que no acudía porque no tenía disponibilidad para la semana pasada, pero ahora estaba apuntada para esta hora todos los jueves.

Finalmente, un niño salió y se fue con su madre. Mi madre resopló cuando el Dr. Holmes no salió de inmediato. Un par de minutos después, me pidió que entrara.

—¿Qué tal la semana, Nicole? —me preguntó en cuanto nos sentamos.

—Bien.

Asintió con la cabeza.

—Me gustaría volver a lo que hablamos hace dos semanas.

—¿Qué?

—Tus problemas para hacer amigos.

Por supuesto. Suspiré.

—De acuerdo.

¿Qué clase de locura iba a decir esta vez? ¿Los niños no son críticos? ¿Se fijan en la belleza interior?

—¿Tuviste algún buen amigo en la escuela primaria?

—Eh… tuve una amiga desde tercer grado hasta quinto, pero se volvió contra mí en quinto grado. —Vaya, pensar en esa mierda todavía duele.

—¿Cómo se puso en tu contra?

—Bueno, éramos amigas, solo nosotras dos, pero supongo que quería ser amiga de las chicas más populares. Las chicas de la clase formaron un club en el que solo estábamos mi amiga, yo y esta otra chica. La madre de la otra chica había muerto unos años antes, por lo que siempre se la excluía de las cosas, aunque creo que era algo autoimpuesto. No me preocupaba demasiado este club, pero un día algunas de las chicas del club me acorralaron en el baño e hicieron esos ruidos de asco y me dijeron que mi amiga les había dicho que tenía rayas marrones en mi ropa interior.

—¿Rayas marrones en tu ropa interior?

—Intenté señalar que, aunque fuera cierto (y no lo era), ella estaba mucho más arruinada que yo para estar revisando mi ropa interior usada. Pero no sirvió de nada. Ella estaba en el club. Luego se desvivió por contarles todas esas otras cosas sobre mí y me convertí en el principal blanco del club.

—Te hicieron el blanco. —Asintió con la cabeza y anotó algo—. ¿Qué hiciste al respecto?

—Almorcé sola y luego me pasé todo el recreo sentada al pie de los escalones donde hacíamos cola para volver a entrar. —La vergüenza floreció al recordar. Luego me enfadé—. Incluso algunos de los profesores se metieron en la diversión.

—¿Profesores? ¿Cómo?

Me encogí de hombros.

—Me odiaban porque era gorda y tímida, y dejaban que los niños me acosaran abiertamente. —Recordé a la señora Black en particular—. Cuando estaba en cuarto grado, me operaron de las caderas y estuve con muletas durante cuatro meses. En quinto grado, terminé de nuevo con ellas, y esta maestra no creía que las necesitara. Incluso me lo dijo un día delante de otros niños.

Había escrito una historia para su clase sobre un chico con muletas que supera sus obstáculos, y cuando me ofrecí estúpidamente a leerla delante de toda la clase, los niños se rieron de mí, y ella no les dijo que se callaran. Ella les dejaba reír.

—Has dicho profesores, en plural.

—La profesora de educación física me odiaba porque era gorda. Me gritó delante de todo el mundo cuando estaba de sustituta en la clase de matemáticas un día, porque pensaba que no había hecho lo que nos había dicho que hiciéramos, aunque en realidad lo había hecho. Fue muy embarazoso.

—¿Cómo sabes que no le gustabas porque tenías sobrepeso?

—Un par de años antes, me dijo que no estaría tan gorda si hiciera más ejercicio. —Qué alegría. Todavía me avergüenza recordarlo. Lo había dicho delante de todo un grupo de niños.

—Hmm. Eso no fue amable. —Me sorprendió que estuviera de acuerdo. Medio esperaba que señalara que probablemente era cierto.

—No. Corría y montaba en bicicleta y todo, como todos los demás. —Realmente lo había hecho. No sabía que estaba gorda en ese entonces.

—Eras activa —dijo. Luego sonrió débilmente y

preguntó—: ¿Intentaste hacerte amiga de algún chico ese año?

—No. Tampoco les gustaba entonces.

Asintió con la cabeza.

—No les gustabas a los chicos.

Dios, ¿qué era eso de repetir todo lo que decía? Era jodidamente exasperante.

—No, no les gustaba.

—Cuéntame más sobre la escuela media. ¿Qué hay del sexto grado?

Sexto grado. No le iba a contar a este idiota lo del agarre de las tetas. ¿Qué más pasó entonces? Me costó recordar, lo que debía significar que no había sido nada demasiado malo.

—Ese fue el año en que conocí a Sam. Todavía no éramos amigas, pero nos conocíamos. Por lo demás, los chicos me dejaron sola.

—Te dejaron sola. ¿Cómo se sintió eso?

—Fue un alivio después del año del club de chicas.

Asintió con la cabeza y escribió algo en su libreta.

—Quiero volver a hablar del hecho de que no tienes novio.

No. No quería discutir esto. Ya me dolía el estómago.

—¿Te gustaría tener uno?

Sentí que me sonrojaba, como si fuera una niña. Dios, era una perdedora.

—No lo sé.

—No lo sabes.

—No importa lo que quiera, no están interesados —dije sin más. Por supuesto, mi mente se dirigió a Zach. Él y Sam habían hecho las paces por lo que fuera que habían estado discutiendo (ella ni siquiera me lo había contado) así que intentaba no pensar en Zach de esa manera.

—¿Y por qué crees que es eso? —Golpeó el lápiz en su cuaderno.

Esto era muy irritante. Me moví en el sofá y me preparé para una pelea.

—Ya se lo he dicho, soy fea.

—Pensé que dirías eso. No es cierto, sabes.

Como si la opinión de un viejo contara.

—Mire, es objetivamente cierto. No cumplo con el estándar estadounidense de belleza. No parezco anoréxica, y no uso maquillaje. La belleza es una cosa de sí o no. O la tienes o no la tienes, y obviamente yo no la tengo.

Se quedó mirándome un momento, claramente intentando pensar en algo que decir.

—No estoy de acuerdo —dijo finalmente.

Me limité a mirarle.

—Casi ninguna mujer cumple ese estándar imposible de belleza, y eso no significa que sea fea. La belleza está en el ojo del que mira.

Me miré las rodillas en mis vaqueros negros y traté de no tener arcadas ni reírme a carcajadas. Habría sido peor.

Continuó.

—Solo tienes que ser tú misma y gustarás a la gente. A nadie le gustan todos los demás, pero no necesitas gustarle a todo el mundo.

Menuda basura.

—¿Has pensado alguna vez en usar maquillaje?

Esta mierda otra vez.

—Sí, lo he pensado, y no, no voy a hacerlo. Odio el maquillaje. No veo por qué las chicas tienen que modificar sus cuerpos simplemente para ser aceptadas como humanas. Los chicos no. Ellos pueden ser peludos, malolientes y desaliñados y todo el mundo los quiere igual.

—No creo que esa sea la forma correcta de verlo.

—¿Conoces el origen del maquillaje? —Le di mi

conclusión sobre los bebés sexualmente excitados, y me miró como si estuviera trastornada.

Eso no puede ser algo bueno de un psiquiatra.

Se recuperó y dijo:

—Ya hemos hablado antes de tus dibujos. Me gustaría que trajeras fotos de algunos de ellos para la próxima vez, ¿de acuerdo?

Asentí con la cabeza, sin ganas de hacerlo.

Terminamos la sesión un par de minutos después.

Cuando mamá y yo nos fuimos, nos dirigimos al coche.

—¿Qué tal, cariño? —preguntó una vez que salimos del parqueo.

—No me gusta. Repite todo lo que digo.

—Seguro que no es tan malo. Creo que los psiquiatras hacen eso a veces para asegurarse de que entienden lo que les dices.

—Es peor que eso. —Pero miré por la ventana porque estaba claro que no me iba a creer. Lo que significaba que tendría que seguir aguantándolo.

———

Papá consiguió arreglar el intermitente de la minivan y el lunes fuimos de nuevo al centro de exámenes.

Me acerqué al mostrador para registrarme en mi cita.

El tipo que trabajaba allí levantó la vista.

—¿Apellido?

—Summers.

Entonces fui a esperar con papá. Tenían unas sillas metálicas endebles con asientos de tela acolchada de color granate, que podrían haber venido de Walmart. Había otras personas esperando, entre ellas un chico de mi edad. Estudié el suelo de baldosas.

Vi a un hombre musculoso entrar por una puerta lateral y dirigirse al mostrador.

—¿Dónde está el siguiente? —le preguntó al tipo que estaba allí.

—Él está ahí. —Luego me señaló a mí.

Dios. Alguien más pensaba que yo era un chico. Esto era una mierda, pero aun así me hizo sentir que ni siquiera era una persona real. Cerré los ojos para dejar pasar la frustración.

¿Me molestaría tanto esto si realmente fuera trans? ¿No me gustaría que me confundieran con un chico? Esto me pareció una revelación: odiaba que me confundieran con un chico, así que no podía ser trans. Entonces, ¿qué era yo?

—¿Cuál es su problema? —me murmuró papá, frotándose la barba con fastidio. No es que fuera a decir nada. Era tan reacio a la confrontación como mamá.

El examinador cogió unos papeles y leyó en ellos.

—Summers.

Le seguí, pero me detuve un segundo en el mostrador.

—No soy un chico, sabe.

El tipo levantó la vista y se quedó mirando un segundo, pero no dijo nada. Ni siquiera parecía arrepentido.

Sin embargo, mi corazón estaba acelerado por el encuentro. Tal vez no era lo más inteligente antes del examen.

Al menos era un tipo diferente al de antes.

Al final todo salió bien. Fallé en lo de aparcar en paralelo, pero no me metí en problemas por tener un coche de mierda. El tipo me puso un ochenta y dos. No me importaba, siempre y cuando fuera al menos setenta.

Sonreía estúpidamente cuando volví a entrar con papá, que estaba absorto en un número de *Sports Illustrated*.

—¿Has aprobado?

Asentí con la cabeza, todavía sonriendo.

—Eso es genial, Nic. —Se levantó y me dio una palmadita en la espalda—. También me impresiona que hayas corregido al tipo del mostrador. Normalmente eres muy tímida. —Miró al tipo en cuestión—. Qué idiota.

—Sí. Vamos. —Ni siquiera estaba segura de por qué lo había hecho. Excepto que no era un chico. No lo era.

—¿Quieres conducir a casa?

Me encogí de hombros.

Me sentía mucho más adulta de lo que nunca había sido. Era una sensación agradable, aunque no sentía que hubiera logrado nada impresionante. Todo el mundo saca su licencia en algún momento.

Aun así, tenía una libertad que no había tenido antes.

PARTE IV

Más que una mancha de café

El domingo después de Acción de Gracias fui a Taco Bueno (que es una versión mejor de Taco Bell porque tienen una barra de salsa gratis) para comer y trabajar en algo de arte. Estaba disfrutando de la libertad de tener un coche. O, de tener uno de cierto modo. Tener acceso a uno.

Solo podía permitirme un par de tacos y una Coca-Cola, pero llené los tacos con salsa. Mientras comía, estos cuatro chicos, de edad universitaria, entraron y se comportaron como tipos odiosos y perturbadores. Se decían cosas en voz alta y se daban palmadas en la espalda. Uno de ellos saltó la barricada de la línea sin razón alguna.

Me sentí incómoda porque eran la clase de tipos que se desviven por acosarme por ser yo. Pero mantuve la cabeza baja y traté de luchar contra el aumento de mi pulso.

Me ocupé de mis propios asuntos y terminé de comer, luego saqué mi cuaderno de dibujo y me puse a trabajar. Dibujé el restaurante y luego pasé a hacer uno de mi mano izquierda, un poco al azar. Me gustaba el aspecto de las manos, aunque las mías no eran mis favoritas. Las de Zach eran mejores.

Durante todo el tiempo que los chicos comieron, siguieron con una escena continua. Todos los que entraban mientras ellos estaban allí los miraban sorprendidos antes de darse cuenta de que nadie se estaba peleando realmente, simplemente estaban siendo unos imbéciles. Me quedé incómoda, agarrando mi lápiz y mirando la puerta. Quería irme, pero tendría que cruzar la sala y cuando lo hiciera, me apuntarían. Lo sentí en mis entrañas. Hoy no tenía ganas de aguantar.

Cuando por fin se fueron, giraron a la izquierda fuera, hacia donde estaba mi coche. Pero un minuto después vi salir un gran todoterreno, así que me relajé y seguí trabajando. También era la única cliente en el restaurante en ese momento.

Dibujé a la chica que trabajaba en la caja registradora porque tenía un pelo de punta impresionante. Ojalá tuviera el valor de hacerlo. Era demasiado cobarde para cortarme el pelo. Si la gente pensaba que yo era un chico con el pelo largo, imagínate así.

Me rellené la bebida y luego dibujé un poco más.

Finalmente, recogí mis cosas y salí a la minivan.

En el parabrisas, bajo el limpiaparabrisas, había un papelito amarillo. Tenía que ser de los chicos (mi coche era el único en el parqueo cuando se fueron) y me temía lo que diría. Era de unos diez centímetros cuadrados y tenía varias cosas escritas, algunas alrededor del borde como una cenefa y otras en el centro.

OYE CHICA MARICA, 1-800-MUERETE era parte del borde. Y en el centro estaba:

MUERE

FEA

GORDA
LESBIANA

Mis manos temblaron al instante, y se extendió por todos mis brazos de modo que todo mi cuerpo también temblaba. Me costó abrir la puerta. Mi corazón se aceleró cuando entré y arrojé la nota al interior del coche. Quería llorar, pero esa no era la única razón por la que estaba temblando.

Había experimentado muchas intimidaciones, pero esta era realmente aterradora. Ni siquiera habíamos tenido una interacción. Todo el odio de esa nota por estar simplemente sentada en un restaurante, ocupándome de mis asuntos. Me alegré de que fuera pleno día y de que no estuviera cerca de un callejón oscuro donde un grupo de tipos estuviera esperando para castigarme por no ser como los demás.

Mi siguiente cita con el psiquiatra era el primer día del mes en que Sam se marcharía. Diciembre. Esto me impactó, aunque obviamente sabía que iba a suceder. Aun así, se me revolvió el estómago.

De nuevo estaba atrasado, y mamá estaba cabreada cuando salió a buscarme.

Lo primero que quiso hacer fue mirar las fotos de mis dibujos que había traído obedientemente en mi teléfono. También traje mi cuaderno de dibujos, que tenía un montón de cosas diferentes. Muchos dragones, pero también algunas naturalezas muertas de mi habitación y cosas así.

Le entregué primero el teléfono, y él los hojeó, uno tras otro. Las había puesto todas en un álbum para que no se encontrara con otras cosas al azar. No es que hubiera nada emocionante en mi teléfono. Nada de selfies divertidos, seguro.

Al principio solo lo miraba a medias, pero luego me di cuenta de su expresión. Uno pensaría que, como psiquiatra, sería bueno para enmascarar sus sentimientos, pero era obvio que no aprobaba mis dibujos. Dragones, caballeros, algunas escenas de batalla. No sé por qué me gustaba dibujar cosas de fantasía a pesar de que leía principalmente ciencia ficción. Probablemente debería haber empezado a dibujar cosas del espacio. Supongo que eso asustaría menos a la gente.

Pero, de nuevo, eso no era lo que quería dibujar, así que qué más da. No iba a cambiar solo por la estúpida aprobación de la sociedad. No era como si hubiera salido a provocar incendios o a torturar gatitos. Las mías eran transgresiones sin víctimas.

Terminó con el teléfono y empezó a hojear el cuaderno de bocetos. Parecía un poco menos perturbado por eso, excepto cuando vio los estudios que había hecho de armas medievales. Espadas, mazas, una alabarda, un hacha de guerra adornada, un trabuquete. Entonces se detuvo y se quedó mirando el boceto que había hecho de mi escritorio empotrado, porque lo había dibujado con todo detalle.

—¿Son figuras de fantasía? —preguntó.

—Sí.

—¿Juegas a *Dungeons & Dragons*?

—No. —No le dije que era solo porque Sam y yo nunca pudimos encontrar a nadie dispuesto a dejarnos unir a su grupo—. Solo pinto las figuritas.

—Solo las pintas. De acuerdo. —Siguió hojeando el cuaderno de bocetos.

Me ponía toda esa mierda de género. Estaba asustado porque yo dibujaba dragones y caballeros y armas. Y estaba interesado en D&D. Lo que debía significar que era un satanista. Es lo que la gente pensaba.

Gente estúpida.

Me pregunté de nuevo qué diría si le contara lo de los abusos sexuales. Diría:

—¡Esto lo explica todo, fenómeno!

No quería escuchar eso. No quería que mi forma de ser se debiera a algo malo que me hubiera pasado. Porque quien era yo se sentía tan real que sería difícil aceptar que era la versión dañada de mí en lugar de la real. Significaría que tal vez *debería* haber cambiado. Ser quien realmente debería haber sido.

Si no era un niño, y sabía que ahora no lo era, ¿qué era yo?

Dios, estaba todo revuelto.

Aunque no sé qué me preocupaba. No le iba a contar lo de los abusos, y él obviamente no iba a preguntar. Es decir, si no estaba lo suficientemente enterado como para preguntar por su cuenta, ¿cómo reaccionaría si se lo dijera? Se obsesionaría con ello y pensaría que eso explicaba todo lo que me pasaba.

Me devolvió el cuaderno y lo dejé a mi lado en el sofá.

Apoyó el tobillo en su rodilla.

—Es evidente que tienes mucho talento.

—Gracias.

—¿Te interesa la violencia? —preguntó, evidentemente tratando de sonar casual.

—¿Qué? No. Dios, ¿por qué todo el mundo piensa eso?

—Dibujas armas.

Me encogí de hombros.

—Creo que son interesantes. Podría preguntarme si me interesa la historia, ya que forman parte de ella.

—¿Te interesa?

—Tal vez. —Ni remotamente.

Frunció los labios como si hubiera leído mi mente.

—¿Tienes algún arma?

—No —espeté. Dios.

—Sin armas. ¿Has estado alguna vez en una pelea física?

—No.

—Sin peleas. —Me miró con los ojos entrecerrados.

Este tipo no me entendía en absoluto.

—¿Puedo volver a ver tu cuaderno de dibujo?

Se lo entregué y volvió a hojearlo.

—Es muy poco habitual que una chica dibuje armas.

—No soy una chica típica. ¿Y qué?

Parpadeó un par de veces. Luego preguntó más sobre la violencia. No iba a dejar pasar esto. Fue doloroso, pero el tiempo se agotó y nos fuimos.

Mamá siguió hablando de lo enfadada que estaba porque él siempre llegaba tarde. Me dejó en la biblioteca donde había quedado con Sam y se dirigió al trabajo.

Sam ya estaba allí en una mesa del fondo. Nos saludamos y me senté frente a ella.

Ella suspiró.

—¿Qué? —Le pregunté.

—Estoy harta de Zach. Siempre quiere besuquearse y ya no hacemos nada divertido.

Oh. Ese era un problema que no me importaría tener.

Pero estaba siendo una amiga terrible.

—Lo siento. ¿Has hablado con él de eso?

—Realmente no sé cómo. Es como si él asumiera que es lo que yo también quiero, pero estoy aburrida. —Suspiró

—¿No te gusta? —¿No se suponía que era increíble?

—En pequeñas dosis. Además, creo que es una especie de besador húmedo. No es que tenga nada con qué compararlo, pero creo que sí.

—Oh. —Me pregunté a qué se refería.

Y luego me pregunté si realmente romperían, y qué significaría para mí. ¿Era una imbécil por pensar eso? No estaba segura.

Probablemente lo era. Pero, ¿acaso importaba?

Desde el día en que obtuve mi licencia, había estado pensando en el hecho de que ahora sabía que no era trans. Pero no había averiguado lo que era, así que finalmente decidí volver a buscar en Google. Me senté en la cama y saqué el portátil. Quizá esta vez tendría más suerte.

Y la tuve. Me topé con una pregunta en una página web en la que la chica decía que no se sentía ni chica ni chico, y eso me sonaba. Es decir, me seguía gustando Zach, aunque estuviera con Sam, así que pensé en él. Me sentía más cómoda con la idea de su pene que con la de tener el mío propio. Durante toda mi vida había deseado ser un chico, pero se trataba más de lidiar con las expectativas de mierda de la sociedad que de algo físico. No sentía ninguna conexión real con los chicos como imaginaba que lo harían los chicos de verdad.

Entonces di con el oro: encontré el término «inconformidad de género». Me costó mucho entender qué significaba exactamente. La página de Wikipedia hablaba de ello como si se tratara de un trastorno que podía o debía tratarse y, al mismo tiempo, sonaba como algo que era una elección: la elección de no conformarse. Pero eso no era lo que yo sentía. No era como si me estuviera rebelando. Era como si no pudiera jugar a ser una chica. Simplemente estaba mal.

En cualquier caso, por lo que decía la página, parecía

que podría acabar deprimida e incluso suicida en el futuro. Genial.

Seguí investigando. También aparecía el término «género no binario», que podía o no ser lo mismo que inconformidad de género. Supuse que la inconformidad de género se refería más a la forma de actuar y que el género no binario se refería más a lo que realmente eras. Pero eso hizo que volviera a sonar como una elección.

Me apoyé en las manos, con el portátil en el regazo. No sentía que tuviera un problema real con mi cuerpo, aparte del hecho de que estaba gorda. Ni siquiera mis tetas me estresaban. Lo habían hecho en sexto curso, pero ahora las cosas se habían estabilizado y tenían un tamaño normal. Entonces, ¿era yo no binaria? ¿Quería que la gente dejara de llamarme «ella» y cambiara a «they/them»?

Casi me reí a carcajadas. Seguro que eso no iba a ir bien en el instituto Emerson. Llamaría más la atención y todos se negarían a usar los pronombres correctos, por ser los imbéciles que eran.

Pero no estaba segura de que eso fuera lo que quería, de todos modos.

Alguien en uno de los foros dijo que se había preguntado qué haría si la sociedad no existiera.

Eso era fácil para mí. No cambiaría nada de mi cuerpo, pero sería increíble ser una persona sin todos los estúpidos adornos de la feminidad.

Aunque seguro que podría prescindir de la regla.

Pero de todos modos, era un punto discutible ya que la sociedad *sí* existía. Y yo tenía un cuerpo femenino.

Dios mío, estaba tan confundida. Probablemente debería unirme a los foros y hacer mis propias preguntas, pero aunque incluso las personas tímidas suelen sentirse seguras en el anonimato de Internet, yo no lo sentía.

¿Podría estar segura de algo?

———

A la semana siguiente, mamá empezó a sentirse mal el lunes, la gripe o algo así, y el jueves por la mañana llamó al psiquiatra para cancelar mi cita porque no creía que pudiera salir de casa. Le dijeron que nos cobrarían aunque yo no fuera porque cancelábamos con menos de cuarenta y ocho horas de antelación. Todavía no podía conducir su coche, así que se vio obligada a llevarme. Estaba muy enfadada, tosiendo, estornudando e incluso maldiciendo levemente durante todo el trayecto.

Luego se sentó en la sala de espera haciendo lo mismo, pero sin maldecir. La otra mujer que estaba allí la miró fijamente y mamá se enfadó lo suficiente como para explicarse. La mujer resopló y claramente trató de no respirar el mismo aire. No hubo compasión.

La mujer salió corriendo de allí una vez que su hijo salió de la parte de atrás, y yo entré a hablar con el idiota. Tarde como siempre.

Fue más o menos como esperaba. Más conversación estúpida sobre nada sustancial, excepto cómo estaba haciendo la vida mal. Percibiendo todo mal, presentándome mal, todo mal.

Quise decirle que era inconformista de género, solo para ver qué decía, pero no dije nada.

Podía oír a mamá tosiendo desde la sala de espera. Después de un rato, se acabó el tiempo y salí a la sala de espera.

Al parecer, mamá había mantenido una conversación con la recepcionista, porque lo siguiente que supe es que ambos estábamos de vuelta en su despacho.

—No puedo creer que haya insistido —tosió— en que trajera a Nic estando tan enferma. —Tenía un caso grave de voz de hombre.

—Está enferma —repitió él—. Lo siento.

Ella continuó:

—Usted siempre está atrasado, y tenemos que esperar —estornudó y resopló—, provocando que yo llegue tarde a mi propio trabajo, pero usted ni siquiera puede hacer concesiones a alguien que está enfermo.

Asintió con simpatía.

—Tienes que esperar a las citas. Entiendo tu frustración.

—No creo que lo haga. No tiene respeto por mi tiempo —. Bien, mamá.

—Lamento que sienta que no tengo respeto por su tiempo. —Sus manos estaban sobre su pierna cruzada.

Mamá perdió el control, para ella. Estaba temblando y dijo, mucho más fuerte de lo que esperaba,

—¿Qué le pasa? ¿Por qué sigue repitiendo lo que digo?

Se quedó callado por un momento, y luego mamá se levantó y yo la seguí a la salida. Incluso antes de llegar al coche, dijo:

—No vamos a volver con ese imbécil.

Estaba tan feliz.

—Siento que estés enferma, pero me alegro de que por fin veas cómo es con la repetición.

—No te creía. Es exasperante.

—Sí.

Lo era. Y se acabó. Estaba oficialmente sin psiquiatra.

—Pero cariño, sabes que tendremos que encontrar a alguien más. Estoy preocupada por ti.

De acuerdo, solo temporalmente sin psiquiatra. ¿Qué imbécil me encontrarían después?

———

El último día de Sam llegó demasiado rápido. Era el miércoles antes de Navidad. Estábamos tumbadas en las dos camas de su habitación. Era extraño ver que todas las señales de ella habían desaparecido. Ahora estábamos en esta casa amueblada genéricamente, con paisajes aburridos y cursis colgados sobre cada cama. Su gran maleta rígida estaba junto a la puerta. Tenía todas estas pegatinas por todas partes. Diferentes bandas y otras cosas.

Los padres de Sam tenían un administrador de propiedades e iban a alquilar su casa. Así que tal vez acabarían volviendo todos.

Podría esperar. Me quedé mirando una telaraña en la esquina.

Su vuelo salía mañana a mediodía.

—Siento que no hayamos encontrado nuevos amigos para ti —dijo Sam—. Yo creía en OISN. Supongo que la gente de aquí apesta demasiado.

No estaba equivocada.

—Estoy pensando de nuevo en aplicar a la AMCO. —La academia estatal de matemáticas y ciencias.

—Deberías hacerlo. Sería un nuevo comienzo. Además, supongo que allí la mayoría de los estudiantes son geeks, en lugar de deportistas y de la preparatoria. Tal vez las cosas irían mejor para ti.

—Sí, eso es lo que he estado pensando. —Jugué con el dobladillo de mi camisa, tirando de ella hacia abajo—. Pero no tienen un gran programa de arte.

—Eres lo suficientemente buena como para no preocuparme por eso. Solo tienes que seguir trabajando por tu cuenta, y mejorarás cada vez más.

—Puede ser difícil allí.

—Vamos, apenas te esfuerzas en tus clases y sigues sacando sobresalientes. Lo harías bien.

—Supongo.

—Y allí tienen arte, ¿verdad?

—Sí, como optativa. —Había hecho la investigación.

—Así que pasas un poco más de tiempo en la sala de arte que los demás. No es gran cosa.

—Cierto.

Nos quedamos en silencio durante un rato.

—¿Qué has decidido sobre Zach? —pregunté finalmente. Ella había estado dándole vueltas a la idea de romper ahora o esperar hasta que se fuera. Estaba harta de él y no veía el sentido de intentar algo a distancia. En cualquier caso, pronto sería un agente libre y me pregunté si volvería a interesarse por mí. Entonces me sentí muy culpable.

—Esperaré —dijo Sam.

Me reí para cubrir la culpa.

—Gallina.

—Es verdad. No sé qué decir. Nunca he tenido que romper con nadie antes.

—Sí.

Después de un momento, Sam dijo:

—Entonces, creo que deberías planear visitarme. Tal vez en marzo. Para entonces estaremos en nuestra casa o lo que sea.

—¿En serio? —La idea nunca se me había ocurrido. Pensé que ella se iría y eso sería todo.

—Deberías. Ya le pregunté a mi mamá y dijo que estaba bien.

—¿Durante las vacaciones de primavera?

—Sí.

Supuse que podría llamar a mamá en ese momento. Le expliqué la situación.

—Cariño, no podemos permitírnoslo.

—Vamos, por favor, mamá.

—Lo siento.

Colgué.

—Dice que estamos demasiado arruinados.

—Oh. Eso apesta.

Quería llorar. Sam me había dado esperanzas, y mamá las había destruido. O tal vez quería llorar porque Sam se iba, y tal vez nunca la volvería a ver. O porque no tenía más amigos. O simplemente porque era fea.

El viernes, un par de días antes de Navidad, me dirigí a nuestro pequeño centro comercial para comprar regalos para todos. No tenía ni idea de lo que iba a comprar, así que iba a ser un desafío.

El viernes también era el día después de que Sam se fuera.

Me sentía fatal, para ser sincera, lo que hizo que buscar un sitio para estacionar fuera aún más complicado. Es decir, ahora no tenía ni un solo amigo de verdad en todo el país. Era surrealista.

Me topé con un lugar vacío, sin ningún otro coche a la vista. También surrealista. No me metí de lleno en él. No, tuve que ir súper despacio para meter la minivan con seguridad entre los dos coches. Por una vez, la suerte me acompañó: los dos eran pequeños.

Mientras me dirigía al interior, pensé que tal vez Zach era una especie de amigo mío. Me imaginé que todavía me llevaría al Key Club. Aunque ahora que tenía mi licencia, podía usar la minivan, así que tal vez ni siquiera se lo pidiera. Pensé en hacerme la tonta y ver si planeaba recogerme. ¿Pero se enfadaría conmigo después de que Sam lo dejara?

Había gente por *todas partes*. Mi corazón iba un poco más rápido de lo necesario debido a toda la multitud y el caos. Pasé por delante de un quiosco de gafas de sol, que estaba lleno de compradores, y me dirigí a los grandes almacenes. Le compraría a mi padre una camisa a cuadros para el trabajo. Papá me había dado algo de dinero para regalos.

Llegué allí y nadé entre la multitud para llegar al departamento de hombres. Encontré una camisa bonita (una que me pondría, en realidad), cogí la talla de papá y luego hice cola durante mucho tiempo. Cuando llegué al frente, la cajera me dijo:

—Buenas tardes, señor.

Se me retorcía el estómago cada vez.

—Soy una chica.

—Oh.

Me pasó la cuenta en silencio, pagué en efectivo y me fui. La incomodidad era palpable. Ni siquiera dijo nada. ¿Qué tan difícil sería? Algo como: «Lo siento, acabo de ver a alguien alto y supuse». Cualquier cosa. Dios.

Luego me dirigí a la tienda de regalos de trucos para comprar alguna estupidez para mi hermano. Después de examinar las opciones (cogí una botella de lubricante antes de darme cuenta de lo que era) me decidí por un par de chanclas de Batman. Eran perfectas porque mis padres pensarían que era un regalo considerado ya que a él le gustaba Batman, pero yo sabía que las odiaría. Eran demasiado bonitas.

Ahora tenía que pensar en algo para mamá.

Ella era imposible. Ya había comprado lo que necesitaba y no sabía qué más quería. Caminé por el lugar, pasando lentamente tienda tras tienda en el flujo de gente.

¿Una bufanda?

Finalmente, me topé con uno de esos lugares de accesorios y me metí en el interior hasta llegar al expositor de bufandas. Nada me llamó la atención.

Era un desastre para los regalos. Por desesperación, elegí una bufanda de franela a cuadros rosas y negros. Es decir, no gritaba «¡mamá!», pero nada más lo hacía tampoco. ¿Tal vez podría regalarle también unos pendientes?

Intenté llegar a los pendientes, pero fue difícil, y acabé dando la vuelta a otro estante, solo para descubrir que seguía bloqueada.

—¿Vas a pagar por eso? —me preguntó una chica de aspecto snob. La etiqueta con su nombre decía Britnee.

—¿Qué? Estaba intentando llegar a los pendientes. —¿Qué, ella pensó que yo parecía una ladrona? ¿Porque parecía que no pertenecía a este lugar?

—Parecía que estabas a punto de irte con él.

—No lo estaba. —Pero ahora estaba enfadada. Tiré el pañuelo encima de un estante de carteras y salí.

—Bueno —resopló.

Lo que sea.

Ahora sí que estaba enfadada. No sabía qué regalarle a mamá, así que me dirigí a Walmart porque también necesitaba comprar material escolar.

Una vez que llegué al pasillo correcto, había, por supuesto, un montón de gente para sortear. Vi cuadernos rosas y otros cubiertos con pelotas de baloncesto o de béisbol. ¿Dónde estaban las cosas normales y neutras? ¿Por qué todo tenía que ser tan jodidamente sexista? Esto solo me molestó más.

Rebusqué en la pila de cuadernos rosas y encontré algunos verdes y azules, así que los cogí. Encontré algunas carpetas rojas. Finalmente, salí y volví a entrar en el centro comercial.

Ahora tenía que encontrar algo para mamá. Supongo que podría volver a los grandes almacenes y ver si tenían algo que pudiera comprar.

Tal vez podría comprarle un pequeño frasco de perfume.

Me costó llegar al mostrador de perfumes, pero lo conseguí. Una de las mujeres que estaban detrás del mostrador me miró y luego se dirigió a otra persona en el otro extremo.

—Disculpe — le dije a la otra mujer cuando terminó de ayudar a una señora.

Su ceño se frunció durante un milisegundo antes de esbozar una sonrisa falsa.

—¿Puedo ayudarle?

—Necesito una botella de *Obsession*.

Repasó las opciones (tenían varios paquetes de regalo que venían con otras cosas como loción para manos y lo que sea) hasta que me sentí abrumada.

—Puede… eh… Solo tengo treinta dólares.

—Un solo frasco cuesta noventa dólares.

Mis ojos se abrieron de golpe. Eso era casi todo mi presupuesto.

—Oh. No importa.

Huí del mostrador y en cambio miré las carteras. Me temblaban las manos de estar rodeada de tantas cosas femeninas. Era como si viniera a por mí.

Las carteras eran todas de 100 dólares o más, también. Dios. No tenía ni idea de que fuera tan caro ser una mujer normal.

Bien, entonces tendría que ir a otro lugar. Había algunas de esas tiendas de descuento cerca. Tal vez una de ellas tendría algo que pudiera pagar. Estaba harta.

Ahora solo tenía que sacar con éxito la minivan de la plaza de estacionamiento. Primero me dirigiría a la tienda de descuentos y luego a la de manualidades para comprarle algo a Izzy. Eso también sería un manicomio, pero más divertido que este lugar.

Al final, creo que los amigos de mis padres nos pagaron el viaje de Navidad con ellos, aunque papá no vino porque no podía permitirse los días de vacaciones. Mamá nos llevó a Dallas el lunes después de Navidad. Viajamos en caravana y nos separamos al llegar a la ciudad.

Planeamos reagruparnos en el hotel.

—Voy a buscar a Logan —dijo Caleb una vez que tuvimos todo en nuestra habitación. Ellos compartían una habitación diferente.

—No desaparezcas —gritó mamá desde el baño, donde estaba desempacando su neceser.

Luego se fue, gracias a Dios. Izzy se arrastró hasta la cama que compartiríamos ella y yo y se extendió para ocupar todo el espacio posible.

—¿No te has ido con él? —preguntó mamá tras salir del baño.

—¿Estás bromeando? Odio a Logan. —Empujé a Izzy hasta que se apartó y me acosté a su lado.

—Me encanta esta habitación —dijo Izzy.

—¿Por qué te gusta, cariño? —preguntó mamá.

—No lo sé. Solo somos las chicas.

Mamá se rió.

—Así es. Nic, Kayla y Alyssa probablemente estén con Logan.

—Tampoco me gustan ellas. —Crucé las manos detrás de la cabeza.

Izzy se levantó y abrió su maleta.

—Creía que eran amables contigo. —Mamá se puso al lado de la cama.

—Están bien.

Izzy sacó su cepillo para el pelo y entró con él en el baño. Ya se estaba acicalando. ¿Qué relación teníamos?

—Las cosas son muy complicadas para ti, ¿verdad? —preguntó mamá.

La verdad de esa afirmación (y el hecho de que se hubiera dado cuenta) me conmovió por alguna razón. Casi se me saltan las lágrimas, de la nada.

—Sí, lo son.

—Bueno, no voy a obligarte a pasar tiempo con ellas si no quieres.

—Gracias.

Su teléfono sonó al otro lado de la habitación. Lo comprobó y dijo:

—De acuerdo, vamos. Están todos abajo. Vamos, Izzy.

—Isabella —reclamó—. Ya estoy terminando.

Cuando salió, me pareció que estaba igual. Llevaba unos vaqueros con joyas en los bolsillos y una camiseta rosa metida por dentro con flores.

Nunca había metido una camiseta por dentro en mi vida.

Todo el mundo se había congregado en el vestíbulo de la planta baja. Vi a Logan con un café en la mano, y a Caleb hablando, junto a una gran planta, y el resto de los chicos estaban de pie cerca, con los adultos más allá.

Todos bloqueaban las puertas correderas delanteras, lo que no me sorprendió. Eran así. Desconsiderados.

—¡Hola! —dijo mamá al llegar a ellas.

Gina y Susan, las madres de Alyssa y Kayla, la abrazaron a su vez mientras Bridget me daba un rápido apretón de hombros lateral y me preguntaba cómo estaba. Todavía me extrañaba lo mucho que parecía gustarle a la madre de Logan. Un par de madres más charlaron con Izzy durante un segundo (la querían porque era linda) antes de acercarse y luego las seis estuvieron hablando.

Los hombres estaban igualmente apiñados, aunque el padre de Logan, Pete, se acercó a las mujeres para que todo el mundo se moviera. Me quedé atrapada caminando entre los adultos y los niños. Kayla y Alyssa se acercaron y charlamos un poco. Cuando entramos en el restaurante, Caleb y Logan me pasaron rozando y Logan murmuró «lesbiana» en voz baja.

Lindo.

—Eres un encanto —logré decir.

—¿Un encanto? —ladró, y él y Caleb se rieron.

Admito que no fue inteligente. Joder. ¿Por qué no podía ser ingeniosa? Quería ser como una chica de una novela juvenil, no como yo.

Pero uno de los otros chicos del grupo (el hermano mayor de Kayla, que se creía una mierda porque conducía un BMW que sus padres le habían regalado en su decimosexto cumpleaños) nos oyó, así que todos volvieron a mirarme y se rieron de nuevo.

Llegamos al restaurante y abarrotamos la entrada. Seguimos al camarero hacia atrás y todo el mundo se metía en el camino de todos, pero entonces los chicos se alejaron hacia otro grupo de mesas en la parte trasera del restaurante. Yo era la última chica que quedaba allí, y Gina y Susan me miraron fijamente hasta que entendí el mensaje. Me dirigí a la otra mesa.

Izzy estaba entre Alyssa y Kayla porque ellas también pensaban que era adorable. No me malinterpretes, lo era. Me irritaba que la gente apoyara tan abiertamente a las chicas que siguen el statu quo, incluso cuando son demasiado jóvenes para ello. Desde luego, la sociedad nunca me animó a ser yo cuando era joven.

El único asiento que quedaba estaba cerca del centro, entre mi hermano y la otra chica del grupo, a la que no conocía tan bien porque sus padres formaban parte del círculo exterior, no del interior. Kayla estaba junto a ella y Alyssa frente a Kayla, luego junto a ella estaban el chico de

BMW y otro chico, otro del círculo exterior, frente a mí. Luego Logan a su lado, y de nuevo Caleb.

En definitiva, era una mierda, aunque cualquier configuración sería una mierda porque me pondría cerca de Logan y de los otros chicos.

—Hola, señores. ¿Cómo están? —Un camarero latino de baja estatura con un bigote espeso empezó a dejar los vasos de agua.

—¿Nos trae papas fritas? —preguntó Logan, tomando otro sorbo de su café que había traído.

—Ya vienen. —El camarero dejó el quinto vaso de agua delante de mí y continuó.

Una mujer delgada con una bandeja llegó y puso un pedido de papas fritas y salsa en nuestro extremo de la mesa y luego uno en el de Kayla y Alyssa. El olor ácido de la salsa me tentó, pero no quise ser la primera en coger las papas. Inspiraría bromas de gordos.

Desapareció, y el chico del agua preguntó:

—¿Bebidas para alguien?

—Una Coca-Cola —dijo Logan.

Caleb también pidió una, y entonces el camarero me miró y dijo:

—¿Para usted, *señor*?

Los chicos resoplaron al unísono, y el camarero se disculpó y se corrigió.

—*Señorita*, lo siento.

En medio de mi furioso rubor, murmuré:

—Una Coca-Cola.

El resto de la velada transcurrió más o menos como cabía esperar. Las chicas hablaban de cosas que no me interesaban ni de lejos, y los chicos hablaban de videojuegos.

Esperaba que las cosas fueran diferentes si me iba de Oklahoma. Aunque supongo que Dallas no estaba lo suficientemente lejos como para ser una verdadera prueba. Tal vez si me fuera muy lejos, sería mejor.

A la mañana siguiente, nos reunimos de nuevo como una multitud en el vestíbulo del hotel y luego nos dirigimos a Six Flags. El plan era dejar a los niños allí, y luego los adultos irían a un paseo artístico. Había uno exterior en el distrito del arte. Obviamente, quería hacer eso en lugar de pasar el rato con los chicos. Quiero decir, ¿pasar horas viendo arte, o estar profundamente incómoda? Es obvio. Izzy quería ir a Six Flags, así que Alyssa y Kayla dijeron que se encargarían de ella.

Hicimos cola en la plaza de entrada para comprar las entradas a Six Flags Over Texas para los chicos, e Izzy y yo nos quedamos con mamá mientras las demás mujeres hablaban entre ellas, al igual que los hombres, y las chicas y los chicos. Todo era tan predecible y aburrido.

Una vez compradas las entradas, todos los padres espantaron a sus hijos y se dirigieron hacia la puerta principal.

—¿No vas a ir, Nic? —preguntó Gina, sonando un poco alarmada.

Supongo que mamá no les había dicho a todos sus compañeros que iba a ir con ellos.

—No.

—¿Seguro que no quieres? —preguntó Susan—. ¿Prefieres pasar el rato con un grupo de viejitos?

—No creo que ustedes sean unos viejitos —dije.

Las dos compartieron una mirada de desaprobación y el grupo comenzó a dirigirse a los coches. Dejamos un par de coches allí y nos amontonamos en la minivan y en otros dos todoterrenos. Me senté en el asiento delantero, lo que creo que provocó algún quejido.

Estaba emocionada por el paseo artístico. Empezábamos en una escultura de Henry Moore.

Después de luchar por estacionar, nos reagrupamos en la escultura, que era un bronce gigante compuesto por tres piezas. Se llamaba «La pieza de Dallas», o «Vértebras», porque parecían las vértebras de una criatura gigante, pero estaríamos hablando de algo monstruoso, porque cada pieza medía como tres metros.

Por alguna razón, me pregunté si Zach pensaría que esto era genial. Dado el interés de su hermana en el arte, y su aparente afición por ella.

—¿Crees que esto es fálico? —Gina susurró a las mujeres mientras se apiñaban alrededor de un lado.

—No —dijo Bridget—. ¿Qué te parece, Nic? ¿Te gusta?

Me encogí de hombros, todavía sonrojada por el comentario fálico que venía justo después de mis pensamientos sobre Zach.

—Está bien, supongo. No me gustan mucho las esculturas gigantes a estas alturas.

Gina y Susan se miraron de nuevo, como, ¿qué está haciendo ella aquí, entonces?

Cerca de allí había dos grandes esferas rojas que estaban en medio de una gran piscina poco profunda. Tenían piezas cilíndricas recortadas, lo que les daba el aspecto de medias lunas cuando las mirabas desde el ángulo correcto, pero globos en caso contrario.

Había otras piezas grandes, además de un monumento a los confederados, que parecía un poco hortera y no muy artístico, en cualquier caso. En la Pioneer Plaza había una gran escultura que representaba una conducción de ganado, con docenas de bueyes de bronce de dos metros de altura.

Mientras paseábamos mirando los diferentes bueyes, oí a uno de los hombres decir:

—Creía que estas cosas debían ser realistas. ¿Dónde están sus nueces?

Uno de los otros hombres dijo:

—Son bueyes, imbécil.

Las mujeres pusieron los ojos en blanco.

Era como estar con un grupo de adolescentes. Cuando era más joven, siempre había pensado que los adultos eran mucho mejores que los niños. Los niños eran malos y se interesaban por cosas infantiles. Pero luego me hice un poco mayor y me di cuenta de que muchos adultos no eran mejores. Como los profesores. Estaban tan influenciados por los niños populares como los demás niños. Era repugnante. Quiero decir, madura. Dios mío.

Después de salir de Pioneer Plaza, nos dirigimos a ver este gigantesco Pegaso rojo de neón que estaba encima de una pequeña torre de perforación de petróleo frente a un edificio. Aparentemente era un gran icono de Dallas.

No lo entendí.

Mientras nos quedamos mirando, uno de los hombres dijo:

—¿Qué te parece si dejamos esto y nos vamos a un bar?

Gina señaló amablemente que estaba allí, y que teníamos todo el día para pasar allí.

Al final, los hombres decidieron buscar un bar de deportes y pasar el rato, y el resto continuamos. La cosa se puso buena cuando acabamos en el Museo de Arte de Dallas. Me encantó. Había tantas piezas bonitas, aunque, para ser sincera, ver los cuadros de los maestros siempre me hacía ver que nunca sería tan buena con la pintura.

Dibujar era una cosa, pero pintar era otra. Pero si iba a la escuela de arte, tendría que aprender, ¿no?

Estaba leyendo en la cama de la habitación del hotel el miércoles por la mañana, después de desayunar, mientras mamá se preparaba para salir con los demás adultos. Habían decidido pasar un día de relax e iban a ir al bar del hotel. Caleb ya estaba con todos los demás chicos en la suite que los padres de Kayla habían reservado para ella y su hermano.

El secador rugió en el baño mientras mamá se preparaba.

Puse mi libro sobre mi estómago y cerré los ojos. Estaba bien, pero lo que quería hacer era trabajar en mi dibujo del dragón, pero eso estaba en casa. Tenía mi cuaderno de dibujo conmigo, pero no era lo mismo.

—Vamos, Nic, yo también quiero ir —dijo Izzy. Me sacudió ligeramente el hombro.

—No le veo el sentido. Será aburrido. Además, ¿por qué te interesa tanto? No hay nadie de tu edad.

—Alyssa y Kayla son buenas conmigo.

—Sabes que estarán ocupadas coqueteando, ¿verdad? El hermano de Kayla está allí y a Alyssa le gusta. Y si los Campbell están allí, entonces Kayla estará hablando con Mark, y Caleb estará maquinando con Logan.

—Vamos, será divertido.

Menuda burbuja social.

El secador se detuvo, e Izzy se acostó a mi lado.

Escuché mi respiración, agradable y constante. No quería ir a pasar el rato con los chicos. La idea me daba náuseas. Me aburriría, en el mejor de los casos. En el peor de los casos, me torturaría.

Podía llevar mi cuaderno de dibujo, aunque quién sabía la reacción que podría tener. Había estado pensando en otras cosas que podría presentar en el concurso de arte. Necesitaba ponerme en marcha con algunos proyectos para ello. Estaba atrasada. El dibujo del dragón era obviamente lo principal, pero necesitaba más que eso.

La secadora volvió a ponerse en marcha. No entendía la necesidad imperiosa de mamá de hacerse ver convencionalmente perfecta solo para sus amigas. Estaba de vacaciones, por el amor de Dios.

En la última reunión del club de arte, la señora Tolliver me había preguntado si consideraría presentarme como secretaria para el próximo año. La idea era genial. Tal vez podría conocer mejor a algunos de los otros chicos. ¿Quién lo diría?

Crucé las manos sobre mi estómago y escuché mi respiración un poco más. Seguía sin querer ir.

El secador se detuvo de nuevo, abrí los ojos y vi a mamá de pie en la puerta del baño.

—¿Has pensado en ir allí? Odio pensar en que te quedes sola aquí todo el día.

No me importaba demasiado. Había traído varios libros por si acaso. Podría entretener a Izzy si se aburría con su tableta.

Izzy estaba tumbada de lado frente a mí, con el codo extendido y la cabeza apoyada en la palma de la mano.

—¿Por favor?

Como no dije nada, mamá continuó:

—Alyssa y Kayla estarán allí. Puedes pasar tiempo con ellas, ¿verdad? Son agradables.

No eran *tan* agradables y ella lo sabía.

—Realmente no quiero.

—Cariño, creo que deberías. Izzy quiere ir. A veces

necesitas hacer cosas sociales incluso cuando no quieres. No te voy a obligar a ir, pero creo que deberías.

Ambas me hacían sentir culpable. Pero yo sabía lo que quería decir. A veces era mejor hacer el esfuerzo aunque fuera incómodo. Sam también lo dijo.

—Está bien, de acuerdo. Iré. —Tal vez podría practicar la conversación con algunos de los chicos del círculo exterior.

—¡Sí! —dijo Izzy antes de abrazarme torpemente.

Cuando mamá estuvo lista, nos dirigimos a la salida. Izzy y yo tomamos el ascensor hasta el sexto piso y llamé a la habitación 614.

Logan abrió la puerta y al instante dijo:

—¿Qué coño haces aquí?

Sentí como si alguien me hubiera abofeteado, e instintivamente di un paso atrás. Sin quererlo, miré por encima de su hombro y pude ver a varios de los chicos, incluidos Alyssa, Kayla e incluso Caleb, observando esto. Nadie dijo nada, y antes de que se me ocurriera algo a mí, Logan cerró la puerta.

¿Por qué había pensado que esto era una buena idea? ¿Por qué tenía que forzarme a entrar en situaciones sociales en las que no quería estar?

—Nic, ¿por qué ha dicho eso? —Preguntó Izzy en voz baja.

—Eso fue todo para mí, no para ti. Esa es mi vida, Izzy. No seas como yo.

Volvimos a nuestra habitación. En silencio todo el camino.

Sabía que probablemente era una reacción exagerada, pero me sentía entumecida y en estado de shock. Tanteé con la tarjeta de la llave en la ranura y no conseguí abrir la puerta hasta el tercer intento.

Izzy se sentó en la cama de mamá y yo me recosté en la

otra, escuchando mi respiración entrecortada mientras luchaba contra las lágrimas estúpidas.

¿Por qué me molestaba tanto? Odiaba a Logan y ni siquiera me gustaba el resto.

—Nic, ¿por qué la gente es tan mala contigo? —preguntó Izzy. Obviamente estaba molesta, por su voz temblorosa.

—Es que es así. Soy fea. A la gente no le gusto.

—¡No eres fea!

—Sí, lo soy.

—¿Por qué no te maquillas? Así estarías guapa.

—¿Por qué tengo que usar maquillaje para ser aceptable, Izzy? ¿No crees que es un desastre que las chicas tengan que cambiar su cara y su cuerpo solo para ser consideradas normales?

—No lo sé. —Izzy resopló.

—Y si no lo haces, eres fea.

No dijimos nada más pero se metió en la cama conmigo. Estuvimos tumbadas un rato hasta que pude oír su respiración uniforme.

No debería haberla metido en mi dilema filosófico. Ella se creyó toda la mierda normal.

Izzy tenía la boca abierta mientras dormía y parecía tan linda e inocente. La quería tanto que a veces me dolía.

De vuelta a la realidad.

Saqué mi cuaderno de dibujo y dibujé una espada, imaginando que decapitaba a Logan con ella.

Lo cual era un poco violento, lo sé, pero no es que fuera a hacer nada.

Pero entonces se me ocurrió que esa era mi vida. Sin amigos. Incluso los chicos que estaban casi obligados a involucrarme me rechazaban o se divertían con dicho rechazo. Así iba a ser para siempre, porque no podía imaginar cómo iba a cambiar. Obviamente, había algo malo en mí. Era algo más que ser fea. Otras personas habrían sido capaces de idear algo inteligente para decirle a Logan, o simplemente se habrían abierto paso. Los chicos lo habrían respetado, y habría estado bien.

Pero yo no. No tenía ni las más básicas habilidades sociales. ¿Y cómo iba a conseguirlas si ningún chico me dejaba pasar tiempo con ellos? Supongo que eran cosas que se suponía que debías adquirir cuando eras más joven. La escuela primaria solo me había enseñado que era un bicho raro.

No sabía qué hacer. No tenía remedio. Sin Sam, no sabía cómo podría hacer algo. Esta vez no pude detener las lágrimas. Se desbordaban por mis mejillas.

El llanto duró más de lo que debía, y al final estaba agotada. Así que fui al baño y me eché agua fría en la cara antes de dormitar en la cama.

Después de un par de horas, me desperté. Izzy estaba viendo una película en su tableta, con los auriculares puestos. No me sentía mejor. Supongo que me dolía el pecho por la soledad, pero miré y vi el cuaderno de dibujo en la mesita de noche. Quizá dibujar me ayudara.

Me puse mis propios auriculares y escuché algo de metal clásico, pasé la página de la espada en la que había estado trabajando y comencé a dibujar un bebé dragón saliendo de un huevo. Me aseguré de que estuviese cubierto de sustancias viscosas de huevo, lo que me hizo sentir un poco mejor porque era asqueroso y divertido. Y cuando pensaba en Logan, me empezaba a cabrear.

Entonces se abrió la puerta y entró mamá.

—Oh, hola, cariño. —Cerró la puerta. Dejó caer su teléfono sobre la cama—. ¿Se aburrieron después de todo?

Izzy se quitó los auriculares y los dejó caer sobre la cama.

—¡Mamá, Logan fue tan malo con nosotros!

—¿Qué quieres decir? —Me miró confundida mientras Izzy corría a sus brazos para abrazarla.

—Era dirigido a mí, no a ti, Izzy.

—Isabella. —Lo dijo a medias.

—¿Qué? —preguntó mamá.

—No nos dejaron entrar —dije.

—¿Qué quieres decir? —Ella todavía parecía confundida.

—Sí, así que Logan abrió la puerta y dijo: «¿Qué coño haces aquí?» y nadie más dijo nada aunque todos le vieron decirlo. A nadie le extrañó. Y luego cerró la puerta. No es que fuera a entrar en ese momento, pero no me habría dejado de todos modos. Así que.

La cara de mamá se había puesto bastante blanca.

—¿Logan te dijo eso?

Asentí con la cabeza.

—¡Lo hizo! —dijo Izzy—. Lo odio. Es un idiota.

Mamá se sentó en la cama.

—Bridget se moriría si lo supiera.

—Sí. Pero sería peor si hablaras con ella.

Ella suspiró.

—Siento mucho que haya pasado, cariño.

—¿Qué estás haciendo aquí, de todos modos? —pregunté.

—He venido a por mi bolso. Vamos a cenar.

Asentí con la cabeza, el temor me llenaba. Dios, más tiempo con Satanás y sus secuaces.

—No creo que vayamos con ellos —dijo finalmente—. No soporto a ese chico.

—¿Logan?

—Sí. ¿Tu hermano también se sentó a ver esto?

—Sí.

Miró a un lado y sacudió la cabeza.

—Lo siento, cariño. No sé qué le ha pasado. Solía ser un chico tan dulce.

—Lo sé. Lo recuerdo.

Puso los dedos contra su frente y cerró los ojos. Luego los volvió a abrir y envió un mensaje a alguien.

—Saldremos los cuatro solos —dijo—. Vamos a tener una charla.

El jueves por la mañana nos reunimos con el grupo en el restaurante del hotel para desayunar. De alguna manera nos metieron a todos en una mesa larga. Me tocó estar al final con los chicos, pero mamá estaba a mi lado, así que no dijeron nada, lo que fue un gran alivio, aunque embarazoso.

Todos actuaron como si no hubiera pasado nada. Ninguno de los chicos dijo nada despectivo. La charla que mamá tuvo con Caleb anoche había sido anticlimática. Caleb dijo que mi existencia estaba arruinando su vida social. Mamá le recordó los tiempos en los que solíamos ser amigos, incluyendo la vez que más o menos le había salvado la vida. Una vez evité que se asfixiara en un viejo baúl de cuero cuando pensó que era una buena idea doblarse dentro de uno y que su amigo cerrara la tapa.

Al final, aunque dijo algunas palabras correctas y pareció un poco culpable, supe que nada cambiaría.

No hablé durante todo el desayuno, aparte de saludar a Kayla y Alyssa cuando ambas me saludaron de forma súper amistosa; al fin y al cabo, sus madres estaban allí.

El plan era que todos, incluidos los adultos, fueran a Six Flags hoy. Mamá ya me había dicho que estaba bien que pasara el día con ella, e Izzy podría volver a pasar el rato con Alyssa y Kayla. A los demás adultos les molestaría que mamá no estuviera allí, pero a ninguna de las dos nos importaba.

Después de la comida, cuando los hombres y mamá estaban ocupados pagando la cuenta, Alyssa hizo una gran producción diciendo:

—Nic, esperamos que salgas con nosotros hoy.

Me hizo arder las mejillas, sabe Dios por qué, pero sabía que no lo decía en serio. Gina y Susan estaban mirando, y ella solo estaba montando un espectáculo.

—No, gracias. Probablemente me quedaré con mi madre.

Entonces Gina le susurró en voz alta a Susan:

—Bueno, si no quiere intentarlo, ¿de quién es la culpa?

Algo en mí se quebró. Qué sutileza por su parte. Y básicamente me estaban avergonzando por el mal comportamiento de otras personas.

Miré a mamá, que tenía los ojos muy abiertos. Ella también lo había oído.

Luego miré a Gina y a Susan, cuyas cabezas seguían juntas, susurrando algo en voz más baja esta vez. Volví a mirar a mamá, que sacudió un poco la cabeza, pero no pudo detenerme mientras volvía a centrar mi atención en el dúo de cotillas.

—¿Sabe por qué no quiero «intentarlo»? —Mi voz se hizo más fuerte al llegar a las comillas de aire.

Gina y Susan me miraron con los ojos muy abiertos, aturdidas en el silencio.

—Porque ayer, cuando fui a la habitación de hotel de Kayla, Logan abrió la puerta y dijo: «¿Qué coño haces aquí?».

Bridget jadeó.

No había terminado.

—Luego me cerró la puerta en las narices, pero no antes de que pasara el tiempo suficiente para que alguien en la habitación hubiera dicho algo. Pero no lo hicieron. Ni una palabra.

—Estoy segura de que no oyeron —protestó Susan.

—Lo oyeron. Lo dijo fuerte y tu perfecta progenie estuvo todo el tiempo mirando, esperando mi reacción. —No pude evitar que el sarcasmo saliera de mi voz temblorosa.

—¿Es eso cierto? —preguntó Bridget a Logan.

—Con una boca así... —Gina susurró a Susan.

—No —dijo Logan. Los demás chicos miraban fijamente sus platos.

Bridget me miró, con una cara tan horrorizada como esperaba.

—No te creo —le dijo a Logan.

Fue entonces cuando miré a mi alrededor y me di cuenta de que otras personas del restaurante nos estaban mirando, y me sonrojé ferozmente de nuevo.

—Logan, acompáñame a la habitación —dijo Bridget mientras se levantaba.

Se quedó sentado como si no fuera a hacerlo.

—Logan. —Su voz era más autoritaria de lo que había oído nunca.

Se levantó, y volví a mirar a Gina y Susan, que seguían susurrando entre ellas. Les importaba una mierda, o seguían pensando que era culpa mía.

Lo cual estaba bien. Ya sabía que eran imbéciles.

A estas alturas, los hombres habían empezado a prestar algo de atención y sabían que había pasado algo. Pete miró hacia la mesa.

—¿Qué?

Bridget dijo:

—Vamos. Debemos volver a la habitación.

—¿Por qué?

—*Vamos*.

Pete arrojó algo de dinero sobre la mesa y los siguió mientras se marchaban. Los otros hombres miraban a su alrededor, todavía confundidos.

Quería levantarme, pero no sabía qué iba a pasar ahora.

Después de lo que pareció una eternidad, mamá se levantó.

—Vamos, Caleb. Te vienes con nosotros.

—¿Cuál es el plan ahora? —preguntó uno de los hombres.

Mamá lo miró.

—Vamos a reunirnos a las diez.

Estuvimos en silencio en el camino de vuelta a la habitación, pero Izzy me tomó de la mano. Tenía miedo de meterme en problemas, y pensé que ella temía lo mismo. Había echado a perder las vacaciones.

Bueno, no era exactamente mi culpa, pero así lo vería todo el mundo.

Cuando volvimos, mamá le dijo a Caleb que se sentara tranquilamente, así que se puso los auriculares y se relajó en su cama.

Mis nervios estaban a flor de piel porque creía con seguridad que estaba en problemas. Me senté en la cama.

Mamá se sentó a mi lado.

—No puedo creer que hayas hecho eso. —Pero en lugar de enfado, había asombro en su voz, lo que me sorprendió totalmente.

—Bueno, estaba enfadada.

—Con razón. Siento que Gina y Susan no fueran más comprensivas. Al menos Bridget también estaba enfadada.

—Sí, pero ahora va a ser peor en el colegio. Logan será un cretino aún peor conmigo.

—De alguna manera creo que puedes soportarlo. Te has vuelto más fuerte últimamente.

No creía que tuviera razón en eso, pero tal vez se hiciera realidad. Defenderme a mí misma se había sentido bien. Me sentía más ligera, incluso orgullosa.

———

Mamá envió a Caleb e Izzy (Alyssa y Kayla prometieron cuidarla) a Six Flags con el resto del grupo ese día, y ella y yo nos fuimos de compras. Obviamente, esta terapia de compras no incluía ropa. No, primero fuimos a Barnes & Noble.

Cuando estacionamos, mamá dijo:

—Solo puedo comprarte un libro. Pero podemos tomar un café y sentarnos un rato si quieres.

—Claro.

Me dirigí a la sección de ciencia ficción mientras mamá iba a las revistas.

Busqué en los estantes hasta que encontré algo que parecía bueno de un autor del que había oído hablar pero que nunca había leído.

Mamá estaba sentada con una taza humeante delante de ella, leyendo *People* o algo parecido. Sonrió al verme.

—Hola, cariño.

—He encontrado un libro. —Se lo tendí.

Ella sacó su tarjeta de crédito del bolso.

—Compra también una bebida y nos relajaremos un poco.

Asentí con la cabeza y subí a comprar el libro y por un té de chía con leche.

Nos sentamos un rato hasta que mamá terminó la revista.

—Cariño —dijo.

Su tono vacilante hizo que se me apretara el pecho.

—¿Sí?

—Tu padre y yo hemos estado buscando otro psiquiatra para ti.

—Mamá —dije, mirando a mi alrededor pero observando que estábamos solas—. ¿Es realmente necesario?

—Creo que lo es. No eres muy feliz.

Me encogí de hombros, sonrojándome un poco.

—No creo que sea culpa tuya. Creo que te pareces a tu abuela.

—¿Por su pintura? —Era una gran acuarelista. No era lo mío, pero era buena.

—Ella nunca fue como las demás mujeres, ya sabes.

—¿No era una hippie?

Mamá se rió.

—Sí, pero no me refiero a eso. Nunca encajó con las mujeres. Es decir, lo intentaba, pero no era algo natural para ella. No le gustaba cocinar, nunca aprendió a coser, cosas así. Tampoco le gustaba la iglesia. Tenía una vena independiente y única en ella. Era difícil para las mujeres expresar eso en esos días. Más difícil que ahora. Especialmente en un pueblo pequeño de Arkansas.

—Ah. —¿Era yo como ella? Por muy difícil que fuera, ¿era más fácil para mí, ahora, desde que existía el concepto de espectro de género? ¿Sería como yo si fuera una niña ahora? Ella había muerto de un ataque al corazón hace unos siete años.

—Y también luchó con un poco de depresión. Nunca fue terrible, pero solía estar ahí.

Asentí con la cabeza. Mi teléfono vibró en ese momento, pero no creí que debiera comprobarlo. Mamá quitó la tapa de su bebida y la hizo girar. El rico aroma del café hizo que el momento fuera extraño.

—De todos modos, creo que puedes haber heredado esa tendencia.

—¿Crees que estoy deprimida? —Mi teléfono volvió a

vibrar. Las únicas personas que me enviaban mensajes de texto eran Sam y mamá.

—A veces me preocupa. ¿Me lo dirías si te sintieras muy mal?

—No lo hago. Solo me siento un poco mal muchas veces, nunca terrible. —Bueno, excepto después de lo de Sam y Zach. Pero había una razón para eso.

Ella apretó mi mano.

—¿Prometes que me hablarás de ello si alguna vez te sientes peor que eso?

—De acuerdo.

Mamá terminó su bebida.

—Volveré. —Se fue con la revista.

Saqué mi teléfono y leí un mensaje de Sam. Había convencido a su madre para que me pagara un vuelo a Glasgow para una visita si mis padres me dejaban ir.

Me quedé en estado de shock. Su madre no debía odiarme tanto como antes. Tal vez por Zach. Ella ya no pensaba que yo estaba corrompiendo a Sam al lesbianismo.

Mamá regresó, y apenas pude contener mi emoción.

—¡Mamá!

—¿Hmm?

—Sam dice que me pagarán para ir allí de visita.

Mamá hizo una mueca.

—Cariño, no creo que sea una buena idea.

—¿Por favor?

Me miró a mí y a mi cara de cachorro y dijo:

—Hablaré con papá.

—¡Gracias! —Eso fue fácil. Seguro que diría que sí.

—¿Dijeron cuándo? —preguntó.

—Las vacaciones de primavera. —Faltan tres largos meses.

El miércoles que volvimos a la escuela, nos dieron una nueva tarea en arte: un diseño gráfico, el primero de nuestra vida. Debíamos diseñar la portada del anuario. La Sra. Tolliver nos explicó que se trataba de una tarea de clase, y que el comité del anuario hacía las portadas, pero que debíamos divertirnos con ella.

—Aquí hay algunos anuarios de años anteriores —dijo mientras empezaba a repartir libros granates y blancos.

El par que me pasó a la mesa era granate y tenía un mustang en relieve. No me parecieron muy interesantes, y este año no sería mejor. Logan había estado en el comité desde sexto curso, y sabía que él había diseñado las del año pasado. Supuse que este también lo haría él.

Tenía algunas ideas y empecé a dibujarlas. Mi favorita tenía un triángulo equilátero blanco invertido en la parte superior de la cubierta granate con el año escrito en su interior. En la parte inferior, «MUSTANGS» estaría escrito en blanco. Luego habría dos triángulos rectangulares en relieve con lados horizontales cortos encima de «MUSTANGS» y lados verticales largos que se cruzan con el triángulo superior.

Empecé a dibujar en colores pastel y pronto tuve un buen diseño básico. Luego se acabó la clase y tuve que irme, pero me lo llevé porque quería trabajar en él en casa. Por alguna razón, me estaba aficionando.

Una vez en casa, aparté el dibujo del dragón para tener más espacio y preparé otro diseño.

Pronto tuve dos diseños más, aunque ninguno me gustaba tanto como el primero.

Entonces se abrió la puerta principal y entraron Caleb y Logan junto con otro par de chicos, lo que me hizo sentir una punzada en el estómago. Se detuvieron en la cocina para recoger sodas para todos menos para Logan, que tenía su siempre presente café. Logan me miró fijamente de una manera que debía ser despectiva. Desgraciadamente, me hizo efecto, haciendo que se me calentara la cara y me temblaran las manos. Dijo algo en voz baja, y todos me miraron y se rieron antes de subir.

¿Por qué no podía simplemente dejar que se me quitara de encima?

Izzy llegó a casa un poco después y entró para molestarme.

—¿En qué estás trabajando? —me preguntó.

—Un diseño para la portada del anuario.

—¡Oh, genial!

—No va a salir en él. Es solo una tarea.

—Oh.

Subió corriendo las escaleras y volvió con su cuaderno de dibujo.

—Yo también quiero hacer uno.

Le expliqué lo que tenía que estar ahí, y trabajamos en silencio durante un rato.

Papá trabajaba hasta tarde, así que nos preparé una pizza congelada rápida y volví al proyecto de diseño.

Volvimos a sentarnos a trabajar un poco más, y pronto oí a los chicos en las escaleras, lo que hizo que se me volviera a acelerar el pulso. Llegaron a la cocina y Caleb buscó una Coca-Cola en la nevera mientras Logan tiraba su café a la basura. Entonces se detuvo y nos miró fijamente.

—¡Vete! —dijo Izzy—. Eres un imbécil.

Los cuatro chicos se rieron y luego se fueron.

—Funcionó —dijo Izzy.

Me relajé y le sonreí.

—Ojalá fuera siempre tan fácil.

━━

Todavía faltaban unos quince minutos para que empezara la reunión del club de arte.

—Voy a ponerme en contacto con el comité del anuario —dijo la señora Tolliver, en referencia al diseño del anuario que había entregado hace un par de semanas. Lo tenía de nuevo sobre su mesa—. ¡Es tan bonito!

—Gracias. —No pude evitar sonreír. Al menos había una cosa en la que no apestaba, aunque no pudiera mantener una conversación o atraer a un chico para salvar mi vida.

Me apretó el hombro y se fue a algún sitio. Un par de chicas se acercaron a mí y me emocioné por un momento. ¿Alguien iba a hablar conmigo?

—¿Así que Sam se ha ido? —preguntó una de ellas. No podía recordar su nombre.

—Sí, se fue el mes pasado.

Las dos asintieron.

—Qué pena —dijo la otra, cuyo nombre tampoco conocía.

—Sí, estoy desanimada por eso —dije. Esto no iba bien. Realmente no sabía qué más decir.

—De acuerdo, bueno, hablamos luego. —Se fueron a charlar con alguien más hábil en el arte de la conversación, supuse.

Me apoyé en una de las mesas del fondo de la sala y me crucé de brazos, observando al grupo. La señora Tolliver estaba hablando con una chica de primer año que no conocía. Había casi veinte chicos, todos mezclados con éxito. Nadie más estaba alejado de todos, observando. Esa era yo. ¿Por qué era esto tan difícil para mí?

Entonces vi entrar a Mia. Al instante me relajé un poco y le sonreí, le saludé y ella me devolvió el saludo. Se detuvo para decirle algo a una chica que estaba en nuestra clase y que nunca había venido a una de las reuniones del club.

Luego se abrió paso entre las mesas y dijo:

—¿Qué haces aquí atrás?

—Escondiéndome.

—Al menos lo admites. Pero deberías venir a hablar con la gente. La mayoría de esta gente es agradable. —Se rió.

—Lo sé —respondí, aunque no estaba de acuerdo.

—¿Te estás preparando para el concurso? —preguntó.

—Sí. ¿Y tú?

—Claro, ¿a qué te presentas?

Enumeré las diversas cosas que ya sabía, entre las que estaba el diseño del anuario.

—Además, creo que voy a presentar esa maceta gigante.

—Esa maceta es genial. Voy a empezar a aprender la rueda la semana que viene —dijo.

—Oh, genial. Se supone que es muy difícil.

Vaya, realmente estaba manteniendo una conversación. Esto era increíble.

—Sí, la Sra. Tolliver dijo que tiene que trabajar conmigo directamente durante un tiempo, por lo que he tenido que esperar.

Ahora que la había estado mirando durante unos minutos, pensé que parecía que su ojo izquierdo estaba morado, a pesar de que tenía una tonelada de maquillaje para cubrirlo.

—¿Tienes un ojo morado? —le pregunté.

Se estremeció y apartó la mirada.

—No. Bueno, sí, pero fue una estupidez. Me golpeé

seriamente la cabeza con la parte superior del coche de mi novio cuando estaba entrando. Fue una locura.

—Oh. Eso apesta. —Olía a mentira. ¿Qué había pasado realmente? No es que sea de mi incumbencia. ¿A menos que lo fuera? ¿Alguien la estaba golpeando?

—Tengo que ir a hablar con Maddy. —Y ella también se fue.

Buen trabajo, Nic. Espantar a la única persona que hablaría contigo.

El sábado, me senté en mi cama enviando mensajes instantáneos a Sam. Le conté todo lo de la reunión del club de arte y mi incapacidad para hablar con nadie más que con Mia.

Sam: Mia parece agradable

Yo: lo es

Sam: crees que es una amiga potencial

Yo: no lo sé. Amiga de la clase de arte, seguro, pero tal vez eso sea todo

Sam: si, eso pasa

Pensé en la cara magullada de Mia el otro día, y en la forma en que salió corriendo una vez que saqué el tema.

Yo: tengo una pregunta para ti

Sam: dispara

Yo: mia tenía un ojo morado

Sam: ¿en serio?

Yo: ¿crees que puedes tener un ojo morado por golpearte la cabeza con el lateral de un coche cuando te subes?

Sam: ¿tal vez? el cuerpo humano es raro

Eso era cierto. Aun así, tenía un mal presentimiento. Pero no tenía ni idea de qué hacer.

Yo: pero… no sé. es que, no sé

Sam: si crees que algo va mal, tal vez debas hablar con la profesora de arte

Tal vez debería decirle a la Sra. Tolliver. Ella sabría qué hacer. Pero aun así se sentía raro.

Yo: de todos modos, cuéntame más sobre Glasgow

Sam: sigue siendo muy lluvioso. y frío. quiero decir, no está helado, pero está tan húmedo que se te mete bajo la piel

Yo: ah

Sam: la gente parece estar bien. les gusta mi acento. estoy en un colegio internacional, pero también hay muchos chicos locales. los estadounidenses son un poco snobs porque se han enterado de que soy de Oklahoma

Yo: ¿De dónde son?

Sam: De Nueva York, de Los Ángeles y de otros lugares "importantes". alguien me llamó "okie".

Sam: oh, y están obsesionados con el musical Oklahoma aquí. No son estadounidenses, pero otras personas se acercan y cantan canciones del musical.

Eso me hizo sonreír a medias.

Yo: ¡Ja! Es gracioso. ¿Lo has visto alguna vez?

Sam: No desde la escuela primaria. No lo recuerdo en absoluto.

Al menos la vida de alguien no se desmoronaba.

Sam: ¿sigues viendo a ese psiquiatra loco?

Yo: No. Mi madre decidió el mes pasado dejarlo porque era un idiota.

Sam: eso está bien, supongo.

¿Qué significa eso? Tomé un sorbo de la lata de Coca-Cola que había en mi mesita de noche.

Yo: ¿supones?

Sam: ya lo sabes. genial

Yo: de acuerdo

Sam: me he apuntado a una banda de jazz. va después de clase dos veces a la semana

Yo: eso es bueno

Sam: ¿qué más pasa?

Yo: absolutamente nada

Era demasiado cierto. Ya habíamos repasado a fondo lo que había pasado en el viaje a Texas, así que ella sabía todo lo que era importante en mi vida en ese momento.

Me pregunté cómo sería empezar una nueva vida en un lugar tan diferente de aquí.

Esto me hizo pensar de nuevo en aquella escuela. Oklahoma City no sería tan diferente de Emerson, pero al menos serían chicos nuevos. Podría empezar de cero.

Yo: en realidad, todavía estoy pensando en la AMCO

Sam: creo que deberías hacerlo

Yo: No estoy segura. Estar lejos sería bueno, pero probablemente sería mucho trabajo y no tendría tanto tiempo para mi arte.

¿Por qué era tan difícil tomar decisiones como esta?

Sam: Sigo pensando que deberías hacerlo. Así que… tengo noticias

Yo: ¿Cuáles?

Sam: Tengo un novio.

Oh Los celos me invadieron. Por supuesto que lo tenía.

Yo: ¿has roto con Zach?

Sam: oh, sí

Yo: ¿Cómo se lo ha tomado él?

Sam: no lo sé. es difícil de decir por texto

Yo: cierto

Ahora me pregunté de nuevo si querría salir conmigo.

Me di cuenta de lo idiota que era eso. Seguía siendo yo y seguía siendo fea. No era una persona real. Nada había cambiado.

Sam: Es de aquí. Se llama Donald.

Yo: ¿Donald?

Sam: lo sé, suena ridículo, pero no es raro aquí

Yo: si tú lo dices

Sam: lo digo

Yo: ¿cómo es él?

Esta conversación me dolió. Sam se había convertido de alguna manera en esta chica deseable mientras yo seguía siendo nada.

Sam: alto, pelo negro, piel pálida, delgado

Yo: de acuerdo…

Sam: es divertido, pero tiene un verdadero acento de Glasgow y la mitad de las veces no tengo ni idea de lo que dice

Yo: ¡ja!

Sam: es divertido. pero en serio, Nic, tienes que irte. ¡las cosas son tan diferentes cuando no estás allí!

Yo: tengo mi fondo para la universidad

Sam: ¿a dónde piensas ir?

Yo: bueno…

Nunca le había dicho esto antes. Tenía grandes sueños. Siempre me pareció raro porque Sam era mejor artista que yo, y ella planeaba ser ingeniera. También era más inteligente. Simplemente era así. La Escuela de Diseño de Rhode Island era la primera de mi lista, y la Escuela del Instituto de Arte de Chicago la segunda.

Yo: RISD, o SAIC, o Yale…

Sam: ¡impresionante!

Yo: ¿crees que tengo alguna posibilidad?

Sam: Definitivamente. tienes que trabajar mucho en tu portafolio, pero puedes hacerlo. además, incluso si no entras en una escuela de arte de lujo, hay un montón de buenos programas en las escuelas estatales que no están en OK.

Me gustó que dijera eso. No estaba segura de que fuera

cierto, pero probablemente pensó que había al menos una posibilidad, o no lo diría. No era una mentirosa.

Sam: probablemente podrías hacer amigos allí. la gente sería más como tú

Me pregunté si ella tenía razón. Y entonces pensé en los chicos de la escuela de arte. Serían diferentes a los chicos de Emerson, ¿no? Definitivamente. Tal vez tendría mejor suerte allí con el romance. Como, tener una oportunidad.

Sam: Oye, espera. algo está pasando
Yo: ¿Qué?
Silencio. ¿Qué quiso decir con que está pasando algo?

Me quedé sentada un rato esperando que respondiera, pero no hubo nada. Le volví a pinchar con un signo de interrogación, pero seguía sin responder. Estaba un poco preocupada, pero ¿qué podía ser?

Me acerqué a mi escritorio y traté de trabajar en algunas de las figuras de D&D que no había tocado en un par de semanas, pero me temblaban las manos porque me preguntaba qué pasaba con Sam.

Llamaron a mi puerta.

—¿Sí?

—¿Lista para ir, Nic?

Había olvidado que papá me llevaba hoy a aprender a conducir el coche de mamá.

—Bajo en un minuto.

Volví a mirar la portátil aunque sabía que aún no había contestado. ¿Qué había pasado?

▭

El domingo por la mañana ya estaba oficialmente preocupada por Sam. Algo malo debía de haber ocurrido. El no saber me estaba volviendo loca.

Finalmente, a eso de las once, me contestó.

Sam: ¡Dios mío!

Yo: ¿qué ha pasado?

Sam: hubo un incendio. tuvimos que salir muy rápido, había mucho humo.

Yo: ¿estás bien?

Sam: Sí, no fue en nuestro piso, solo dos pisos más arriba. pero estamos en un hotel porque no podemos volver al departamento. van a tener que hacer todas estas reparaciones, así que vamos a tener que encontrar uno nuevo.

Eso debe haber sido aterrador. Y una locura, ya que allí estaba ella, mandándome un mensaje, y de repente tiene que salir corriendo del edificio.

Sam: pero aún no te has enterado de lo más importante

Yo: ¿qué quieres decir?

Sam: *todo* está dañado por el humo. toda nuestra ropa, ropa de cama, esas cosas

Yo: ok…

Obviamente estaba llegando a algo.

Sam: todos mis dibujos y pinturas

Yo: ¡oh!

Sam: Siempre olerán a humo. Y esto no es como el humo de una fogata. Olía horrible.

No podía imaginarlo. Todo su arte, permanentemente dañado. Quiero decir, no las figuras, sino todo lo de papel.

Yo: Mierda. Lo siento mucho.

Sam: Supongo que podría ser peor. fue realmente aterrador con todo el humo. así que podríamos haber muerto o algo así. hace que te des cuenta de que la vida es corta

Yo: Sí.

Esto no sonó para nada como ella. Era una locura.

Pero supongo que el hecho de estar a punto de morir cambiaría tu perspectiva.

Yo: Me alegro de que estés bien.

Sam: gracias. bueno, me tengo que ir. mi padre necesita que le devuelva la computadora

Vaya. No sabía qué pensar. Estaba tan contenta de que estuviera bien. Imagínate si hubiera muerto. No tendría a nadie en absoluto.

Tuve que ir a mi nuevo psiquiatra un par de semanas después. Su consultorio era diferente al del Dr. Holmes, incluso el exterior era más cálido y menos estéril. Estaba en un pequeño edificio de oficinas de una sola planta, no muy lejos de la casa.

Llegamos unos minutos antes y nos enfrentamos a la puerta, una pesada de madera cubierta de muchas capas de pintura blanca. Anastasia Goldberg, decía una placa con su nombre.

—¿Llamamos a la puerta o entramos sin más? —preguntó mamá.

—No lo sé, yo no soy la adulta.

Mamá se rió y probó el pomo de la puerta, empujando la puerta al girar.

—Supongo que lo averiguaremos.

Entramos en una sala de espera muy pequeña con uno de esos dispensadores de agua azul junto a una pequeña mesa con una revista extendida, y luego otra puerta que llevaba más al interior del edificio. Allí debía ser la sesión. Se me revolvió el estómago. En una de las paredes había un pequeño y cómodo sillón marrón y en la otra una silla con respaldo que ocupaba el último espacio que quedaba, con una planta alta en la esquina.

Me senté en el sillón mientras mamá ojeaba las revistas y encontraba una antigua *People*. Aunque me burlaba de ella, le gustaba leerla. Pero era demasiado tacaña para comprarla, incluso antes de nuestros problemas económicos.

Jugué a un juego en mi teléfono y después de un par de minutos, la otra puerta se abrió y salió un hombre. Parecía tener unos cuarenta años. Accidentalmente hice contacto visual con él, lo cual fue incómodo y me hizo sonrojar. Desvió la mirada y salió por la puerta principal.

Justo después, una mujer de mediana edad se asomó por la puerta.

—¿Nicole?

—Así es —respondió mamá.

Sonrió disculpándose y dijo:

—Enseguida estoy con ustedes. —Luego desapareció de nuevo y volvimos a entretenernos.

Ya había pasado un minuto de la hora prevista. Me pregunté si mamá se había dado cuenta.

La mujer volvió a salir.

—Lo siento mucho. Me he retrasado un poco. Normalmente no es así. —Me dedicó una cálida sonrisa y me tendió la mano—. Soy la Dra. Goldberg.

La estreché la mano; era más firme que el del Dr. Holmes, lo que me hizo sentir mejor; luego ella se volvió hacia mamá, se dieron la mano y luego nos invitó a entrar, señalando un pequeño sofá.

La planta de la sala de espera era un triple, porque había dos más como esta en esta habitación. Me pregunté brevemente si la otra estaba sola. Tal vez la Dra. Goldberg le ponía música a deshoras.

También tenía un escritorio, y al igual que el Dr. Holmes, se sentaba en una silla al lado que daba al sofá.

Así que esta parte no era tan diferente de la primera

sesión con el Dr. Holmes, excepto que no me hizo hacer un montón de pruebas y no me hizo sentir cohibida. Además, al principio me preguntó por mi nombre, lo cual agradecí. Hablamos de los objetivos de la terapia y de la historia familiar; esta vez lo escuché todo, a diferencia del Dr. Holmes. Me explicó sobre la confidencialidad médico-paciente. Básicamente, no le iba a contar a mamá lo que habláramos, salvo en circunstancias atenuantes.

Entonces mamá volvió a la sala de espera.

—Disfruta de tu *People* —le dije.

—No lo leo por los famosos —respondió ella.

—Claro —dije, estirándolo justo cuando ella cerró la puerta.

La Dra. Goldberg me dedicó otra sonrisa amistosa. Llevaba una falda larga y arrugada de color azul marino y una camisa blanca suelta. Tenía el pelo negro y rizado, y parecía una hippie retirada. No sentí las olas de desaprobación que se desprendían de ella. Me gustaba.

—Así que tengo algunas preguntas más que hacerte ahora que tu madre no está aquí.

—Claro.

Pasó a una nueva hoja de su portapapeles y comenzó a repasar una lista de preguntas. Establecimos que no fumaba, ni bebía, ni me drogaba, ni tenía relaciones sexuales. Dormía bien; a veces no podía dormirme, pero la mayoría de las veces lo hacía y, una vez dormida, me quedaba así. Mis aficiones eran el arte, la lectura y pintar figuritas. Nada revolucionario.

Entonces dijo:

—Me gustaría hablar de tus relaciones y de tu familia. ¿Cómo es tu casa? ¿Con quién vives?

Le hablé de mis padres y hermanos. Me preguntó si alguno de ellos me había hecho sentir insegura o me había hecho daño, y entonces me di cuenta de que era la prueba de detección de abusos, lo que me puso nerviosa porque me preguntaba si me harían la gran pregunta y si mentiría.

—¿Alguna vez te ha hecho daño o te ha amenazado alguien? —preguntó.

—La verdad es que no. —Jugueteé con un hilo suelto de mis vaqueros.

Ella asintió y anotó algo antes de volver a levantar la vista.

—¿Alguna vez te han obligado a hacer algo sexual que no querías hacer?

Bien, ahí estaba. Parpadeé. Mi corazón empezó a acelerarse y me quedé mirando la foto de caballos en un campo que tenía sobre su escritorio.

—Sí —dije lentamente. Sentí como si la palabra se me escapara de la boca como un trozo de caramelo pegado a mis dientes posteriores.

—¿Puedes hablarme un poco de ello?

—En realidad no quiero hacerlo. Sé lo que es apropiado y legal y lo que no lo es, y eso no lo era. —Se me revolvió el estómago y empecé a sudar.

Pude ver por el rabillo del ojo que ella asentía.

—¿Cuántos años tenías?

—Nueve. —Me crucé de brazos, tratando de calmarme.

—¿Es alguien con quien tienes contacto ahora?

—No. —Gracias a Dios.

—¿Y potencialmente volverás a tener contacto con esta persona?

—Poco probable. —Apreté mis brazos cruzados contra mi estómago.

—¿Puedes estar segura? —preguntó.

—Era un amigo de mi padre que se quedó con nosotros por un tiempo en ese entonces. Se fue, vive en otro estado. Creo que estaba pasando por un divorcio o algo así. —Las palabras se derramaron con sorprendente facilidad.

—De acuerdo, Nic. Si ese es el caso, no tengo que informar a los Servicios de Protección de Menores. Pero podemos hacerlo si quieres.

Mis ojos se abrieron de par en par. Todo el mundo lo sabría.

—No lo creo.

Asintió con la cabeza, golpeando su lápiz en el porta-papeles.

—¿Saben tus padres lo de los abusos?

Mi cara se sonrojó y me puse las manos temblorosas en las mejillas para enfriarlas. El estómago me daba vueltas.

—No. No quiero que lo sepan.

—Podría ser una buena idea decírselo alguna vez, pero no te presionaré.

—De acuerdo. —Mis hombros se relajaron y dejé caer los brazos a los lados.

—Nic, hablemos de otra cosa. —Su voz era tranquilizadora. Me preguntó cosas que imaginé que le parecían mundanas. Volvimos a hablar de la familia, lo que nos llevó a hablar de lo imbécil que se había vuelto Caleb y de cómo me preocupaba que Izzy se volviera también contra mí. Le di lo básico y pronto me fui de allí.

———

Cuando Zach me recogió el miércoles siguiente para ir al Key Club, ya me sentía mal. Era el día de San Valentín, lo que, por supuesto, me recordaba lo perdedora que era. Tenían una de esas recaudaciones súper cursis en las que los chicos compraban una rosa para alguien, y otros estudiantes las entregaban en clase durante todo el día. Era molesto y perturbador y me ponía loca de envidia.

Así que ni siquiera me fijé en las miradas de Zach por el retrovisor. Apoyé la cabeza contra la ventanilla y absorbí todos los golpes del camino. Me pregunté si realmente quería llevarme a esta cosa. Tal vez debería venir por mi cuenta.

Era extraño haber hablado con la Dra. Goldberg sobre el abuso. Había estado pensando en ello constantemente, recordando detalles que creía haber olvidado. Al menos el mundo entero no lo sabía. Estaba rodeada de gente que no lo sabía. Todavía no podía imaginarme contándoselo a mis padres. Pero ahora estaba enfadada con ellos por eso. ¿Por qué no se habían dado cuenta? Solo era una niña, no debería haber tenido que defenderme de un hombre adulto yo sola.

Estacionamos en el parqueo y nos dirigimos al edificio.

Mia me encontró mientras esperábamos a que empezara la reunión y charlamos un poco. El ojo morado hacía tiempo que había desaparecido. Solo quedaba un mes para la fecha límite del concurso, así que las dos nos apresurábamos a terminar las cosas.

Entonces me dijo:

—¿Sabes del proyecto de escultura en el que tenemos que trabajar?

—Sí. —La Sra. Tolliver nos había asignado una escultura no cerámica, que teníamos hasta el final del año escolar para terminar. La mayoría de la gente estaba trabajando en grupos, pero yo no había pensado en eso.

—¿Quieres trabajar en grupo? ¿Solo nosotras dos?

Esto me hizo sonreír. Qué halagador. Me sentí honrada.

—Podría hacerlo.

—Es que creo que se nos podría ocurrir algo genial ya que tenemos estilos tan diferentes. Tú siempre vas a lo grande y eres creativa.

—Y tú siempre haces un trabajo de detalles increíble. Veo lo que quieres decir. Esto podría ser realmente genial.

—Podría—. ¿Tienes alguna idea?

—Todavía no. Pero me preguntaba si tenías tiempo este fin de semana. Tal vez podríamos reunirnos para hacer una lluvia de ideas.

¿Quería reunirse fuera de la escuela? No debía pensar que yo era tan rara.

—Puedo hacerlo —asentí.

Quedamos en reunirnos en un Starbucks el sábado. Luego empezó la reunión y nos sentamos.

Encontré a Zach y Evan después y los seguí mientras hablaban de videojuegos. Aunque estaba de mejor humor que antes por el plan con Mia, pensé que debía hablar con Zach.

—Zach —dije en cuanto hubo una pausa.

—¿Hmm? —Se dio la vuelta.

—Creo que puedo convencer a mi padre de que me preste el coche y así no necesitaré que me lleves más.

—Pero eso sería romper nuestra tradición.

¿Él lo consideraba una tradición? ¿Conmigo involucrada? Esto fue inesperado, y me hizo sentir más feliz de lo que debería. Sonreí.

—Bueno, podemos seguir haciéndolo, siempre que no te importe.

—No me importa.

Llegamos al coche y lo desbloqueó.

—Genial. —Era *genial* que no le importara. Pero me pregunté de nuevo por qué me había mirado todas esas veces el otoño pasado. Y el final de mi primer año. ¿Había estado pensando en mí y luego decidió que Sam era mejor y lo era? ¿O realmente había malinterpretado todo el asunto? ¿Y Sam también lo había hecho?

¿Por qué mirar fijamente a alguien?

Probablemente nunca lo sabría.

Cuando llegué a la oficina de la Dra. Goldberg al día siguiente, ella estaba lista para mí. Salió en cuanto cruzamos la puerta principal.

Pasamos a la sala trasera y cerró la puerta mientras yo me acomodaba en el sofá. Me pregunté si querría hablar más sobre el abuso, pero no lo hizo, lo cual fue un gran alivio.

—Hablemos de algo que no pudimos tratar la semana pasada —empezó—. Háblame de un día normal en la escuela.

—Bueno, solo son clases y ya está.

—¿Y la comida? ¿Comes con alguien? —Ella sonrió y volvió a cruzar las piernas bajo otra falda larga.

—Suelo saltarme el almuerzo, o coger algo rápido y comer de camino a la biblioteca. No tengo ningún amigo.

—¿Algún prospecto?

Sacudí la cabeza y miré hacia otro lado, extrañando a Sam.

—Mi única amiga se mudó a Escocia hace dos meses.

—Eso debe haber sido duro. ¿Eran unidas?

—Sí. —Me pidió detalles, y le conté un poco sobre Sam y sobre la fallida OISN.

Lo bueno de ella era que parecía simpatizar con las cosas, y no repetía todo lo que yo decía.

—¿Has tenido alguna vez un novio? ¿O una novia? —me preguntó, después de que el tema de Sam se diluyera.

Sacudí la cabeza, sonrojándome al pensar en Zach y Carlos. Dios, era una idiota.

—No soy lesbiana —dije finalmente.

—De acuerdo. ¿Novio?

—No.

—¿Quieres uno?

Me encogí de hombros y miré la foto del caballo.

Con Zach, ahora era un deseo más abstracto, porque aunque todavía me gustaba (más de lo que debería) también sabía que no había ninguna posibilidad.

—¿Hay alguien en particular que te interese?

—Ja. No. No tiene sentido. No hay ninguna posibilidad de que le vaya a gustar a nadie.

—¿Qué te hace decir eso? —preguntó ella.

—El hecho de que vivo en la realidad. Soy fea.

—Eso es duro, Nic. No eres fea.

Le di mi perorata sobre el estándar estadounidense de belleza y todo eso y ella asintió.

—Lo entiendo. Pero no creo que sea blanco o negro. ¿Y qué pasa si no puedes ser modelo? Yo tampoco podría. La mayoría de nosotras no podríamos. Eso no significa que seas fea.

No estaba de acuerdo, pero ya sabía que no tenía sentido discutir.

—¿Crees que eres fea porque eliges no presentarte como extremadamente femenina?

Me reí, porque aquello era el eufemismo del año.

Incluso la Dra. Goldberg sonrió un poco. Supuse que sabía por qué me reía.

—Creo que algunas personas piensan que soy fea por eso, pero también sé que, aunque intentara llevar la feminidad, me saldría mal. —Le conté el incidente del cambio de imagen y cómo me hizo sentir. Solo de pensarlo me estresaba de nuevo—. Todo el mundo piensa que soy lesbiana —dije.

—¿Qué piensas de eso?

—Lo odio por dos razones. Uno, lo dicen como si fuera

algo terrible, y no lo es. No es para tanto. Hay gente que es gay, ¿y qué? Dos, simplemente no es cierto.

Ella asintió y dijo:

—Pero además, si la gente piensa que eres gay, los chicos no se interesarán por ti.

Me sonrojé, porque por muy estúpido y sin sentido que fuera, yo también pensaba eso.

No es que importara. Esa no era la razón por la que no le gustaba a nadie.

—Sabe qué, en cierto modo odio a la gente —dije.

—¿En qué sentido?

—Son una mierda conmigo, todo el tiempo. Es como si no importara lo que hago. Si intento conformarme, se burlan de mí por no hacerlo bien; eso ocurrió varias veces en la escuela secundaria. Si no lo hago, me juzgan constantemente. Incluso los adultos. Dios, en algunos aspectos, son los peores. Está todo ese mensaje de mierda de «sé tú mismo» que todo el mundo lanza. Pero casi todos los adultos de mi vida me dicen cada vez que pueden que no estoy viviendo bien mi vida. «¿Por qué no dibujas cosas de chicas? Deberías maquillarte. Bla, bla, bla». Lo odio.

Ella asintió.

—Ya lo veo. Cuando dices todos los adultos, ¿incluyes a tus padres?

—No. Son agradables. Parece que les caigo bien a pesar de que estoy mal. —Hice una pausa—. Todo en mí está mal.

—¿Realmente piensas eso, Nic?

—No sé lo que pienso. A veces siento que sé que valgo algo. Como si fuera mejor que todos estos idiotas de poca monta. Otras veces me siento como una perdedora rara.

—Esto es algo en lo que podemos trabajar. Porque creo que sí sabes que eres una persona inteligente y con talento, y solo tienes que aprender a recordarlo.

Era agradable que un adulto que no fuera mamá o la Sra. Tolliver le dijera eso. Aunque probablemente se lo dijera a todo el mundo.

Miré el reloj de la mesa junto al sofá. Nos quedaban como cuatro minutos.

—¿Cómo funcionaría eso? —pregunté.

—Es parte de la metodología de la terapia cognitiva conductual. Podemos repasarlo con más detalle la próxima vez. Pero quiero decirte que una de las presunciones del enfoque terapéutico es que los pacientes suelen percibir las cosas como peores de lo que realmente son. Y la terapia aborda eso y ayuda a la gente a ver las cosas con más precisión. Sin embargo, a veces determinadas cosas son realmente tan malas como parecen; no voy a negarlo. Sé que Oklahoma no siempre es un lugar indulgente con la gente que se atreve a ser diferente. Pero todavía hay algo que podemos hacer para ayudarte.

Volví a mirar el reloj y vi que era la hora, así que me levanté.

Decidí que me gustaba esta mujer. Supongo que porque no me juzgaba. En cierto modo me entendía, aunque acabábamos de conocernos.

———

Kayla y Alyssa estaban en mi habitación, lo cual era extraño. Era viernes por la noche y sus padres estaban en casa. Izzy estaba en una fiesta de pijamas. Habían pasado unas seis semanas desde la última vez que las vi, excepto a los chicos de la escuela. No me gustaba que estuvieran allí, pero daba igual. Mi madre me había pedido que me ocupara de ellas durante un rato. Alyssa se tumbó en mi cama de espaldas, y Kayla se sentó en mi escritorio mirando mis figuritas. Yo me senté en el suelo junto al escritorio.

—¿Puedo tocarlas? —preguntó Kayla.

—Sí, están secas. Están bien.

—¿Para qué son esos ganchos? —preguntó Alyssa, señalando el techo.

—¿No te acuerdas de la cama con dosel que tenía? —Me reí.

—¡Dios mío! —dijo Alyssa—. ¿Cómo he podido olvidarlo? Me daba mucha envidia, sobre todo porque sabía que la odiabas.

—Era genial para esconderse. Antes de que Caleb fuera un imbécil, solíamos jugar a todo tipo de juegos allí arriba. Teníamos uno que se llamaba Barco en el que fingíamos que era un barco, y el objetivo era no caerse, pero por supuesto el mar estaba agitado, así que teníamos que rescatarnos constantemente de ahogarnos. Sobre todo Izzy. Le encantaba que la rescataran.

Kayla se rió.

—Eso suena muy tedioso. Mi hermano y yo solíamos fingir que estábamos en un piano bar. Él tocaba, y yo cantaba de forma sensual. A los siete años. Debe haber sido horrible.

—Estoy celosa —dijo Alyssa—. Siempre quise un hermano.

—Si tuvieras uno, desearías no tenerlo. Mi hermano me odia, y el sentimiento es mutuo —Resoplé.

—Tu hermano es bueno, Kayla —dijo Alyssa.

—Es amable contigo porque cree que estás buena.

Una ráfaga de celos me golpeó. Claro que sí. ¿Cómo sería eso? ¿Que alguien piense que estás buena?

No es que me preocupe por el hermano de Kayla específicamente. Era un imbécil, a pesar de lo que había dicho Alyssa.

—No es mi tipo —Alyssa se rió.

—¿Quieres decir bajito? —dijo Kayla.

—Sí, supongo.

—¿Cómo está Jackson? —preguntó Kayla.

—Está bien —dijo Alyssa.

Jackson era un estudiante popular de último año con reputación de ser un jugador. ¿Estaba Alyssa con él? Podría preguntar, pero no me importaba.

Eso era un poco de mala leche por mi parte. Pero también cierto.

Empezaron a repasar, a nombrar y a analizar a los chicos. Todos los que conocía también sabía que eran unos cretinos. Algunos de ellos se habían burlado de mí en algún momento, mientras que otros estaban presentes cuando ocurrió.

Alyssa sacó los pies donde colgaban del lado de la cama.

—¿Y tú, Nic? ¿Te gusta alguien?

—No. —¿Qué sentido tiene?

Un texto llegó al teléfono de Alyssa.

—Es Nathan —dijo Alyssa. Se sentó—. Está listo.

—¿Va a venir aquí? —preguntó Kayla.

Se me ocurrió que era raro que Kayla no tuviera coche. A su hermano le regalaron un BMW en su decimo-sexto cumpleaños, y ella tenía diecisiete años.

Aunque para ser realistas, sus padres la consideraban una decepción. Siempre la tenían a dieta.

—¿Cuál es tu dirección, Nic? —preguntó Alyssa.

Se la di, y ella la envió por mensaje de texto.

—¿Quieres ir a la fiesta con nosotros? —preguntó Kayla, obviamente esperando que dijera que no, basán-dose en el tono de su voz.

—No, gracias.

—Deberías venir —dijo Alyssa, sin quererlo tampoco.

—Estoy bien aquí.

—De acuerdo —dijo Kayla mientras se levantaba. Alyssa la siguió por la puerta.

Sabía que debía bajar con ellas, pero no tenía ganas de aguantar a sus padres intentando convencerme de que fuera con ellas. Hablando de que sería «bueno para mí». Qué broma.

Trabajé en unas cuantas figuritas antes de enfrentarme a la planta baja y de ir por una Coca-Cola.

Pete y papá estaban en la cocina mezclando algún tipo de licor.

—Oye, Nic. ¿Por qué no saliste con Kayla y Alyssa? —preguntó Pete.

Ni siquiera le miré mientras buscaba la lata en la nevera. ¿Por qué iba a hacerlo?

—Porque no quería.

Justo entonces, Gina entró y dijo:

—Deberías haber ido. Te habrían ayudado a conocer gente y a hacer amigos.

Eso era una mierda. Todo el mundo pensaba que debía esforzarme por ser amiga de ellos, pero no teníamos nada en común, y ni siquiera me gustaban. ¿Por qué todo el mundo estaba tan obsesionado con la apariencia de la amistad? Yo solo quería tener amistades significativas. Y no conocí a Sam en una estúpida fiesta.

Me encogí de hombros y me deslicé junto a ella de vuelta a mi habitación.

Me pregunté, si sabían del abuso, si se sentirían mal por mí, o si me culparían por eso también. Seguramente dirían «Si no se hubiera comportado como una víctima, la habría dejado en paz».

Probablemente era cierto. Porque el tipo se había ido de la ciudad eventualmente, pero un par de años después volvió a visitarme por un corto tiempo. Me acorraló en el baño y me preguntó: «¿Te acuerdas de lo que hacíamos?».

Le dije que sí, y me preguntó si quería volver a hacerlo. Le dije que no, y eso fue todo. Me había dejado sola. Eso era todo lo que había necesitado.

¿Podría haber hecho eso alguna de las primeras veces? ¿Por qué no lo había pensado entonces? Debería haberlo hecho. Habría sido tan fácil.

Me senté en la oficina de la Dra. Goldberg sintiéndome cohibida, dado todo lo que ella sabía de mí. Era extraño que alguien a quien apenas conocía supiera mis secretos más profundos.

—Hola, Nic. ¿Cómo estuvo tu semana?

—Bien. —Me encogí de hombros—. Tuve que ver a esas horribles personas de las que mis padres son amigos, lo que fue incómodo.

—¿Por qué son horribles?

Le conté todo lo que había pasado durante el viaje a Texas, incluyendo el comentario de Logan «¿Qué coño haces aquí?». Ella asintió a intervalos apropiados.

—¿Crees que hiciste lo correcto al contarles lo que dijo Logan? —preguntó.

—Sí, aunque no sirvió de nada. Bueno, excepto que se metió en problemas con su madre. Supongo que eso estuvo bien. Por supuesto, se ha portado muy mal conmigo en el colegio, pero da igual.

—¿Qué pasó cuando los viste recientemente?

—Una de las mujeres insinuó que me merecía una vida social de mierda ya que no quería ir a una fiesta —expliqué. Hice una pausa—. Como si salir con gente que ni siquiera me gusta fuera una vida social satisfactoria para mí.

La Dra. Goldberg volvió a asentir.

—¿Eso es todo lo que ha pasado desde el jueves?

—Oh, quedé con una chica de mi clase de arte. Estamos haciendo un proyecto juntas para la clase.

—Háblame de eso.

—Bueno, tenemos estilos muy diferentes. —Le expliqué sobre nuestros diferentes enfoques del arte—. Así que se nos ocurrió la idea de hacer un gran dragón de papel maché, que sería principalmente mi contribución. Luego lo vamos a pintar con todas estas flores de diferentes colores. Esa será su principal contribución. Aunque ambas vamos a ayudar con las partes de la otra.

—Eso suena divertido. —Me sonrió.

—Sí. No soy súper fan de las flores, pero es lo que ella quería hacer. Voy a conseguir hacer un dragón de un metro de altura.

—¿Tan grande? Vaya.

Asentí con la cabeza.

—Eso suena emocionante. ¿Algo más esta semana?

—No.

—Bien, entonces. Quería hablarte de algo.

Inmediatamente sentí una sensación de premonición, y los ruidos nerviosos comenzaron en mi estómago.

—Quería hablar de un diagnóstico de una enfermedad mental.

Mi estómago cayó en picado. Me iba a decir lo que me pasaba. Lo haría oficial.

—¿Cómo te sientes al respecto?

—Supongo que depende de lo que sea.

Ella asintió de nuevo.

—Basándome en tu historia familiar y en la tuya

propia, que me han contado tanto tú como tu madre, creo que tienes depresión clínica.

Oh, wow. Era oficial.

La Dra. Goldberg continuó:

—Hay una forma de depresión llamada trastorno depresivo persistente, que es una depresión crónica de menor grado, algo que siempre está ahí y te mantiene deprimida. Creo que esta es la forma que tú tienes. ¿Te suena esto?

No dije nada. Pero luego asentí con la cabeza.

—Estás más blanca que el agua. Este diagnóstico es algo que puede durar toda la vida, pero tenemos la suerte de vivir en una época en la que existen buenos enfoques terapéuticos. Además, hay medicamentos que pueden aliviar los síntomas, si se llega a eso. Hay muchísimas personas que sufren depresión y, sin embargo, llevan una vida normal —dijo.

—¿Cómo funcionan los medicamentos?

—Te levantan cuando estás deprimida. Sin embargo, me gustaría centrarme primero en la terapia, antes de considerar la medicación.

No dije nada, todavía tratando de asimilarlo todo.

—¿Qué opinas?

—No lo sé. Me da miedo pensar que nunca voy a mejorar.

—La depresión es manejable. Simplemente tendrás que ser más consciente que otras personas sobre tu estado emocional.

Asentí. Supuse que eso tenía sentido. Aun así, era horrible.

Dios. Tener un psiquiatra era estresante.

Mi cuerpo me odiaba. Y también mi mente.

▭

La noche siguiente estuve trabajando en el dibujo del dragón, pero estaba inquieta. No podía dejar de pensar en mi discusión con la Dra. Goldberg. Necesitaba concentrarme en otra cosa.

Entonces, por alguna razón, pensé en el infame autorretrato. Podría inscribirlo en el concurso de la categoría de autorretratos, pero quién sabía qué problemas causaría. Tal vez podría hacer uno más normal.

Bueno, no totalmente normal, pero no *demasiado* creativo.

—Izzy. Isabella. —Estaba sentada frente a mí en la mesa del comedor.

Sonrió, probablemente contenta de que me hubiera autocorregido.

—¿Sí?

—¿Puedes sacarme una foto?

—¿Quieres una foto tuya?

Me reí. No es algo que querría en circunstancias normales.

—Sí. Pero necesito una específica. Voy a hacer un autorretrato. Ven aquí.

Me coloqué en posición, trabajando en el dibujo, y la hice tomar una conmigo así.

—El ángulo está mal —le dije después de mirarla—. Tómala desde una silla.

Ella tomó un montón de fotos mientras yo probaba varias posiciones y expresiones faciales, lo que nos hizo partirnos de risa. Me pasó el teléfono y se bajó.

Miramos juntas las fotos.

—Esta es mi favorita —dijo, señalando la que yo había cruzado los ojos y sacado la lengua.

—Esa no es la que voy a elegir. Se supone que debo parecer una estudiante de arte seria.

—Aun así. Enséñale a mamá cuando llegue a casa.

—Bien, la guardo. —Encontré una que se veía bastante bien. Mis ojos estaban entrecerrados mientras me inclinaba hacia delante para estudiar los dragones.

—Esta es la correcta —dije, mostrando el teléfono para que Izzy la viera.

—Me gusta esa.

—A mí también.

—Yo también quiero hacer un autorretrato —anunció Izzy.

Por supuesto que sí.

—De acuerdo, te haré una foto. Podemos imprimirla para que puedas trabajar con ella.

—¿Qué debo hacer?

—Bueno, no tienes que estar haciendo nada. Podrías simplemente sonreír a la cámara.

—Oh, sí. —Se llevó el dedo a los labios, pensando—. Ya sé.

Luego desapareció en el piso de arriba. La seguí porque necesitaba un papel nuevo y lápices de colores para el autorretrato. Al volver a bajar pasé por su habitación.

Entré y vi un montón de ropa tirada en la cama.

—¿Qué estás haciendo?

—Tratando de elegir el traje adecuado. —Salió del armario con un par de faldas.

Me reí. Por supuesto que quería estar perfecta. Era irremediablemente normal.

—Bueno, no quieres esa camisa porque el encaje sería muy difícil de dibujar, y tampoco quieres una con escritura. ¿Por qué no te pones una simple camiseta?

Ella frunció el ceño.

—Y probablemente deberías hacer el retrato de cintura para arriba. Si no, podría resultar difícil. La tela es difícil de dibujar, así que no querrás demasiado.

—De acuerdo. —Volvió a poner las faldas en su sitio y

rebuscamos en la pila de su cama hasta encontrar una camiseta verde. Tuvimos que llegar a un acuerdo porque esta tenía pequeños adornos en las mangas y el cuello. Ella pensó que podía hacerlo.

Volvimos a bajar las escaleras y ambas nos pusimos a trabajar. Trabajé a fondo todo el fin de semana y durante toda la semana (Izzy se cansó de la suya) y la terminé el siguiente domingo por la noche.

Era tan genial como esperaba. Este sería otro contendiente en el concurso.

———

Volví a ver a la Dra. Goldberg el jueves siguiente.

—¿Cómo te ha ido la semana? —me preguntó.

—No lo sé. No puedo dejar de pensar en el abuso. —Y no podía. Me estaba volviendo loca. Me sentía ansiosa casi todo el tiempo.

Ella asintió con simpatía.

—Eso puede pasar, Nic. ¿Crees que eso significa que quieres decírselo a tus padres?

Era extraño, pero no estaba segura. También me estaba enfadando cada vez más con ellos por eso. Me habían fallado totalmente. Moví las piernas para ponerme más cómoda. Trajeron a este tipo a mi vida y no me protegieron de él. Yo era más joven entonces que Izzy ahora. No era justo.

—Si se lo dices, será difícil al principio. Pero luego, con el tiempo, será más fácil. La mayoría de las personas que tienen familias que les apoyan descubren que se alegran de haberse sincerado. A menudo se curan viejas heridas que nadie sabía que existían.

Sentí que parpadeaba.

—A veces es difícil avanzar en la terapia cuando se

tienen grandes secretos —continuó la Dra. Goldberg—. Pero depende totalmente de ti.

Tal vez tenía razón sobre las heridas. ¿Y si seguía enfadándome más y más? Parecía posible, dado cómo habían ido las cosas.

—De acuerdo, lo haré —dije finalmente, sorprendida por mi decisión.

La Dra. Goldberg asintió.

—Hablemos de cómo cree que será la conversación.

Hablamos de ello. Dijo que ella iniciaría la conversación y que mi madre podría enfadarse al principio porque estaría muy sorprendida. Estuvimos de acuerdo en que se sentiría culpable de inmediato. No sabía cómo actuaría entonces, sinceramente. La Dra. Goldberg dijo que a veces la gente arremete, pero yo no creía que mamá lo hiciera. Era demasiado conflictiva.

Finalmente, fue a buscar a mamá, que entró con cara de confusión.

—¿Qué pasa?

Miré el brazo del sofá cuando sentí que se movía cuando ella se sentó.

—Nic me reveló algo que quiere contarle —dijo la doctora Goldberg.

No miraba a mamá, pero la imaginé con cara de confusión.

—¿Qué?

Hubo una pausa y no dije nada.

—Algo que le ocurrió cuando era joven —incitó la psiquiatra.

—¿Qué es, cariño? —preguntó mamá, sonando tan confundida como la había imaginado.

No podía mirarla.

—¿Estás realmente preparado para hablar de esto, Nic? —preguntó suavemente la Dra. Goldberg.

—De acuerdo —dije. Miré a mamá, cuyo rostro estaba tenso por la preocupación, y tuve que apartar la mirada de nuevo.

—¿Recuerdas al amigo de papá de la universidad, Rob? —pregunté. Me di cuenta de que llevaba de nuevo los vaqueros con el hilo suelto.

—Sí —dijo mamá—. ¿Qué? —Hubo otra pausa, y ella dijo temblorosamente—: No.

—Él… me hizo cosas. —Ahí, lo había dicho.

Mamá gimió como si le doliera, y pude sentir que me miraba, aunque ahora estaba mirando de nuevo a los caballos. Se volvieron borrosos mientras mi mente daba vueltas.

—¿Qué ha hecho?

—No quiero hablar de los detalles —dije con fuerza a los caballos—. Pero fue ilegal, como debe ser.

—Oh, Dios —dijo ella, con la voz quebrada. Se acercó y me abrazó aunque yo no me había dado la vuelta. Sonaba atragantada cuando preguntó:

—¿Cómo no lo supe?

Se agarró a mis hombros y preguntó:

—¿Por qué no me lo dijiste?

Apreté los dientes. ¿Cómo podía culparme? Tenía nueve años.

Los ojos de mamá se abrieron de par en par, jadeó y dijo:

—Lo siento. No es tu culpa. —Luego me abrazó de nuevo como si nunca me fuera a soltar.

—Mamá, sucedió hace mucho tiempo. —Me alegré de no poder verle la cara, ya que me tenía abrazada hasta la muerte. Lo cual me sentó mejor de lo que podría haber esperado.

Me acarició la cabeza como si tuviera cuatro años y preguntó:

—Dra. Goldberg, ¿qué podemos hacer?

—¿Legalmente, quieres decir?

—Sí.

—Puede presentar una denuncia a la policía. Ellos tendrán que investigar. Pero seré sincera, estos casos pueden ser difíciles de ganar, y requerirá que Nic pase por mucho. No le aconsejo ninguna de las dos cosas, pero deberías pensarlo.

—Mamá, ¿podrías dejarlo pasar? —pregunté porque creí que podría llorar de la emoción que sentía que se desprendía de ella.

Accidentalmente miré su cara cuando se apartó y vi que estaba manchada de lágrimas. Dejó su brazo sobre mi espalda y se agarró a mi hombro, pero me dio algo de espacio.

Luego mamá le hizo un montón de preguntas más a la Dra. Goldberg, y yo no le hice caso. Por mucho que lo odiara, no creía que quisiera revivir nada de eso. Tendría que hablar de las cosas exactas que hizo y me hizo hacer, y eso era humillante, aunque lógicamente supiera que no era mi culpa. Así eran las cosas.

▭

El sábado por la tarde, por fin di los últimos toques al dibujo en la planta baja. Tenía un aspecto impresionante. Los dos dragones tenían buena pinta, pero era obvio, por la forma en que había sombreado al del fondo, que sería el vencedor, aunque el que estaba en primer plano, demasiado confiado, creía que estaba acabado.

El del primer plano se veía de espaldas, pero se daba la vuelta. Arrogante. El del fondo, obviamente, acababa de salir de la cima de la montaña en una posición feroz de poder. Tenía las alas y las garras extendidas y se dirigía hacia él.

Era una variante más sutil de mi autorretrato original. Podía alegar que ignoraba el mensaje más profundo.

—No, solo son dos dragones luchando —podía decir.

Lo miré fijamente, sonrojada de orgullo. Me había concentrado mucho y había conseguido hacerlo mucho antes de la fecha límite del concurso. Tenía spray fijador arriba.

Subí a mi habitación y cogí el spray justo cuando mi portátil emitió un mensaje instantáneo de Sam. Le hablé del dibujo terminado y charlamos un rato. Mientras hablábamos, empecé a pensar en los dos últimos días. Habían sido duros, porque mis dos padres estaban actuando de forma muy extraña con respecto a la gran revelación. La del abuso. La revelación de la depresión de hace un par de semanas la habían manejado bien. Mamá seguía rompiendo a llorar cuando me miraba. No todas las veces, pero se estaba haciendo molesto. Papá me daba muchas palmaditas en el hombro y me preguntaba cómo estaba. Por una vez, había mirado el dibujo del dragón y lo había admirado.

Se me pasó por la cabeza la idea de que podía contárselo a Sam, pero la rechacé tan pronto como la pensé.

Terminamos de charlar y dejé el portátil sobre la cama para poder trabajar en la nueva figura de dragón que acababa de conseguir. Empecé la primera capa en plateado.

La puerta lateral de la casa, que estaba justo debajo de mi ventana, se cerró de golpe. Caleb debía de tener a alguien en casa.

Terminé la capa de plateado y dejé que empezara a secarse. Esa era mi última figura sin pintar, así que me recosté en la cama, con las manos detrás de la cabeza.

Pensé en la doctora Goldberg, lo que me hizo sentir a la vez tranquila y estresada, lo cual era extraño. Era por ella que existía esta nueva tensión entre mis padres y yo. Pero cuando estaba en su consulta, siempre me parecía que las cosas mejoraban. Pronto empezaríamos la terapia cognitivo-conductual de la que me había hablado.

También me había dicho algo que me encantaba, porque era tan cierto y reivindicador. Las personas pesimistas suelen tener una visión más realista del mundo.

A veces la llevaban demasiado lejos, pero mi interpretación de esto era que las personas optimistas eran básicamente delirantes.

Por alguna razón, pensé en Gina y Susan y en su visión irracional de mí. Intentaban aplicarme la misma lógica que se aplicaba a otras personas, y simplemente no funcionaba.

Bridget era tan diferente a ellas, por la forma en que no me consideraba rara. Recordé su reacción cuando le conté a la mesa lo que Logan me había dicho en Texas. Me hizo sonreír. Me habría encantado ser una mosca en la pared de la habitación para su reprimenda.

En realidad, ahora que lo pienso, no se había portado tan mal conmigo desde entonces. Un poco, pero no está mal. Pequeños favores, supongo.

Recordé que había planeado rociar el dibujo. Cogí el fijador de mi estantería y me dirigí por el pasillo hacia las escaleras para coger el dibujo.

Oí que Caleb y Logan hablaban abajo. Por un segundo, estuve a punto de detenerme, pero al diablo. Quería que rociar esta cosa.

Cuando entré en la cocina, vi a Logan en el comedor estudiando mi dibujo. Levantó la vista y me vio, entonces puso una mirada malvada en su cara. Una mirada fatal. Sacó la tapa de su café y la sostuvo sobre el dibujo.

Yo jadeé.

—No lo hagas. —No lo haría. Él mismo era un artista.

Entonces inclinó la taza hasta que un poco se derramó sobre el dibujo, justo en el centro.

—¡No! —Me lancé hacia él y empujé la taza para apartarla. Un puñado salpicó por todos lados, algunos en su camisa pero la mayoría en el suelo.

Caleb entró desde el estudio con cara de asombro.

—¿Qué demonios te pasa? Lleva años trabajando en eso. No está bien.

Logan parecía satisfecho consigo mismo y dejó la taza frente al dibujo. Se limpió el café de los brazos.

—Vamos —dijo. Y salió por la puerta principal.

Me quedé mirando el dibujo con verdadero horror. Había un charco casi circular de color marrón de unos cinco centímetros casi en el centro.

Caleb pasó por allí y se detuvo un segundo. Miró el dibujo y dijo:

—Que lata. —Pero luego también salió por la puerta.

¿Por qué lo había dejado fuera? Debería haber sabido que algo así pasaría.

Me recompuse y corrí a la cocina a buscar toallas de papel para secar el líquido que no se había empapado. Mi mente daba vueltas, pero tenía que haber una forma de arreglar esto. Todavía había una mancha evidente y el papel estaba doblado. Estaba justo en el centro, así que no podía recortarla. Se superponía al borde de la montaña en el cielo y cubría parte del fuego, así que no podía teñir toda la montaña y fingir que era a propósito.

Cogí el dibujo y lo llevé arriba, y empecé a buscar en Google cualquier cosa que pudiera hacer, con las manos temblando sobre el teclado. Pronto surgió un plan, pero era desesperadamente urgente. El papel antiguo era un poco marrón, ¿no?

Cogí el café de la planta baja (la taza grande estaba llena hasta la mitad) y luego cogí un par de toallas negras del baño. Las coloqué en el suelo y puse el dibujo boca arriba sobre ellas.

Era el momento de la verdad. ¿Tenía el valor de verter el café sobre mi hermoso dibujo? Olí el líquido en la taza. Me dio asco. ¿Cómo puede alguien beber café negro? Supongo que si tu corazón lo acompañaba, tal vez. El mío no lo hacía.

Primero hice una foto.

Respiré profundamente y vertí el café en la esquina del dibujo. Se extendió en forma de zarcillo. Vertí un poco justo encima del dragón del primer plano. Luego, en el lado izquierdo, donde había más arbustos en llamas.

Se había extendido por muchos sitios, pero aún quedaba mucho blanco. Así que eché más, un poco aquí, un poco allá. Tuve que coger un pincel para extenderlo porque empezaba a acumularse en el centro. Usé algunas toallas de papel para absorber el exceso. Pero el papel ya estaba empezando a doblarse en otros lugares, y el café se estaba acumulando en esas zonas. Dejé algo de eso para darle un aspecto más natural.

Una vez cubierto, lo dejé en remojo durante varios segundos, con el corazón latiendo como loco porque acababa de verter café sobre un dibujo al que había dedicado tantas horas. Pero el trabajo de Logan había permanecido tanto tiempo mientras yo estaba congelada en la inacción. Luego utilicé toallas de papel para secar todo el líquido.

El siguiente paso fue evitar que el papel se doblara demasiado. Cogí otro rollo de toallas de papel. Técnicamente, necesitaba papel de periódico para esto, pero las toallas de papel tendrían que servir. Aparté frenéticamente todo de mi escritorio para que el dibujo cupiera, a duras penas. Entonces puse un poco de papel encerado, luego una capa de toallas de papel, y finalmente el dibujo boca abajo. Puse varios libros pesados encima.

Sonó un golpe en mi puerta, lo que hizo que mi estómago volviera a saltar.

—¿Sí?

—Hola, cariño, ¿puedo entrar? —Mamá.

—De acuerdo. —Dios, probablemente quería hablar de nuevo.

Abrió la puerta y asomó la cabeza.

—Huele a café. —Mientras entraba, dijo—: ¿Terminaste tu dibujo? Me di cuenta de que no estaba abajo. Quiero verlo.

Mierda.

Ella buscó el dibujo a su alrededor, y se posó en el escritorio.

—¿Qué estás haciendo? ¿Qué ha pasado? —preguntó, sonando alarmada.

—Logan es lo que pasó. Le echó café encima. —Dios, dolía incluso decirlo.

—¡¿Qué?! —Sus ojos se abrieron de par en par.

—Supongo que eso me pasa por ser tan estúpida como para dejarlo fuera. —Pero mi corazón se retorció de nuevo mientras deseaba desesperadamente haberlo subido después de terminarla.

—¡Esta es tu casa! —Su mano se fue a la frente—. ¡Claro que debería ser seguro dejarlo fuera!

Le mostré la foto que había tomado antes de servir el café. Todavía me temblaban las manos.

—¿Él hizo esto?

—Sí.

—¡Dios mío! —Sacó su teléfono del bolsillo—. Voy a llamar a Bridget.

—No, mamá, no lo hagas. —Levanté las manos—. ¿Qué sentido tiene? Además, creo que acabará bien. Solo va a parecer papel antiguo. Fingiré que es lo que siempre quise hacer.

Se sentó en la cama, con la cara entre las manos.

—Lo siento mucho, Nic. No sé por qué siempre hay gente tan horrible en todas partes. Y tenemos que trabajar alrededor de ellos.

—Creo que a veces hay que defenderse.

—Como lo hiciste en Dallas —asintió.

—Sí.

—Todavía no puedo creer que hayas hecho eso. Estaba tan orgullosa de ti. —Su voz se tambaleó un poco y me rodeó con el brazo.

—¿Oíste a Gina y Susan susurrando sobre mi boca sucia después de que repitiera lo que había dicho?

—¿Lo hicieron? —Apoyó su cabeza contra la mía.

Me encogí de hombros.

—No soporto a tus amigas.

—Lo sé. No te culpo. —Sacudió la cabeza y cruzó los pies—. A mí tampoco me gustan siempre.

—¿Por qué eres amiga de ellas, entonces?

—No soy como tú, Nic. Necesito amigos, y las conozco desde hace mucho tiempo.

—¿Quién dice que yo no necesito amigos? —espeté—. Es solo que tengo un alto nivel de exigencia.

—¿Es eso lo que es?

—Sí.

Entonces mamá me miró un rato, y yo aparté la vista porque me di cuenta de que estaba a punto de llorar de nuevo, todo por lo que había pasado siete años atrás. El nuevo comportamiento extraño y culpable de mamá y papá me estaba volviendo loca.

—¿Está la plancha en tu habitación? —le pregunté.

—Sí —dijo con voz gruesa.

La cogí y la puse a media baja y luego me volví para atender el dibujo. Me aseguré de que no quedaba líquido en él y lo puse en el suelo junto a las toallas de papel. Puse una capa de toallas de papel sobre el escritorio y luego coloqué el dibujo boca arriba sobre ellas y puse la toalla, doblada por la mitad, encima.

Mamá se limpiaba la nariz detrás de mí. Personalmente, no tenía tiempo para esto. Estaba toda llorada.

Empecé a planchar lentamente, asegurándome de no parar.

—Mamá, necesito trabajar en esto.

—De acuerdo, cariño. —Volvió a lloriquear y se puso en pie y la oí marcharse.

Una vez que había repasado todo el dibujo varias veces, retiré la toalla y volví a colocar el papel de cocina debajo del dibujo. Luego extendí una capa de toallas de papel que cubría la parte superior y empecé a apilar libros. Tenía que cambiar las toallas de papel cada dos horas hasta que se sintiera seco, y luego tenía que dejarlo con los libros encima hasta setenta y dos horas.

Esto significaba que me levantaría en mitad de la noche y que no podría usar mi escritorio durante tres días. Todo por culpa de ese imbécil.

Pero haría lo que tenía que hacer. Necesitaba ganar ese concurso. Al final me ayudaría a salir de aquí.

PARTE V

Aceptación

El viernes era el día del concurso de arte, dos semanas después de haber arreglado mi dibujo; había salido bien, mejor de lo que esperaba. Los habíamos entregado el lunes, y los profesores habían colgado todo en el auditorio y habían juzgado las piezas durante esa semana.

En la clase de arte, la Sra. Tolliver me llamó a su despacho. Entré con las manos cubiertas de arcilla húmeda, ya que había estado trabajando en una maceta.

—No te lo dije antes porque no esperaba que saliera nada, pero cuando mostré tu diseño del anuario a la administración, decidieron hacer una votación entre todos los diseños del concurso.

—¿En serio? ¿Incluyendo el de Logan?

Ella asintió.

—No digas nada a nadie porque se supone que es una votación a ciegas.

—Él ganará, de todos modos —dije, sintiendo que mi

labio se curvaba—. Aunque sea malvado, es bastante bueno.

—Lo es, pero espero que gane el tuyo. —Luego bajó la voz y susurró—: Me gustas más tú.

Esto me hizo reír. Era muy agradable tener a una profesora de mi lado.

Volví a mi mesa y continué trabajando en la maceta. Volvía a probar la espiral, pero mi estilo seguía siendo deficiente. Lo tenía en un molde, pero las líneas se tambaleaban y yo era inconstante con el grosor. Miré la maceta de espiral alta y estrecha, finamente construida, de Mia.

—¿Eso va a ser un jarrón? —pregunté.

—Sí —asintió—, así que estoy tratando de cubrir el interior lo suficiente para que pueda contener agua.

—Impresionante. ¿Estás emocionada por esta noche?

—Lo estoy —sonrió.

Yo definitivamente lo estaba. Quería ver los resultados porque aún estaba segura de que ganaría el primer lugar con mi dibujo del dragón. Tenía que hacerlo. También esperaba ganar en alguna de las otras categorías. Además había presentado el paisaje desértico a lápiz de color que había hecho el semestre pasado, así como mi maceta gigante, que era realmente genial. Presenté un boceto a carboncillo que había hecho. Era una imagen aburrida de un cuenco de fruta, pero pensé que quedaba bien. Había conseguido la luz justa. Lo último fue el nuevo autorretrato. No esperaba que ganara nada, pero nunca se sabe. Además, por supuesto, del diseño del anuario.

Seguimos trabajando en nuestras macetas hasta que terminó la clase.

El resto del día se alargó. El auditorio no abriría hasta las seis para que viéramos los resultados del concurso, y luego habría algún tipo de presentación a las siete, así que me fui a la cafetería después del colegio y esperé a que papá me recogiera. Mamá tenía que trabajar.

Llamó para decir que se le hacía tarde, así que le dije que iría yo sola. Cuando entré en el auditorio, había numerosos separadores negros colocados por todo el escenario, alrededor del fondo y los lados del área de butacas, todos con obras de arte colgadas. Primero encontré la categoría de lápices y busqué el mío. Antes de llegar a ella, mi corazón casi se detuvo al ver un lazo azul sobre el dibujo de una flor.

Oh, no. No podía estar en mis dragones si estaba aquí. Dios. Casi me tropecé con los pies. Estaba destruida. Todo ese trabajo para nada.

Pero entonces floreció la esperanza. ¿Y el segundo puesto? Mi dibujo estaba al otro lado de la pared.

Ni una sola cinta en él. Todo el aire me abandonó como si me hubieran dado un puñetazo.

¿Cómo? Miré detenidamente los otros dibujos: los ganadores del segundo y tercer puesto estaban en este lado de la pared. Uno era un dibujo de un partido de béisbol. Era preciso y técnicamente bueno, pero aburrido. El otro era un bodegón, el mismo que había hecho a carboncillo. El mío a carboncillo era mejor. Tenía *vida* real.

No conocía a ninguno de los artistas. Probablemente eran estudiantes de primer o segundo año.

Necesitaba sentarme porque estaba muy sorprendida. Pero de alguna manera me tropecé con la categoría de carboncillo. Vi uno con una cinta azul, pero no era el mío. Al lado había una cinta blanca. Caminé a lo largo de la pared hasta que vi el mío: tenía una cinta roja al lado.

Esto debería haberme hecho sentir mejor, pero no fue así. El resto de los dibujos a carboncillo no eran muy buenos. No había mucha gente que intentara trabajar con este medio. Si mis dragones no habían ganado nada, ¿cómo podía esperar algo bueno?

Mi paisaje también ganó el segundo puesto. Qué bien. También reconocí el del ganador del tercer puesto: era el de Mia. Por un segundo me sentí superior porque le había ganado en algo. Luego me sentí mal por sentirme así.

Encontré la categoría de autorretratos y me quedé mirando atónita el lazo azul que colgaba junto al mío. Esta vez, mi corazón sí se pellizcó de algo parecido al orgullo. Porque este era un buen dibujo.

Por Dios. Me inundó más orgullo y felicidad general de lo que había sentido en años. Fue tan sorprendente que casi me abruma. Tuve que reforzarme poniendo la mano contra la pared.

Aturdida, me dirigí a la zona de cerámica, escondida tras las mamparas del escenario.

Primero vi la cinta roja en la maceta más delicada e impresionante de Mia. Era un cuenco grande y perfectamente redondo con rosas colocadas alrededor del borde. Puso mucho empeño en los finos pétalos de flores y juntó varias rosas. Fue increíble verlo.

Luego encontré mi maceta, sin cinta.

Finalmente, encontré la categoría de diseño gráfico. Reconocí el diseño de Logan con cinta azul, y una cinta blanca en la mía. Genial. De nuevo, consigue ganarme.

¿Habría ganado el dibujo del dragón si no hubiera hecho lo que hizo?

Me sentí mal. ¿Cómo pudo hacer eso? Todavía no lo entendía. Él mismo era un artista.

Había carteles sobre los diseños del anuario que decían que íbamos a votar uno para el anuario de este año. Una mesa un poco más abajo tenía fotos de cada uno y papeletas impresas con una pequeña foto de cada uno de ellos para que la gente los marcara. Había una caja grande con una ranura en la parte superior. Yo voté.

—Oye, Nic —dijo papá.

—Hola. —Miré hacia él.

—¿Cómo te fue?

—Un primer puesto, dos segundos y un tercero. —Sonreí estúpidamente.

—Eso es genial.

—Sin embargo, estoy desanimada porque mi dibujo del dragón no quedó en el primer lugar. —Eso todavía me dolía.

Me dio una palmadita en el hombro.

—Eres demasiada dura contigo misma.

Oí algo junto a la entrada del auditorio y vi a Mia y a un tipo blanco con tatuajes que la agarraba del brazo. El tipo que había visto en el coche que la recogió aquella vez. Creo que lo que oí fue que le gritaba. Luego le soltó el brazo y se fue furioso. Me di cuenta de que un montón de gente también estaba mirando, así que me volví hacia papá.

—Enséñame tus cosas —dijo.

—De acuerdo. —No había visto algunas de ellas, porque no me las había llevado todas a casa. Se lo enseñé y lo admiró todo. No sabía nada de arte, pero mamá decía que yo era buena, así que supuso que era cierto.

Cuando llegamos a las mesas de cerámica, vi a Mia. Estaba pasando el dedo por las rosas de su cuenco ganador.

—Hola —le dije.

Ella levantó la vista y vi su rostro tenso. Luego sonrió y se le pasó.

—Hola.

—Felicidades. —Me pregunté si estaba bien, pero no creí que debiera decir nada.

—Gracias. Felicidades por tus victorias. Solo me quedé con dos cintas.

De acuerdo, yo tenía más que ella. Pero de momento solo me sentía mal por la escenita que había tenido en la puerta. Cambié de opinión sobre la pregunta.

Papá estaba mirando algunas de las otras macetas, así que le pregunté a Mia:

—¿Quién era ese tipo?

—Mi novio —dijo ella con un poco de rubor—. Acabo de decir algo que no debería haber dicho.

—Oh. —No sabía qué más decir. ¿Cómo sería eso? ¿Estar con alguien con quien tenías que tener tanto cuidado? No creía que valiera la pena para mí, tan desesperada como estaba por gustarle a un chico. ¿O sí? Era difícil saber lo que aguantaría.

—No es gran cosa. Volverá más tarde.

—Genial. ¿Sabes qué hacen a las siete?

—No.

Solo faltaban quince minutos para que empezaran su pequeña presentación. Nos sentamos todos y lo hicieron todo en el borde del escenario. Tenían algunos premios extra para repartir. El más innovador. El más fiel a la realidad. Luego llegaron a lo que llamaron el Premio al Riesgo/Recompensa.

La Sra. Tolliver explicó:

—Este premio es para la obra de arte que asume el mayor riesgo pero que sale con la mayor recompensa.

No sabía qué significaba eso, pero entonces dijo.

—Es para Nic Summers por su obra Dragones sobre la Montaña del Fuego.

¿Qué fue eso? Era una estupidez. Era como ganar un premio por graduarse del jardín de infantes. Solo había hecho lo que tenía que hacer.

—Bien hecho, Nic —susurró papá cuando subí a aceptar la cinta púrpura.

Un estudiante de último año ganó el gran premio por una pieza de cerámica abstracta realmente genial. Estaba formada por un montón de cubos y estaba diseñada para que pareciera que no podía mantenerse en pie, pero lo hacía.

En el camino a casa, me sentí rara. Parecía que el extraño premio era un premio de consolación. Me pregunté si la Sra. Tolliver lo había creado solo porque sabía cuánto había trabajado en el dibujo del dragón.

Pero solo faltaban dos días para que me fuera a Escocia. Simplemente tendría que concentrarme en el primer lugar, en Escocia y no pensar en ser condescendiente.

———

Tenía que tomar tres vuelos distintos para llegar a Glasgow. Primero a Chicago, luego a Londres y finalmente a Glasgow. Así que, aunque no llegaría hasta el mediodía del domingo, tenía que estar en el aeropuerto a la una de la tarde del sábado. No podía creer que por fin hubiera llegado el día.

Papá me llevó al aeropuerto, pero mamá también vino. Estaban callados, y yo estaba ocupada tratando de imaginar cómo se sentiría volar, cuando mamá se dio la vuelta y dijo:

—Cariño, tu padre y yo tenemos algo que decirte. Estuvimos debatiendo sobre decírtelo antes, pero ayer nos enteramos con seguridad.

Oh, Dios. ¿Qué podría ser ahora?

—No hemos podido salir de esta situación financiera. —Hizo una pausa y miró por encima de mi hombro—.

Vamos a tener que renunciar a todos tus fondos para la universidad.

—¡¿Qué?! —¡Oh, Dios mío! ¿Cómo iba a ir a la universidad sin dinero? ¿Cómo iba a ir a algún sitio bueno? Se me apretó el estómago—. ¿Qué se supone que debo hacer?

—Lo siento. —Parecía que lo sentía, pero no me importaba en ese momento.

—¿A dónde se supone que debo ir? —Sentí como si mi garganta se constriñera.

—Puedes ir a la estatal. Estoy segura de que puedes conseguir becas.

Esto era más que horrible. Se suponía que la universidad era mi salida. Necesitaba irme. *Tenía* que hacerlo. Mi estómago se retorció más, y me encontré sujetando mis manos temblorosas.

Papá no había dicho nada en todo el tiempo. Era incluso peor con los conflictos que mamá. Se limitó a frotarse la barba, como siempre.

El resto del viaje fue silencioso. Llegamos lo suficientemente temprano como para estacionar y entrar todos en el aeropuerto.

Hice cola para facturar y mostré mi nuevo pasaporte. Vi la foto y me estremecí. Era una foto especialmente mala. Estaba mirando de frente, así que casi tenía una papada. Era difícil negar que era fea. Mi grano errante estaba en la frente en la foto. Hoy estaba en la barbilla.

La encargada miró la foto, luego a mí y viceversa. ¿Y si no me dejaba subir? Pero entonces facturó mi maleta y bajó por la cinta transportadora hasta las entrañas del aeropuerto. Me dio la tarjeta de embarque y volví con mis padres, que estaban allí de pie con cara rara. Como si estuvieran emocionados de que creciera y nerviosos de que me fuera tan lejos.

Pero yo seguía enfadada con ellos.

—Por aquí —les dije, y me siguieron. Cuando llegamos a la fila de seguridad, no había mucha gente delante de mí.

—De acuerdo, cariño —dijo mamá—. Creo que es hora de que te vayas.

Me abrazó y papá hizo lo mismo. Me hubiera gustado que esperaran a que volviera para hablarme del fondo universitario. Ahora me pasaría todo el viaje pensando en ello. Empecé a serpentear a lo largo de las filas de la cuerda y mis padres esperaron hasta que llegué al final de la fila real de personas.

No los miré porque me estaba poniendo nerviosa al pasar por el control de seguridad. Se suponía que era bastante complicado. Suponía que tendría que quitarme los zapatos y todo eso. Todas las personas que pasaban parecían saber lo que hacían; esperaba no hacer el ridículo.

Entonces le mostré al tipo mi pasaporte y mi tarjeta de embarque y me indicó uno de los carriles. Otro tipo me dijo repetidamente lo que teníamos que hacer. Me quité los zapatos y la chaqueta y los puse en una bandeja, metí el teléfono en una bandeja pequeña y saqué el portátil de la mochila, antes de pasar la propia mochila. Luego tuve que pasar por el escáner corporal. Fue todo un calvario, y mi pulso latía con fuerza cuando terminó.

Mientras recogía mis cosas y me calmaba lentamente, miré para comprobar que mis padres seguían allí, saludándome. Les devolví el saludo, avergonzada. Luego recogí todo, me senté a atar mis zapatillas y empecé a buscar mi puerta.

La espera fue larga hasta que empezamos a embarcar, por lo que me alegré de haber traído un buen libro. Conseguí subir en medio de la aglomeración, encontrar mi asiento, sacar mi libro y mis auriculares, guardar mi mochila y abrocharme el cinturón. Había pedido un asiento de ventanilla para poder mirar hacia fuera. Estaba sobre el ala, lo cual era molesto porque me bloqueaba parcialmente la vista.

El tipo que estaba a mi lado era un anciano con traje, lo que me pareció extraño en un sábado. A su lado había un hombre con un sombrero de vaquero.

Observé a la azafata mientras daba la charla de emergencia y luego me senté mientras el avión recorría los pequeños caminos para llegar a la pista de despegue. Me sorprendió un poco el despegue, que me echó hacia atrás en mi asiento e hizo mucho ruido.

Pero una vez en el aire, me relajé un poco.

Faltaban unas dos horas para llegar a Chicago. Pronto pasé por un estado en el que nunca había estado. Pasaría por unos cuantos en el camino. Saqué mi nuevo pasaporte, pensando en que pronto tendría un sello. Quizás algún día tendría muchos. Sería genial estar en otro lugar que no fuera Oklahoma.

Entonces mi mirada se posó en mi foto y la cerré, disgustada conmigo misma de nuevo.

Intenté pensar en algo que no fuera negativo, según las instrucciones de la doctora Goldberg.

Lo del diseño del anuario. Había salido bien, sorprendentemente. Aunque el de Logan había ganado el primer lugar y el mío solo el tercero, la gente había hablado: habían votado por el mío, si se podía creer. Así que mi diseño estaría en el anuario este año. Había tres cosas que eran excelentes. Una, que era mi diseño el que iba a salir en la portada; dos, que no era el diseño de Logan el que iba a salir en la portada; y tres, que Logan tenía que trabajar con mi diseño ya que estaba en el comité del anuario. El número tres era mi favorito.

Pensar en algo positivo hacía que mi mente se sintiera

incómoda, así que buscó algo malo, acercándose al fondo universitario.

Oh, Dios. Todo estaba arruinado.

Me ardían los ojos, pero conseguí contener las lágrimas. ¿Quién quería llorar delante de extraños? ¿O de alguien, en realidad?

No podía permitirme pensar en el fondo universitario. Tenía que concentrarme en llegar a Glasgow y a Sam.

Saqué mi libro e intenté leer, pero todo se arremolinaba en mi cabeza. El silencioso rugido del avión me distraía, al igual que la emoción de estar cada vez más cerca de Glasgow. Y, por supuesto, el problema del fondo universitario.

Encontrar mi nueva puerta de embarque en Chicago fue un poco complicado, pero lo resolví. Por supuesto, luego tuve una escala de tres horas, que la pasé leyendo. Terminaría este libro incluso antes de llegar a Escocia.

Una vez en el vuelo a Londres, leí un poco más antes de quedarme dormida. Cuando me desperté, estaban sirviendo el desayuno. Comí una especie de huevos y tomé un zumo de naranja, rellené el formulario de aduana que le daban a todo el mundo y ya estábamos en Londres. Mientras nos dirigíamos a la puerta de embarque, volví a encender mi teléfono y decía 8:05. Lo que significaba que eran las 2:05 de la mañana en Tulsa.

Eso era todo: estaba en un país extranjero. Un lugar donde los vaqueros, las camionetas y las armas no eran parte de la norma. Sonreí como una idiota.

Muy pronto, mi vuelo de Glasgow estaba aterrizando. Busqué a Sam antes de darme cuenta de que aún no había salido de la zona de seguridad. Seguí a todos hacia la recogida de equipajes. Vi a Sam y a su madre. Al principio traté de decidir si la mamá de Sam parecía molesta, pero luego Sam me vio, sonrió y saludó. Estaba tan contenta que casi era difícil actuar como una persona normal. Nos encontramos a mitad de camino.

—¡Hola! —dijo ella.

—Hola —respondí, con una gran sonrisa.

Ella me sorprendió con un abrazo. Nunca nos habíamos abrazado antes y al principio fue raro, pero una vez que se me pasó la sorpresa inicial, fue agradable.

—¿Dónde viene tu maleta? —preguntó.

—No estoy segura. —Miré a los distintos carruseles.

—Vamos a buscarla —dijo Sam.

—Sí, de acuerdo. Vamos.

▭

—Todo es tan diferente —le dije a Sam mientras nos dirigíamos a su departamento. Había edificios altos, farolas negras y coches pequeños. Y pequeñas tiendas como quioscos y tiendas de comestibles.

La madre de Sam estacionó en paralelo en la calle, y entramos en un portal rojo y subimos mis cosas dos pisos hasta su nuevo piso, al que se habían mudado después del incendio. Vi un sofá en lo que debía ser el salón, y pusimos la maleta en un dormitorio que no parecía el de Sam porque no había ninguna de sus obras de arte colgadas.

Entonces Sam dijo:

—¿Te sientes bien? ¿Estás como para un paseo? Tenemos que conseguir tu pase de transporte hoy.

Yo estaba ya rebotando en mis pies.

—Claro.

Empezamos a caminar por la acera, y yo intentaba mirar a todas partes a la vez.

Después de una cuadra más o menos, Sam se rió y dijo:

—Tienes los ojos desorbitados.

—Es que todo es *tan* diferente —dije. Ahora que estábamos caminando, era aún más obvio que cuando habíamos estado conduciendo. La acera era oscura y los bordillos solo tenían un par de centímetros de altura y estaban hechos de bloques en lugar de hormigón vertido.

—¿Qué pasa con las puertas? —pregunté. Unas cortas puertas negras de hierro forjado se alineaban en el interior de la acera.

—Todos los edificios tienen departamentos en los sótanos.

—Ah. Deben ser acogedores. —Todas las casas eran de ladrillo o piedra y tenían cuatro o cinco pisos. Eran casas adosadas, supuse.

Esto no se parecía a ningún lugar en el que hubiera estado, aunque pensé que podría ser algo así en Nueva York. No es que vaya a ver nunca Nueva York. Puede que nunca salga de Oklahoma de verdad si no puedo salir para ir a la universidad. Joder.

Tenía que sacar mi cabeza de ese espacio.

—Tan diferente.

—Sí, lo es —dijo Sam—. Pero te acostumbras.

—No sé si tendré tiempo para eso. —Estaba un poco celosa de Sam, que ya había tenido tiempo para eso.

Nos acercamos al final de la calle y giramos en otra calle a nuestra derecha. Había pequeñas y coloridas tiendas en la planta baja de algunos edificios. Una farmacia, un *fruiterer*, una pescadería, una charcutería, una óptica. Pasamos por delante de un maloliente cubo de basura negro. Me sentí como una niña pequeña a la que llevan a un parque por primera vez.

Las puertas entre las tiendas debían de dar acceso a los apartamentos que había encima. Pisos. Me pregunté si la gente que trabajaba en las tiendas vivía arriba.

—Esa charcutería es muy bonita —dijo Sam cuando giramos hacia otra calle.

—¿Eso es una parada de autobús? —pregunté, señalando una estructura de cristal con un saliente de metal.

—Sí.

—Están por todas partes.

—Sí, yo voy en autobús todo el tiempo.

—Genial. —Nunca he cogido el autobús. Era totalmente extraño para mí—. ¿Vamos a montarlo ahora?

—No. Pero tomaremos el metro más tarde.

—¡Oh! Eso es genial. —Siempre había querido coger el metro en algún sitio. Y lo haría en un país extranjero. Esto era mucho más genial que Nueva York.

—El metro de Glasgow es interesante. Es un gran círculo, y los trenes están pintados de naranja, por lo que a veces lo llaman la Naranja Mecánica.

Asentí con la cabeza mientras seguíamos avanzando. Llegamos a un puente sobre un río caudaloso.

—Este es el río Kelvin. A continuación, a la derecha, está el Jardín Botánico. Podemos visitarlo, pero no ahora.

Me asomé a los jardines, aunque no podía decir que me interesaran las plantas.

Llegamos a una rotonda y observé cómo algunos coches la recorrían.

—Conducir hasta aquí debe ser realmente molestoso, ¿no? —pregunté.

—Probablemente. Mi madre lo odia. Sobre todo las rotondas. Aunque mi padre dice que son más seguras y fáciles que las intersecciones normales. A ella no le convencen.

Caminamos un poco más antes de llegar a una gran intersección, y esperamos la señal de paso. Pronto estábamos caminando por una calle con aún más negocios que los que había visto al final de la calle de Sam.

—Esta es Byres Road, donde van todos los estudiantes universitarios. La universidad está arriba de la colina, un poco más abajo. Tenemos que parar en un quiosco para conseguir el pase de autobús y de metro.

Asentí con la cabeza, sin querer volver a decir «guay», pero lo estaba pensando.

Vi un cartel más adelante con un círculo naranja alrededor de una S. Debajo decía «Subway». Mi corazón empezó a latir con entusiasmo. ¡Iba a coger el metro!

Pero antes de llegar, Sam dijo:

—Aquí vamos.

Entramos en una tienda pintada de azul por fuera, y ella habló con el tipo del mostrador y le entregó la foto extra del pasaporte que yo había traído. Pronto tuve algo llamado *ZoneCard*.

—Es mucho más barato así —dijo Sam cuando nos fuimos.

Volvimos al piso y escuché a todos los que nos rodeaban hablar con su acento de Glasgow. Sonaban diferentes a los que se oyen en la BBC de Estados Unidos. Un poco más crudo. Me encantó.

▭

Pasamos el resto del sábado en el piso de Sam. Era muy pequeño, sobre todo comparado con su casa de Oklahoma. Había una cocina diminuta junto a la pequeña sala de estar, donde tenían un sofá y una silla, además de un televisor montado en la pared, lo cual era bueno porque habría sido aún más estrecho si lo hubieran tenido en un soporte de algún tipo. Se las habían arreglado para meter una pequeña mesa de cuatro plazas en el pequeño hueco que había detrás de la cocina. Era aún más estrecho cuando pusieron la quinta silla para mí.

Su madre preparó salteado para la cena y yo me fui a la cama sobre las ocho porque estaba agotada. Sam me dejó su cama y dijo que dormiría en el sofá. Tardé unos minutos en quedarme dormida porque estaba mirando el techo muy alto y las molduras de corona ornamentadas y me sentía zumbada por estar aquí. Pero entonces me acordé del asunto del fondo universitario y, naturalmente, volví a sentirme mal. Me puse de lado y finalmente me dormí.

El domingo por la mañana me desperté sobre las 8:30, lo que fue una locura. Había dormido más de doce horas.

Sam ya estaba levantada, comiendo cereales en la mesita, con su largo pelo mojado por la ducha, cuando salí. Me hice con un bol y luego me duché en el pequeño cuarto de baño, el único que había en el piso. Hacía mucho frío porque no había calefacción. Y no había cortina de ducha, solo una pared de cristal en el costado, así que ni siquiera te beneficiabas del vapor que se acumulaba allí dentro.

Entonces nos fuimos.

—Debe estar volviendo loca a tu madre vivir en un lugar tan pequeño —dije.

—Sí, lo odia.

Pasamos de nuevo por el río y el jardín y llegamos a la misma intersección gigante de ayer.

Después de que apareciera la señal de paseo, Sam empezó a cruzar la intersección en diagonal, lo que parecía una locura. Pero la seguí porque otras personas también lo hacían.

Después de cruzar con seguridad, le pregunté:

—¿A dónde vamos?

Porque aún no me lo había dicho.

—Al centro de la ciudad. Luego volveremos y caminaremos por la Universidad de Glasgow. Es impresionante. Y luego hay un pequeño museo muy lindo que te gustará.

—¿Es «centre» deletreado «re»?

—Sí. —Sam se rió.

—Genial. —Seguí diciéndolo, porque todo era genial.

Después de un rato, volví a ver el cartel del metro y pronto entramos.

—Mantén tu pase contra la cosa naranja —dijo Sam —. Luego queremos el círculo exterior.

Atravesé la puerta y bajamos por la escalera mecánica hacia el mundo subterráneo. Imaginé las huellas que se trazaban bajo la ciudad. Realmente era demasiado genial. No se me ocurría otra palabra.

Estuvimos paradas en un andén de baldosas beige durante unos minutos. Mis pensamientos se desviaron hacia el fondo de la universidad que se iba, y empecé a estresarme de nuevo. Debería contárselo a Sam, aunque realmente no quería hablar de ello. Entonces se oyó un zumbido y adiviné que se acercaba un tren, lo cual fue un poco emocionante, y me concentré en eso.

El zumbido se convirtió en un leve traqueteo y finalmente pude ver luces en el túnel y luego hubo un sonido silbante cuando el tren entró. Cuando se abrieron las puertas, seguí a Sam y nos sentamos en asientos de tela naranja. Entonces el tren partió y fue una sensación extraña ser empujada hacia atrás. Me tropecé con Sam y las dos nos reímos.

Pasamos por varias estaciones antes de que me dijera que nuestra parada era Buchanan Street. Subimos por unas escaleras hasta el nivel de la calle, saliendo de un recinto acristalado.

Empezamos a caminar, un poco sin rumbo.

Admiré a toda la gente que no tenía ningún sitio donde estar durante el día, o quizá trabajaba por allí. Había muchos trajes, pero también mucha gente en vaqueros. No había botas de vaquero a la vista. Llegamos a otro recinto de cristal que conducía al subsuelo, pero este era mucho más grande y tenía escaleras mecánicas.

—La estación de St. Enoch —dijo Sam—. ¿Pero quieres ver un centro comercial escocés?

—Claro —dije, sin saber a qué se refería. ¿En qué iba a ser diferente?

Seguimos caminando y finalmente entramos en un gran edificio con muchos cristales en la parte superior. Básicamente, no era tan diferente de los centros comerciales que conocía en Tulsa, hasta que me llevó al piso de arriba y me mostró los baños.

—¡Hay que pagar para entrar! —dijo, desternillándose de risa.

—Dios mío, ¿en serio?

Volvimos a bajar las escaleras hasta el patio de comidas. Había un KFC, un McDonald's y un Subway.

—Esto es demasiado estadounidense —dije.

—Lo sé. Fuera, todo es diferente, luego entras y es como el comercialismo estadounidense en su máxima expresión. Vayamos a algún sitio para que puedas comer pescado y patatas fritas. O un rollo de patatas fritas.

Se volvió hacia las escaleras.

—¿Qué es un rollo de patatas fritas? —le pregunté mientras la seguía.

—Un panecillo, como el de una hamburguesa, pero sin cortar, y con patatas fritas dentro.

—¿Qué?

—Es sorprendentemente bueno. La gente le pone kétchup o salsa marrón. O crema para ensaladas, que es como la mayonesa pero más fina. Aunque yo no haría eso.

—Ah. —Bajamos las escaleras y pronto salimos por la puerta principal.

—¿Sabes una cosa que es diferente sobre el centro comercial aquí? —pregunté.

—¿Qué es?

Nos dirigimos a la vuelta de la esquina.

—La gente. O las mujeres, al menos. No todas llevan maquillaje.

—Lo sé, es genial. Me encanta. Es lo mismo con las chicas de nuestra edad. Algunas lo hacen; otras no. Pero no me siento como un bicho raro aquí.

Volvimos a pasar por la última estación de metro por la que habíamos pasado y giramos por otra calle durante unas cuantas manzanas.

—Esta es una de las dos principales estaciones de tren de Glasgow —dijo Sam.

El edificio verde se extendía a la izquierda y a la derecha, y el restaurante estaba debajo de un puente. Entramos para ser recibidos por los fuertes olores del aceite y el pescado y nos pusimos frente al mostrador para pedir.

Dejé que Sam pidiera por mí porque no tenía ni idea de qué pedir.

—Vamos a ir a lo tradicional —dijo ella—. Eglefino y patatas fritas.

Cogimos la comida y nos sentamos.

De acuerdo, estaba súper grasiento y salado, y el pescado era un poco huesudo (en mi casa no comíamos mucho pescado, así que no sabía si eso era normal), pero las papas fritas eran gordas y estaban buenas. Sam me hizo probar el vinagre en ellas, que resultó ser increíble.

—Ahora a ver algo de arte moderno —dijo Sam.

Volvimos a Buchanan Street y subimos un poco antes de girar a la derecha. Pasamos por un arco que cruzaba la calle. Había un escaparate al lado con un montón de viejas máquinas de coser Singer expuestas al azar.

Caminamos un poco más hasta que Sam sonrió.

—Mira esto —dijo señalando con el dedo y vi una

estatua de un hombre sobre un caballo, con un cono de tráfico en la cabeza del hombre.

—Es divertidísimo —dije.

—Es el icono de Glasgow. Por lo visto, lo llevan haciendo desde los años 80, y la ciudad no para de quitarlo.

Por supuesto, hice una foto.

Luego entramos en nuestro primer museo de arte de Glasgow, la Galería de Arte Moderno, que era impresionante, aunque mucho del arte moderno es demasiado raro incluso para mí. Era curioso, sin embargo, el edificio en el que se encontraba era de piedra, con columnas de aspecto clásico. No era nada moderno. Pero tenían una enorme exposición de Andy Warhol. A Sam y a mí nos gustaba más la obra clásica y realista, así que ninguna de las dos conocía a la mayoría de los otros artistas.

Después de eso, tomamos el metro de vuelta a la estación original y luego subimos esta gran colina hasta el campus de la Universidad de Glasgow. Caminamos por todo él, lo que también fue genial, y a través de esta zona cubierta llamada los Claustros. Había columnas estriadas que formaban arcos por todo el espacio, que conectaban un par de cuadriláteros del campus (zonas de césped rodeadas de edificios de cuatro pisos) y conducían a un gran y llamativo edificio gótico con una torre alta, puntiaguda y ornamentada.

Y luego Sam me llevó a la Hunterian Art Gallery. También era impresionante: tenían una enorme colección de Whistler. Y vi a Rubens y a Rembrandt, ¡los auténticos! Y luego descubrí a este genio artístico escocés llamado Charles Rennie Mackintosh. Diseñaba muebles, pintaba acuarelas y era arquitecto. Algunas de sus cosas eran raras, pero todo era interesante y proto art decó.

—Es muy barato ir a la universidad aquí: tres mil

dólares al año —comentó Sam mientras volvíamos a su piso,

—¿En serio? —Esto era emocionante—. Porque eso podría resolver un gran problema para mí.

—Para los estudiantes escoceses, quiero decir. Es caro para todos los demás.

La decepción me recorrió.

—Entonces, mi madre me dijo algo horrible ayer por la mañana.

—¿Qué? —Me miró, claramente preocupada.

—Mi fondo para la universidad ha desaparecido.

—¡¿Qué?! —exclamó. Su mandíbula se abrió y se quedó así.

Fruncí el ceño y asentí con la cabeza, la realidad me golpeó de nuevo.

—¿Qué esperan que hagas?

—Supongo que tratar de conseguir becas y pagarlas yo misma. —Me encogí de hombros para tratar de convencerme de que era una persona indiferente.

—Dios mío. Eso es horrible.

Lo era. Todavía me sentía mal del estómago al pensar en ello.

—Quizá me ayuden a pagar cuando me vaya. No lo sé. No hablamos de ello. Me lo soltaron en el coche de camino al aeropuerto. —Hice una pausa—. ¿Cómo mierdas se supone que voy a salir ahora?

—Bueno —dijo lentamente—, tendremos que idear un plan. Ya se nos ocurrirá algo.

Me alegré de habérselo dicho y esperaba que tuviera razón. Tenía que salir o me volvería loca.

▭

Una vez que volvimos al piso de Sam, pensamos en un plan de escape para mí, y las dos nos quedamos sin nada. Pensamos en que yo consiguiera un trabajo, o que pudiera saltarme el primer año de universidad y trabajar entonces. Pero nada de lo que pensamos nos daría suficiente dinero.

Lo único que funcionaría sería conseguir un montón de becas. Podía estudiar para el PSAT y presentarlo el año siguiente para ser una Becaria Nacional al Mérito, lo que aportaba algo de dinero, pero no todo, excepto en las universidades de Oklahoma. Pero al menos sería algo de dinero.

Sería difícil. Básicamente, tendría que pagar. Pedir préstamos. Sería horrible. Estaría pagando por el resto de mi vida.

Finalmente, cenamos con sus padres y su hermano, y luego ella y yo nos fuimos de nuevo.

Después de un viaje en autobús esta vez, el cual también fue novedoso para mí, llegamos al piso de su amiga. Me dije a mí misma que todo iría bien, Sam dijo que esa gente era agradable. Pulsó el timbre, y entonces oímos un zumbido y un clic, y ella empujó la puerta para abrirla.

A pesar de intentar disuadirme, estaba nerviosa, dado que casi todas las demás interacciones sociales que había tenido en mi vida habían sido dolorosas e improductivas.

—Hay unas escaleras —dijo—. Quinto piso. O, cuarto piso como dicen aquí.

—¿Por qué? —Empezamos a subir.

—Lo que llaman primer piso es en realidad el segundo, porque al primer piso lo llaman «planta baja».

—Eso es una estupidez —dije al llegar al «primer piso».

—Estoy de acuerdo.

Seguimos subiendo. Mi ritmo cardíaco aumentaba, y no podía saber si era por los nervios o por las escaleras.

—Así que —dijo—, conocerás a Donald. No le he visto en unos días, así que puede que pase tiempo con él. Pero tengo fe en que te llevarás bien con todos. Son realmente geniales. —Ella resoplaba un poco por el esfuerzo.

—De acuerdo. —Su novio. Me preguntaba si sería algo parecido a Zach.

Me pregunté qué estaría haciendo Zach ahora mismo.

Llegamos al último piso y ella levantó la mano.

—Vamos a recuperar el aliento primero.

Me reí, contenta porque yo respiraba aún más fuerte que ella. Se inclinó hacia delante y se apoyó con las manos en los muslos, y ambas respiramos un poco más.

—¿Lista? —preguntó.

Asentí con la cabeza, tratando de no sentirme nerviosa, aunque lo estaba totalmente.

Llamó a la puerta y una chica bajita con pecas y pelo rojo claro abrió la puerta. Llevaba unos vaqueros oscuros y una camiseta ajustada.

—¡Eras tú! —dijo la chica—. Tardaste tanto que pensé que había hecho entrar a otra persona.

—Hola —dijo Sam con una sonrisa.

Entonces la chica me miró y sonrió.

—Hola, soy Fiona. Y por supuesto eres la amiga de Sam. ¿Cómo te llamas? —dijo mientras alargaba la mano.

Parecía muy simpática. Fue un poco extraño.

—Nic —dije.

La chica se apartó y abrió la gran puerta de par en par para dejarnos entrar.

Un olor dulce que no reconocí emanaba de la esquina. Seguí a Sam y vi una sala de estar aún más pequeña que la de Sam, abarrotada con cinco personas, algunas de las cuales estaban sentadas en el suelo porque solo había el sofá para sentarse.

Me quedé helada al verlos, pero Sam continuó por la habitación mientras un tipo alto y delgado de pelo negro oscuro y piel muy pálida se levantaba. Se besaron.

Así que ese debe ser Donald. Pero no se parecía en nada a Zach.

Fiona se acercó por detrás y dijo:

—Vamos. Somos buenos. —Me cogió del brazo y me arrastró hasta la habitación.

Sam me sonrió desde el otro lado de la habitación mientras se sentaba encogida junto a Donald.

Cuando nos pusimos delante de todos, Fiona dijo:

—Ella es Nic. Nic, este es Donald, y ya conoces a Sam, y ahí está Aidan, luego Jack con el mohawk, Ellie y Katie. Solo para que todos sepan, Nic es automáticamente genial porque también es estadounidense.

Todos se rieron, y no pude saber si se estaban burlando de mí o no. Pero no vi ninguna de las miradas pretenciosas y sentenciosas que estaba acostumbrada a recibir, así que tal vez solo estaba bromeando.

Aidan y Jack estaban en el sofá y había un lugar vacío entre ellos. Fiona corrió y se sentó en él, enganchando su brazo alrededor del de Aidan. Tenía el pelo negro y llevaba unos vaqueros negros y una camisa roja de botones, desabrochada.

Seguía de pie como un idiota. Katie palmeó el suelo a su lado y dijo:

—Siéntate aquí.

Tenía un aspecto bastante agradable, aunque estaba ridículamente guapa con un vestido blanco corto y unos botines. Normalmente me sentiría intimidada, pero no lo estaba. Así que me senté.

Ellie se inclinó hacia delante, llevaba un suéter polar a

rayas azules y blancas y unos vaqueros, definitivamente menos intimidantes, y dijo:

—¿Acabas de llegar?

—Ayer —contesté.

—¿Tú también eres de Oklahoma? —preguntó Katie.

Asentí con la cabeza.

Entonces, para mi total sorpresa, Jack empezó a cantar «¡Oklahoma, donde el viento baja por las llanuras!» con esa voz tan grave. Me quedé mirándolo, pasándolo mal por la incongruencia de que ese tipo con una corta cresta azul cantara eso, mientras sonreía como un loco.

Entonces todo el mundo se rió, y yo me sonrojé.

—¡Te lo dije! Es lo único que saben de Oklahoma —dijo Sam.

De acuerdo, solo estaban bromeando. Debería relajarme.

—¿También tocas un montón de instrumentos? —preguntó Katie.

—Oh, eh, no. Intenté aprender a tocar el teclado, pero era pésima. —No había vuelto a sacarlo después de guardarlo cuando Sam había empezado a salir con Zach.

—Bien. Sam me hace sentir como una perdedora porque lo único que toco es la flauta.

—Entonces, ¿qué es lo tuyo, Nic? —preguntó Ellie.

Miré y me di cuenta de que Jack estaba hablando con Fiona y Aidan. Sam y Donald estaban ocupados abrazándose.

—¿Mi cosa?

—Todo el mundo tiene una cosa —dijo Ellie—. Yo soy una ratona de los libros.

—Oh, yo también —dije—. Pero supongo que lo mío es el arte.

Esto era tan extraño. Simplemente estaba teniendo una conversación normal con la gente.

—Es muy buena —dijo Sam. No me había dado cuenta de que había estado prestando atención. Luego añadió—: Ha ganado varios premios en un concurso reciente.

Me sonrojé, sintiendo de nuevo el dolor de la pérdida del dibujo del dragón.

—Se llevó uno que llamaron el Premio Riesgo/Recompensa. Porque descubrió una forma de arreglar un dibujo estropeado.

—¿Qué pasó con él? —preguntó Katie.

Dios, pensar en ese dibujo todavía me dolía el estómago, así que puse mi mano allí para calmarme.

—Un amigo de mi hermano le echó café encima.

—Dios mío —exclamó Ellie—. ¿Por qué?

—Él es así.

—Un auténtico pendejo, entonces —conjeturó Katie.

Un pendejo. Eso me hizo sonreír.

—Sí, es un pendejo. —Era divertido decirlo.

—Entonces, ¿qué hiciste para arreglarlo? —preguntó Jack, sorprendiéndome. Tampoco me había dado cuenta de que me estaba escuchando.

—Lo teñí todo con café. Acabó pareciendo una especie de papel antiguo.

—¿Tienes una foto? —preguntó.

—Claro —dije.

Esto era muy extraño. Me estaban hablando como si fuera una persona. Saqué mi teléfono, subí la foto y me arrastré para entregársela.

—Mierda, eso es pura magia.

Por su tono entusiasta, supuse que eso era algo bueno.

—Déjame ver —pidió Ellie.

Jack se quedó mirando un segundo antes de entregárselo. Asintió con la cabeza mientras ella lo miraba.

—Vaya —dijo mientras se lo tendía a Katie para que lo viera también—. Está muy bueno.

—Gracias.

Acabé hablando con los tres durante las siguientes horas y entendí la mayor parte de lo que dijeron. Las dos parejas se mantuvieron al margen, excepto para pasarse los cigarrillos de hachís que fumaron toda la noche. Yo no participé, aunque me lo pensé. Pero no sabía cómo iba a reaccionar. Pensé que las cosas iban bien, así que ¿por qué estropearlo todo?

El lunes por la mañana nos levantamos temprano porque teníamos planeado un gran día. Cogimos un tren en una estación cercana a la del metro de Buchanan Street a eso de las 8:15. Nos las arreglamos para conseguir dos asientos orientados hacia atrás, uno al lado del otro, en un tren lleno de hombres y mujeres vestidos para el trabajo. Dos hombres se sentaron justo enfrente de nosotras, de frente, con nuestras rodillas prácticamente tocándose, lo que fue un poco incómodo. Uno tenía la cabeza hacia atrás, con los ojos cerrados, y el otro estaba leyendo un periódico.

Intenté disimular lo genial que me parecía estar en un tren de verdad. En Escocia. Todavía no me había acostumbrado a todo esto. Y toda esta gente hacía esto todos los días y lo daba por sentado.

—¿Qué pensaste de todos anoche? —preguntó Sam.

—Todos fueron amables. Empecé a sospechar. Pero no estaban fingiendo, ¿verdad?

—No, a menos que hayan estado fingiendo desde que los conocí. Eso sería un engaño bastante elaborado.

—Me extrañó especialmente el hecho de que ese tipo, Jack, siguiera hablando conmigo. —Había sido tan genial.

Como, sin esfuerzo, genial. Me pregunté cómo sería estar tan a gusto conmigo misma—. Quiero decir, sé que no está ni estará nunca interesado en mí, pero no parecía encontrarme repulsiva.

—Sí, me gusta. Tuve algo con él por un tiempo. Pero gracias a él conocí a Donald. —Luego añadió, casi susurrando—: Y Ellie me dijo que él nunca ha salido con nadie, nunca.

—¿En serio?

—Creen que es asexual, tal vez —dijo acercándose más.

—Ah. Me gustaría ser eso. Porque es totalmente inútil para mí el que me gusten los chicos.

—No seas estúpida. Algún día será diferente. Sabes, tal vez no tengas novio en la escuela. Muchas chicas no lo tienen. Los chicos de la escuela son idiotas. Sus cerebros han sido secuestrados por sus pollas. —Ella miró a los hombres, pero no parecían haber escuchado.

—Uh, gracias, supongo —dije sarcásticamente.

—Lo que intento decir es que tienen que ser dignos de ti. No deberías salir con alguien por tener un novio. Debe haber una conexión real.

La miré de reojo.

—¿Estás hablando de Zach?

—Nunca me había gustado realmente, y luego me invitó a salir, y yo solo dije que sí porque estaba muy emocionada de que le gustara a alguien. No fue algo bueno. —Se encogió de hombros.

Vaya. Nunca podría decirle ahora que me gustaba. Se sentiría demasiado mal.

—Puedo ver eso.

—Fue muy raro, de todos modos. Porque estaba segura de que le gustabas tú. Te miraba todo el tiempo, no solo en el coche. Pero a ti no parecía gustarte en absoluto.

Me miraba todo el tiempo. No estaba todo en mi cabeza. ¿Qué había pasado? Me dolía el corazón al pensar en ello.

Cambié de opinión.

—En realidad, sí me gustaba.

Los ojos de Sam se abrieron de par en par.

—¿En serio?

Asentí con la cabeza. No estaba segura de si decírselo era lo correcto, pero ya no había vuelta atrás.

—¡Pero te pregunté y dijiste que no!

—Lo sé. Una vez que te invitó a salir, pensé que no tenía ningún derecho sobre él, y tú no lo sabías, así que traté de olvidarlo. —Intenté mantener mi voz optimista aunque sentía el dolor de los recuerdos.

Ella se inclinó hacia mí.

—Lo siento mucho. ¿Te sigue gustando?

—No lo sé. Somos amigos, supongo. Todavía me lleva a veces a casa, y voy con él y Evan al Key Club.

—No es un mal tipo. Solo que no tenía mucho en común con él. Probablemente tú tampoco, en realidad. —Se sentó de nuevo, alejándose de mí y mirando pensativa.

—¿Tú crees? —La miré de nuevo.

—No es que te esté diciendo lo que tienes que hacer. Tal vez te invite a salir.

—No lo creo. Ya no me mira a escondidas. —Me sentía bien al respecto. Ya no sentía esa atracción desesperada por él. Era agradable tener un amigo, saber que un chico podía querer ser mi amigo. Tal vez otro chico en otro lugar querría ser aún más amigo mío. Parecía factible. Esta vez no creí que estuviera delirando.

—Bueno, todavía siento mucho haber salido con él cuando te gustaba. No lo habría hecho de haberlo sabido.

—Lo sé.

—Aun así, tienes que buscar una conexión real.

—Definitivamente no ha habido ningún chico con el que haya sentido una conexión así. —Excepto tal vez Zach, pero no le diría eso. No había necesidad de hacerla sentir peor.

—Simplemente, no te preocupes por no tener novio —dijo, golpeando mi hombro—. Como he dicho, mucha gente pasa por la escuela sin salir con nadie.

—De acuerdo. —Supongo que entendía su punto de vista. Ya no me sentía tan desesperada por uno. Quiero decir, finalmente me había dado cuenta de que eso no cambiaría todo. No me haría normal. Algunas personas podrían tratarme un poco mejor, seguro, pero la mayoría seguiría mirándome como un bicho raro.

—Pero, de todos modos, tenía curiosidad, así que lo busqué. La asexualidad es algo real. Y creo que es difícil para mucha gente, por todas las expectativas sociales y todo eso.

—Sí —dije riendo—. Sé algo sobre eso.

Sam sonrió y luego su cara se puso seria.

—¿Cómo van las cosas, de verdad?

La seriedad de su pregunta me sorprendió. Nunca hablábamos así.

—Um, bien. Ya sabes, bien.

—¿De verdad? ¿Qué ha pasado?

Para ser justos, no le conté todo a Sam, ni mucho menos. Me costaba mucho ese tipo de cosas. No es que no confiara en ella, es que no confiaba tanto en nadie, supongo.

—Dejaste de ver a ese loquero, ¿verdad? —Lo dijo en voz lo suficientemente baja como para que probablemente nadie pudiera escuchar por encima del zumbido del tren.

—Sí, gracias a Dios. Era un imbécil. —Asentí con la cabeza. No le había contado que había empezado a salir con otra persona, ni todo lo que había pasado desde entonces. O la razón por la que todo eso había sucedido.

—Así que, eh. —Sam comenzó y vaciló—. ¿Vas a empezar a ver a alguien más?

La miré bruscamente.

Ella no me miró a los ojos.

—Porque me preocupo por ti.

¿Qué?

—¿Lo haces? ¿Por qué?

El tren se detuvo y las ruedas chirriaron un poco. Las puertas se abrieron y algunas personas más subieron y pasaron junto a nosotras. Miré por la ventana y vi un cartel que decía Bishopbriggs.

—Vaya, ¿de aquí es ella? —pregunté, refiriéndome a una música que se llamaba así.

—Sus padres son de aquí. —Sam se rió.

Después de que el tren comenzara a moverse de nuevo, Sam continuó.

—Quiero decir que todavía no tienes ningún amigo en casa, ¿verdad?

—No. —Me quedé mirando mi regazo ya que ella todavía no estaba de cara a mí.

—¿No es eso muy duro? —preguntó—. Quiero decir, así solía ser para mí también, y luego descubrí lo bueno que es tener gente.

—No sé qué debo hacer al respecto.

Suspiró y me miró.

—Yo tampoco. Pero, ¿alguna vez te sientes, como, realmente mal? ¿Como si nada valiera este esfuerzo?

Su pregunta fue un shock.

—¿Por qué? ¿Tú sí?

—No.

—Supongo que no realmente. Creo que solo me siento un poco mal todo el tiempo.

—Oh. —Ella frunció el ceño—. Quiero decir, me alegro de que no te sientas peor, pero eso apesta.

—Mi doctora me dijo que hay una forma de depresión de bajo grado que ella cree que tengo. Como que nunca es súper intensa, pero siempre está ahí. Supongo que por eso soy tan negativa. —Fue raro decirle a Sam todo esto. Pero también se sentía como una especie de liberación.

—Eso apesta.

Estuvimos en silencio durante varias paradas más, y ella envió un mensaje de texto a alguien. Supongo que a Donald.

Pensé en sincerarme con Sam y contarle todo lo que había pasado recientemente. Ella se había sumergido en un nuevo territorio de amistad y tal vez yo debería responder de la misma manera.

La miré. Había terminado de enviar mensajes de texto y estaba sentada con los ojos cerrados.

De todos modos, no iba a contarle todo eso en el tren, donde cualquiera podría oírlo.

Abrió los ojos cuando nos detuvimos en Polmont.

—La siguiente parada es el pueblo que visitaremos a la vuelta —dijo Sam.

—De acuerdo.

Cuando entramos en la siguiente estación, leí el cartel. Linlithgow. Es un nombre curioso.

Sam volvió a enviar un mensaje a Donald mientras el tren se ponía en marcha, sonriendo para sí misma.

Dos estaciones después, estábamos en Edimburgo. Salimos de la estación por un puente bordeado de indigentes. Siempre me pregunté cómo había acabado la gente así. Siempre oyes que la mayoría de ellos tienen algún tipo de enfermedad mental, y ahora que sabía que yo tenía una enfermedad mental, eso me parecía aterrador. No es que mis padres me dejaran ser una indigente. Pero, ¿y si tuvieras unos padres de mierda?

Miré a la izquierda del puente y vi una gran zona de hierba, atravesada por las vías del tren.

—Por aquí —dijo Sam, y la seguí.

Pasamos por una calle llamada Market Street, y luego subimos una colina empinada.

—¿Cómo se dice el nombre de esta calle? —Era Cockburn Street, pero sospeché que no se decía como se deletreaba.

—Coburn, como el antiguo senador. —Uno de Oklahoma.

—Oh, Dios. Él. —No era mi político favorito. Definitivamente era alguien que no aprobaría mi inconformidad de género.

—Oye, al menos reconoció que Trump está loco.

—Cierto. —Noté una especie de lamento en la distancia—. ¿Qué es eso?

—Gaitas.

—¿La gente toca la gaita como si nada? —pregunté, asombrada.

—En realidad, me sorprende que no hayamos oído a nadie ayer. Sí, la gente las toca casualmente. Y garantizado, será un tipo con falda escocesa.

—¿En serio?

Entre respiraciones cada vez más pesadas debido a la inclinación, dijo:

—Sí. Los hombres realmente los llevan aquí todo el tiempo. Sobre todo cuando ven el fútbol. Quiero decir, el fútbol.

—Te estás volviendo nativa, Sam. —Me reí.

Esto era toda una colina. Y las gaitas eran cada vez más fuertes.

—Es cierto. Es más fácil usar la palabra correcta, aunque mi acento me delate.

Tosí otra carcajada.

Llegamos a la cima de la colina y estábamos en una nueva calle.

—Ahí está el gaitero —dijo Sam.

Allí estaba, con una falda escocesa como ella había dicho. Hice una foto, por supuesto. Estaba en la calle, con una falda escocesa roja, tocando la gaita.

—Bien, ahora estamos en The Royal Mile. También conocida como High Street.

—¿Dónde está el castillo?

—Allí arriba. —Señaló otra colina menos empinada. Empezamos a subirla.

Era una calle empedrada bordeada de casas, parcialmente limitada a los peatones. A lo lejos pude ver un campanario negro de algún tipo, que pensé que podría ser el castillo. Esto sería una caminata.

—Entonces, Sam.

—¿Sí?

—No quise hablar de ello en el tren, pero la doctora que mencioné es la nueva psiquiatra a la que mis padres me hicieron empezar a ir.

—¿De verdad? —Me miró de nuevo—. ¿Es mejor?

—Lo es. —Iba a hacerlo. Podía contarle lo de los abusos—. Pero pasó algo que nunca te conté. Algo hace mucho tiempo.

Me miró, obviamente dispuesta a escuchar.

———

Estábamos en el tren a Linlithgow. Ella todavía estaba en shock por mi revelación. Había respondido bien. Fue un poco incómodo porque no había sabido qué decir. ¿Quién lo haría?

En realidad, lo que dijo fue:

—Eso es realmente jodido, Nic. ¿Cómo pudo…?

No la había mirado. Así que me encogí de hombros mientras subíamos la gigantesca colina hacia el castillo.

—¿Lo saben tus padres? —había preguntado.

—Sí. Supongo que se portan bien. Ya no sacan el tema todo el tiempo ni nada. Aunque durante un tiempo fue raro.

Se quedó callada un rato, y me di cuenta de que quería hacer más preguntas, pero pensó que no debía hacerlo.

Me alegré, porque no quería responder a ninguna pregunta al respecto. Decírselo a la Dra. Goldberg ya había sido bastante duro.

Cuando llegamos al mirador del castillo, finalmente preguntó:

—¿Crees que intentarás meterlo en problemas?

Nos apoyamos en la pared y miramos la ciudad.

—Probablemente no. Parece que no merece la pena. Quiero decir, tendría que hablar de ello y todo eso.

—Estoy tan enfadada por ti.

Yo había dicho: «Gracias», y habíamos terminado el resto del recorrido hablando de otras cosas, solo sintiéndonos un poco incómodas.

Pero ahora, en el tren, ambas estábamos calladas. Ella tenía los ojos cerrados y yo me preguntaba en qué estaría pensando.

El tren empezó a entrar en Linlithgow y ella abrió los ojos y dijo:

—Este lugar es muy, muy bonito. Sé que te va a encantar.

Nos levantamos de un salto para bajar. Las puertas se abrieron y entramos en el andén. La estación era extraña porque era pequeña, a diferencia de las de Glasgow y Edimburgo, que eran enormes edificios cerrados. Este era simplemente un andén con una zona cubierta.

—El palacio está estúpidamente cerca de la estación —dijo Sam mientras la seguía por las escaleras—. En serio, está como a cinco minutos a pie.

—Todo es súper conveniente aquí. No necesitas un coche. —Me reí.

—Es verdad.

Bajamos por High Street y luego subimos por Kirkgate, otra calle adoquinada que llevaba al castillo.

—Aquella es la iglesia de San Miguel —dijo Sam, señalando una especie de extraño campanario de metal.

Miré a mi derecha mientras nos acercábamos a un arco que conducía a las ruinas y vi una placa que decía que María, reina de Escocia, había nacido aquí. No tenía ni idea, y eso era impresionante, en el sentido literal.

Nos acercamos a una mesa en la que había alguien que cobraba la entrada. La mujer dijo:

—¿Puedo ayudarle, señor?

Ack, aquí también no. Me desinflé.

Pero ella volvió a mirar y dijo:

—Lo siento, no «señor». Es que es usted muy alta. —Entonces sonrió.

Eso era nuevo. Y me sentí algo bien.

Sam le pagó por las dos y entramos.

—Nadie se ha disculpado nunca por pensar que soy un chico. Oh, excepto un tipo en un restaurante mexicano en Dallas.

—Lo sé. Eres alta, eso es probablemente parte de la razón por la que la gente comete el error.

Me encogí de hombros.

Pasamos por la entrada a la zona del patio. No parecía haber mucha gente, lo cual era agradable.

—¿Nic?

—¿Sí? —Nos acercamos a la fuente en el centro del patio. Bueno, sería una fuente si hubiera agua en ella. Pero estaba súper adornada y tenía unicornios, que me había enterado que era el animal nacional de Escocia.

—¿Crees que podrías ser bi?

—¿Qué? —La miré, sorprendida—. ¡No!

—De acuerdo. Es que nunca habías hablado mucho de chicos. Sé que dijiste que te gustaba Zach, pero siempre me lo pregunté.

—Tú tampoco —dije—. No hablábamos de esas cosas.

—Es cierto. Solía pensar que tal vez eras trans.

Seguíamos de pie frente a la fuente, mirándola en lugar de mirarnos la una a la otra.

—¿En serio?

—Sí. —Me chocó el hombro.

—Bueno, es un poco gracioso, porque yo también pensé que podría serlo. Estaba tratando de entender las cosas antes e investigué un poco. Porque la cosa es que no me siento como una chica. Pero definitivamente no me siento como un chico. En absoluto.

—¿Pero cómo funciona eso? ¿Es como si no te sintieras femenina? —Su cabeza estaba ladeada.

—No, no es eso. Es difícil de explicar. Odio todo lo relacionado con ser una chica, pero la idea de empezar a convertirme realmente en un chico, y tomar hormonas o lo que sea que hagan, no suena nada bien. Cuando miro a los chicos, no me identifico. —Estudié uno de los unicornios de la fuente—. Supongo que solo siento deseo. O asco total, dependiendo del chico. No hay muchos que me gusten.

—Sí, la mayoría son horribles. —Se rió.

—Pero créeme, no me gustan las chicas y me gustan mucho los chicos —dije—. Es que no es algo mutuo.

—Me duele por ti. Pero a veces pienso que *yo* podría ser bi.

No me lo esperaba.

—¿Por qué?

—No lo sé. Supongo que porque la feminidad es tan extraña para mí. —Estaba tocando un unicornio de la fuente.

—Bien, mira. Hay una especie de prueba para ello. Cuando estaba investigando, me encontré con un artículo que hablaba de no estar segura de si eras lesbiana o no. Decía que te tiene que gustar la idea de dar sexo oral.

Sam sacudió la cabeza y me miró.

—Bueno, he intentado pensar en eso y me parece un poco asqueroso. —Hice una mueca—. Quiero decir, no es que otras personas que lo hacen sean asquerosas. Solo que, ya sabes, no es atractivo. No sé. Pero cuando pienso en los chicos, me parece diferente. —Me sonrojé, recordando la noche que pasé pensando en penes.

Ella no dijo nada.

—Así que supongo que la cosa es que si puedes imaginarte haciéndole eso a una chica, entonces puede que seas bi. O quién sabe, tal vez seas lesbiana.

—No, creo que tienes razón. Supongo que entonces soy probablemente heterosexual, porque, no. —Me miró y sonrió—. Es bueno saberlo.

—Sé lo que quieres decir.

—Vamos a caminar por los pasillos aquí. Ahí es donde se pone genial, y te juro que aunque no creo en fantasmas la mayoría de las veces, aquí sí que lo hago un poco.

Eso no sonaba para nada a ella.

Atravesamos una puerta y nos encontramos en una gran sala.

—Gran Salón —dijo ella.

—Sí. —Nos quedamos allí, asimilándolo.

—Donald quiere tener sexo —dijo.

Miré su cara tensa. Hoy estaba llena de sorpresas.

—¿De verdad? ¿Vas a hacerlo?

—Creo que sí.

—Vaya. Supongo que entonces descubrirás si eres lesbiana. —No pude evitar burlarme un poco de ella. No quería admitirlo, pero estaba un poco celosa.

—Quiero hacerlo. Es que… ya sabes. Es una gran cosa.

Asentí con la cabeza. Era una gran cosa.

—Bueno. —Entonces no supe qué más decir. ¿Debía animarla o amonestarla o qué?

Pensé en ella en sexto y séptimo grado, cuando era tan paria social como yo. Piernas flacas, sin afeitar, pantalones cortos de mala calidad. Todavía no era realmente femenina, pero al menos parecía una chica. Obviamente, se sentía más cómoda con ello de lo que yo podría estarlo nunca.

Paseamos un poco más en silencio y subimos unas escaleras para estar en un pasillo de verdad.

Y entonces supe de qué había estado hablando. Sentí que había una especie de presencia. No malévola ni nada, pero definitivamente estaba allí. Probablemente el peso de la historia.

Caminamos por el pasillo y miramos hacia el patio, luego hacia el lago. Este lugar era muy bonito.

Algunas habitaciones más tarde y todavía no habíamos dicho nada más, pero no parecía que estuviéramos evitando hablar, solo que no era necesario decir nada en ese momento.

Doblamos una esquina y Sam dijo:

—¿Crees que no debería?

Entonces me sentí fatal. Me di cuenta de que debía pensar que yo había desaprobado su plan con Donald.

—No. Debes hacer lo que quieras. Solo asegúrate de que es lo que quieres. Eso es todo.

—Oh, bien. —Parecía aliviada.

Caminamos por otro pasillo mágico. María, reina de los escoceses, había caminado por aquí.

—¿Así que realmente no te sientes como una chica, entonces? —preguntó.

—En realidad no. Quiero decir, más o menos. Creo que el término para lo que soy es «inconforme con el género», pero lo odio. Cómo me siento no es una elección, que es como suena.

—No puedo imaginar cómo es eso. Siempre me he sentido como una chica, pero he tenido que rebelarme.

Asentí con la cabeza.

—No siento que me esté rebelando contra nada, que, supongo, es por lo que es diferente. Solo soy yo. También hay gente que se considera no binaria, pero eso tampoco me parece bien. Creo que estoy bien con ser una chica físicamente, es solo todo lo demás lo que no puedo soportar.

—Supongo.

—Pero, ¿te imaginas intentar que la gente de Emerson empiece a usar el pronombre «they» conmigo?

—Sí. —Se quedó callada un momento antes de decir —: La vida es rara.

—Lo es. —Pero desde que había sacado el tema, un nuevo y desagradable pensamiento había aparecido en mi cabeza—. ¿Puedo preguntarte algo?

—Claro. —Empezó a caminar por el pasillo y yo la seguí.

—Cuando leí sobre la inconformidad de género, se hablaba de que a muchas personas que se identifican de esa manera les pasan cosas. Como a mí. —Todavía era difícil decirlo.

—De acuerdo —dijo Sam.

—¿Crees que eso significa que me hizo así? —Mi estómago se retorció esperando su respuesta.

—No lo sé. ¿Y si fuera así? ¿Importaría?

—Es que parece que si eso es cierto, entonces si no hubiera pasado eso, yo no sería así. Así que es como si no fuera mi verdadero yo. Como si mi verdadero yo amara el rosa y tuviera un canal de maquillaje en YouTube. O al menos estar enseñando a Izzy cómo hacerlo.

—Ja. No creo que eso tenga sentido, Nic. Todo el mundo tiene experiencias vitales. ¿Y qué?

—¿No crees que se supone que debo ser una chica femenina? —Me detuve y me apoyé en la repisa de una vieja ventana y miré hacia el patio.

—Eres quien eres. No creo que importe. Todos somos pizarras en blanco cuando nacemos, ¿no? No creo en la predestinación. —Sam volvió y se puso a mi lado.

—Yo tampoco, supongo. Si lo hiciera, probablemente me sentiría más cómoda con esto, ya que habría estado predeterminada a tener todas esas experiencias, de todos modos.

Puso los ojos en blanco.

—Realmente no creo que ninguna versión de ti hubiera dirigido un canal de maquillaje en YouTube. ¿Ser abusada hizo que te gustara el arte, o la ciencia ficción, o la música real?

Pensé en eso. Tenía razón.

—Supongo que no.

Tal vez tenía razón. Todavía era difícil de saber y realmente me importaba.

—Creo que eres perfecta tal y como eres —dijo Sam con una voz muy cursi.

—Cállate —dije, riendo.

Recorrimos las habitaciones y los pasillos un poco más

sin decir mucho, y luego volvimos a coger el tren a Glasgow.

—¿Qué te ha parecido? —preguntó Sam una vez que estuvimos en el andén.

—Impresionante. Sé a lo que te refieres: me sentí encantada.

—Definitivamente.

—Si hubiera portales que te llevaran al pasado, apostaría a que uno estaría allí.

—Siempre y cuando no lo atravesáramos por accidente. ¿Te imaginas? ¿Ser una chica en esa época? —Se estremeció.

—Uf. —Me pregunté si me habría sentido como una chica por aquel entonces, o si habría sido una de esas chicas que engañaban a todo el mundo para pasar por un chico. ¿Quién sabe?

El tren se acercaba. De alguna manera, el traqueteo en la vía hizo que mi cerebro entrara en acción y generara un pensamiento.

—Sam, ya sé lo que tengo que hacer con el fondo para la universidad.

—¿Qué?

—Ir a la AMCO. Me hará más competitiva para la universidad.

—¡Dios mío! Tienes razón. —Las puertas del tren se abrieron y subimos.

—Y será un nuevo comienzo. —Tenía mucho sentido—. Espero poder seguir aplicando.

Sam empezó a toquetear su teléfono de nuevo, y supuse que estaba enviando un mensaje a Donald. Pero entonces dijo:

—Todavía aceptan solicitudes.

—¿En serio?

—Sí. La semana que viene, el viernes.

—Oh. Eso es pronto. —Incluso pensar en ello me ponía nerviosa. Odiaba el rechazo, ¿y si eso era lo que pasaba? ¿Me afectaría? Porque había empezado a pensar que la terapia podría estar haciendo algo bueno para mí. Parecía estar pensando menos en lo fea que era que antes.

—Empezaremos a trabajar en ello esta noche, ¿de acuerdo? —dijo Sam.

Parecía un camino lógico. La emoción burbujeaba en mi corazón como una fuente caliente.

—Hagámoslo.

El jueves siguiente a mi regreso de Escocia, estuve en la consulta de la Dra. Goldberg.

Era extraño, volver a todas las cosas mundanas. Ir a la escuela. Estar en casa con mis padres y mis hermanos. Dormir en mi propia cama. Simplemente, raro. Volver a la escuela apestaba.

—Entonces, ¿cómo fue Escocia? —La Dra. Goldberg preguntó.

—Increíble.

No pude evitar sonreír, pensando en ello. El resto del viaje había sido increíble. Después de Linlithgow, fuimos a la catedral de Glasgow, a la isla de Arran, a ese castillo más moderno de Ayr, al sur de Glasgow, y al lago Ness. Me avergonzaba un poco el hecho de haber comprado un Nessie de peluche. Pero había que hacerlo.

—¿Qué has hecho?

Hice un rápido resumen, que me llevó más tiempo del que pretendía, porque hicimos muchas cosas.

—¿Cómo fue ver a tu amiga?

—Muy bien. —Hice una pausa, y ella no dijo nada,

aparentemente esperando que continuara—. Hablamos de cosas que nunca habíamos hablado antes.

—¿Cómo qué?

Me estaba poniendo un poco ansiosa, pensando en contarle a la Dra. Goldberg. Es decir, ella sabía muchas cosas incómodas sobre mí, pero yo no estaba acostumbrada a hablar de este tipo de cosas con otras personas.

Pero confiaba en ella. Eso parecía. Había dejado de intentar adivinar por qué. Era simplemente un hecho.

—El género, supongo.

—¿En qué sentido?

—Bueno, me preguntó si era bi, porque pensó que podría serlo. No estaba segura.

Se golpeó la barbilla.

—¿Y la ayudaste a descubrirlo?

—¿Quizás? No lo sé. Le conté lo que aprendí cuando intentaba descubrir lo que soy.

—¿Qué quieres decir con descubrir lo que eres?

—Bueno, no soy normal, obviamente. No soy como las demás chicas.

—¿Y crees que eso es algo malo? —Sonrió.

—Eso no, en realidad no. Pero para mí, es más que ser un poco diferente. —Hice una pausa y ella se quedó callada. El silencio se extendió entre nosotros hasta que lo amplié—. No me siento como una chica. Es decir, emocionalmente. Físicamente, estoy bien, creo. Tal vez. Probablemente.

Ella asintió y preguntó:

—¿Cómo te sientes?

—Solo una persona. No un chico, eso es seguro.

—Tengo curiosidad. —Volvió a cruzar las piernas—. ¿Cómo decides si te sientes como un género determinado? ¿Cuál es tu criterio?

Ladeé la cabeza, pensando en ello.

—Creo que es una cuestión de identificación. Por ejemplo, miro a los chicos y no siento que sean mi gente. Pero es lo mismo con las chicas. Me siento fundamentalmente diferente a ellas.

—¿Alguna vez te sientes identificada con otras personas?

—No como lo que estoy diciendo. Incluso allí, donde la gente es tan diferente a la de aquí. Los amigos de Sam fueron realmente amables conmigo. No me juzgaron como lo hace todo el mundo aquí. Pero incluso allí, me sentía tan diferente de las chicas *y* de los chicos. De todos.

La Dra. Goldberg asintió.

—Si creyera que los extraterrestres han estado aquí, pensaría que eso es lo que soy.

Sonrió.

—Mencionaste que intentaste averiguar lo que eres. ¿Te ayudó Escocia con eso?

—No. Ya había descubierto antes cómo se llama.

—¿Qué es eso?

—Inconformidad de género. —Decirle eso por primera vez se sintió raro. Aterrador, pero también agradable—. Aunque odio el término porque hace que suene como una elección.

—Y lo que sientes en el fondo no es algo que elijas, ¿verdad?

Sacudí la cabeza.

—Es como ser gay. Es decir, creo que estaría mejor siendo lesbiana, sinceramente. Si pudiera elegirlo, lo haría. Pero no puedo. Siempre me han gustado los chicos.

—¿Esto fue lo que le dijiste a Sam para ayudarla a decidir si era bisexual o no?

—No. —Me reí, incómoda de nuevo. Me moví en el sofá—. Eso fue otra cosa. —No estaba segura de poder decirlo en voz alta a un adulto.

—¿Sí?

—Encontré un artículo que hablaba de lo que estás dispuesta a hacer… eh… a la otra chica… por debajo del cinturón. —Me sonrojé.

La Dra. Goldberg se rió.

—Ya veo. ¿Y cree que está dispuesta?

—No, probablemente no.

Volvió a sonreír.

—Es una buena prueba mental, creo. Sin embargo, no es infalible. Hay mujeres que se consideran lesbianas pero que no lo harán.

—¿De verdad? —Me quedé desconcertada. Mi prueba quedó desvirtuada.

—Sí. —Asintió—. Cada uno tiene su propia forma de pensar sobre su sexualidad. Y el sexo puede ser complicado. Tienes que ver dentro de ti para encontrar la verdad.

—Es muy difícil. —¿Es que todavía no había conocido a una chica que me atrajera? Quiero decir, sabía que me gustaban los chicos. Eso se sentía demasiado real para ser una fachada subconsciente. ¿Pero era yo bi? Estaba empezando a asustarme un poco, mi pulso comenzaba a subir.

—Lo es.

Entonces todo se ralentizó al darme cuenta de que no importaba. Realmente, por mucho que lo hubiera pensado, ¿a quién le importaba? No necesitaba saber lo que era ahora mismo. Y no era asunto de nadie más. Que se jodan. Si resultaba ser bisexual, genial. Si no, genial.

Entonces pensé en las otras cosas de las que Sam y yo habíamos hablado: si estaba destinada a ser inconforme con el género o si me habían convertido en eso por unas cuantas malas experiencias. Se lo conté a la Dra. Goldberg.

En ese momento tomé una decisión.

—Creo que Sam tenía razón. No se pueden separar las

experiencias de la vida de una persona. Algunas personas sufren abusos y siguen siendo cisgénero, y algunas personas no conformes con el género nunca sufrieron abusos. No es una simple pregunta de sí o no. No importa.

La Dra. Goldberg me estaba estudiando.

—Creo que estás en algo. Te ocurrió algo malo cuando eras joven. Pero si puedes verlo de esa manera, puedes sanar más fácilmente. Algunas personas dejan que les defina y todo en sus vidas pasa por la lente del abuso. No tiene que definirte.

—Sí. —Toda esa línea de pensamiento ya no importaba. Sabía la respuesta. Sería quien tuviera que ser, pasara lo que pasara, porque siempre fui fiel a mí misma. No importaba lo que pensaran los demás. Entonces recordé algo que sí importaba—. Casi lo olvido. Decidí solicitar una plaza en la AMCO.

—¿La escuela STEM en Oklahoma City?

—Sí.

—¿Cuál es el proceso de solicitud?

—Entregué la solicitud el viernes. Pronto sabré si consigo una entrevista. Sam y yo lo hablamos y decidimos que sería lo mejor para mí, porque mis padres están perdiendo mi fondo universitario.

Decir eso me volvió a estresar un poco, y empecé a preguntarme qué pasaría si no entraba. Estaría atrapada en Emerson durante dos horribles años más. Se me apretó el estómago.

—Oh, eso es desafortunado.

—Sí. —Toda una subestimación.

—¿Y la AMCO es lo que quieres hacer?

—Supongo que sí. Quiero decir, me hará mucho más competitiva para la universidad.

—Sí, ya lo veo.

Y con eso, parecía haberse quedado sin cosas que decir.

Nos miramos por un momento, hasta que la Dra. Goldberg dijo:

—Me gustaría saber más sobre los amigos de Sam. ¿Cómo te trataron?

Pensar en ello me hizo sonreír al recordar la sensación de estar allí.

—Como una persona.

Pasaron las semanas después de presentar mi solicitud a la AMCO, y cada vez estaba más convencida de que no entraría. Que ni siquiera conseguiría una entrevista. Quiero decir, ¿qué querrían de una artista? Era una escuela de ciencias y matemáticas.

Así que me sorprendí cuando recibí una llamada la última semana de abril invitándome a una entrevista dos sábados después. Mamá y yo estábamos en la interestatal hacia OKC, de camino a ella. Se suponía que iba a durar unas horas.

Y, por supuesto, ella tenía un consejo para mí.

—Cariño, no quiero que te hagas muchas ilusiones con esto. Es una buena oportunidad, pero no es lo único en el mundo. No pongas todas tus esperanzas en esto.

—Lo sé, mamá. —Miré por la ventana irritada, aunque sabía que tenía razón.

—A veces haces eso. Y odio verte tan decepcionada.

La miré y le dije sarcásticamente:

—Parece que estás segura de que no voy a entrar.

—Nic, serían estúpidos si te rechazaran. Pero sabes tan bien como yo que los demás no siempre toman las decisiones correctas.

Eso era realmente cierto.

Pero en mi defensa, la terapia parecía estar ayudando

algo. Ya no me obsesionaba tanto con todo. No pensaba constantemente en que era una perdedora o lo que fuera. A veces incluso me sentía bien.

La escuela estaba en el Instituto Tecnológico de Oklahoma, una universidad en Burnside, al noroeste de OKC. Nos costó un poco encontrarlo, pero mamá nos había hecho salir temprano para no llegar tarde.

El campus estaba lleno de edificios de ladrillo blanco. Finalmente encontramos el que buscábamos. Había tres edificios que daban a un patio con hierba. Mamá estacionó y seguimos los carteles que nos llevaban al que daba al patio.

Entramos en el edificio, que olía a algún tipo de limpiador, y encontramos a una mujer nativa sentada en una silla dentro de la puerta principal. Se levantó.

—¿Nicole Summers?

—Sí —dije.

—Soy la Dra. Kaur. —Ella extendió la mano. Luego estrechó la mano de mamá, también, y mamá se presentó.

—Si quieres esperar aquí, vendré a buscarte cuando estemos listos.

Sabía, por la información que me habían dado, que primero había una entrevista y luego tenía que hacer un test de inteligencia.

Otro más. Estas cosas eran pan comido.

—Sígueme —dijo la doctora Kaur.

Entramos en una habitación.

Había un hombre y también una mujer mayor que llevaba gafas con cadena.

El hombre era el Dr. Smith y la mujer la Sra. Callender. Él enseñaba química, ella era la bibliotecaria y la Dra. Kaur enseñaba inglés.

—Toma asiento, Nicole —dijo el Dr. Smith.

Me aclaré la garganta.

—Suelo pasar por Nic.

—Pues que sea Nic —dijo la Dra Kaur sonriendo.

Eso me relajó un poco. Estaban siendo amables.

—¿Cómo fue el viaje hasta aquí? —preguntó la Sra. Callender.

—Bien —dije, sabiendo que también tenía que decir algo más—. Um, mi madre trató de distraerme con charlas de ánimo.

Se rieron.

—Entonces, ¿por qué no nos cuentas un poco sobre por qué quieres venir a la AMCO? —dijo el Dr. Smith.

De acuerdo, realmente no esperaba eso. Realmente no tenía ni idea de qué esperar en la entrevista. Lo cual era una tontería: era una pregunta obvia.

—Bueno —dije, dando rodeos. Piensa, piensa. Mi corazón se aceleró, y esperaba que no pudieran oírlo—. Quiero ir a una buena universidad, y sé que esta es una buena escuela que me hará más competitiva que Emerson.

Asintieron.

—¿Qué sabes de la AMCO? —preguntó la Dra. Kaur.

Había investigado un poco, pero aún no estaba segura de lo que esperaban. Se me revolvió el estómago, de nuevo, y finalmente dije:

—Bueno, es un internado académicamente exigente que ofrece cursos avanzados de matemáticas y ciencias.

—Todo es cierto —dijo la Dra. Kaur—. ¿Conoces a alguien de aquí?

—No. —Sacudí la cabeza.

—Es un verdadero reto —dijo la Dra. Smith—. Se espera que trabajes más duro de lo que nunca has trabajado aquí.

—De acuerdo —dije, sin estar segura de a dónde iban.

—¿Crees que serás capaz de hacer los sacrificios necesarios? —preguntó la Dra. Kaur.

Vaya. Me estaban asustando un poco.

—Claro.

El Dr. Smith se aclaró la garganta. Algo en él me puso nervioso.

—Tu vida social se verá afectada —dijo.

—En realidad no tengo vida social—respondí.

No debería haber dicho eso. Pensarían que soy antisocial y que no me llevo bien con los demás y no querrían a alguien así allí.

Pero la señora Callender se rió.

—Muchos de nuestros chicos dedican más tiempo a sus estudios que a su vida social. Pero fomentamos y tenemos oportunidades para los eventos sociales.

Oh, gracias a Dios. No pensaban que era horrible.

—Entonces, Nic, ¿qué tres adjetivos te describen mejor? —preguntó la Dra. Kaur.

¿Qué?

—Um, creativa. —Ese era uno. Me devané los sesos para encontrar más. Pasé mucho tiempo dibujando—. Dedicada. —Uno más, uno más, uno más. El viejo hábito regresó. Loca, deprimida, negativa, sin amigos. Alta. Gorda.

Fea.

Oh, Dios. Agujero de conejo. Piensa, piensa, piensa. ¿Por qué era esto tan difícil? Seguro que se me ocurría otra cosa buena. No estaba acostumbrada a pensar en mí misma de esta manera.

—Supongo que también humilde.

Las dos mujeres sonrieron. La señora Callender preguntó:

—¿Cómo eres de creativa?

—Bueno, soy artista. Me dedico mucho a ello y dibujo mucho.

La Dra. Smith asintió.

—¿Qué te gusta dibujar?

¿Debo decir flores? ¿Moda?

—Dragones. Y caballeros. Cosas así.

—¿Eres lectora? —preguntó el Dr. Smith, aclarándose la garganta de nuevo. ¿Lo desaprobaba?

Asentí con la cabeza.

—Aunque más ciencia ficción que fantasía.

—¿Cuál es tu libro favorito? —preguntó la señora Callender.

Mi cerebro se congeló, y no pude pensar en un solo libro que hubiera leído. Nunca.

—La pregunta imposible —logré decir.

Todos se rieron, lo que me pareció increíble porque lo hicieron conmigo, no contra mí.

Empecé a hacer un esfuerzo mental para pensar en algo.

—Quiero decir, depende de mi estado de ánimo. —Piensa. Me miraron fijamente.

Ah, por fin.

—Si quiero reírme, me gusta Cinder de Marissa Meyer. Si quiero algo más profundo, podría leer algo de William Gibson o Neal Stephenson.

El reconocimiento apareció en todos los rostros.

Intenté no hacer una mueca, sin saber si había metido la pata o no.

—Háblame de tu obra favorita que hayas creado —dijo la Dra. Kaur.

Eso me sorprendió.

—Bueno, hice esta hermosa escena de dos dragones luchando en la cima de una montaña. Grande. —Hice un gesto con las manos para indicar lo grande que era—. Luego, cuando terminé, alguien derramó café sobre ella.

—¡¿A propósito?! —dijo la señora Callender.

—Sí. Así que agarré todo y lo teñí de café. Acabó pare-

ciendo papel antiguo. Quedó muy bien. —Hice una pausa
—. Aunque me seguía gustando más cuando era papel
blanco normal.

—Es una pena —dijo la Dra. Kaur.

—Sí, aunque sigue siendo mi favorito.

El Dr. Smith volvió a aclararse la garganta.

—Es impresionante que hayas descubierto una forma
de arreglar el daño. Pero además de dibujar y leer, ¿en qué
actividades extracurriculares participas?

¿Qué pasa con su garganta?

—Pertenezco al Key Club —dije.

—¿Qué tipo de actividades te gusta hacer con ellos? —
preguntó la Dra. Kaur.

—Siempre hago las colectas de alimentos, cosas así.

Supuse que todo iba bien. Continuó así durante varios
minutos más. Después, la Dra. Kaur me llevó a otra sala y,
tras coger mi teléfono, me hizo hacer un test de inteligencia.

Cuando salí, no tenía ni idea de cómo lo había hecho,
pero parecía poco probable que les hubiera asombrado lo
suficiente como para entrar. No encajaba con la historia de
mi vida.

———

El domingo, Mia vino para que intentáramos terminar el
dragón, al que mi padre había apodado Opus sin razón
aparente. Acabamos teniendo que llevarlo a mi casa
durante el fin de semana porque estábamos atrasadas. Me
pregunté si acabaríamos siendo amigas. Sería diferente a
como fue con Sam.

Opus había terminado midiendo un poco menos de un
metro. Mia me había ayudado a darle forma a la cara y a
las alas, y parecía muy realista. Le había dado a Opus una

capa de pintura base de color azul cielo. El viernes en la escuela, había pintado todas las bases de las flores (básicamente un círculo en uno de varios colores) y Mia ya había empezado a seguirme para pintar los pétalos a su manera detallada. Era tan fácil trabajar con ella, la forma en que nos complementábamos perfectamente.

Estaba sentada con las piernas cruzadas en el suelo del garaje pintando una flor amarilla en su pie trasero.

Di un paso atrás y miré a Opus. Estaba en posición agachada con las alas parcialmente levantadas, no completamente extendidas, pero lo suficiente como para que se pudiera ver que eran alas de verdad. Tenía un aspecto extraño, sin duda. Pero trabajar en él era muy divertido.

Mia se acercó para trabajar en su cola, que estaba enroscada para que no fuera demasiado larga.

—¿Viste el desastre que hicieron Brian y Diego?

—No. —Eran un par de imbéciles en nuestra clase. Chicos que la tomaron como una optativa fácil, no porque les importara el arte de ninguna manera.

—En realidad hicieron un inodoro.

—No puede ser.

Asintió mientras su pincel se movía delicadamente sobre la parte superior de la cola.

—¿Crees que debería pintarle los ojos y los dientes de forma realista? —pregunté.

Mia levantó la vista, con su pelo negro cayendo sobre su hombro.

—¿Cómo?

—Bueno, supongo que los ojos deberían ser negros. Pero quizá podría poner un poco de blanco para representar un destello.

—Eso suena bien. Y podrías hacerle los dientes en blanco. —Comprobó su teléfono y envió un mensaje.

Asentí con la cabeza. Empecé a trabajar en eso.

—¿Adivina qué había en el inodoro?

—Oh, Dios mío. ¿En serio? —Empecé con la fila inferior de dientes.

—Sí.

—¿Qué usaron? —pregunté.

—Papel maché.

La mayoría lo había hecho. El aula había sido un desastre durante semanas.

—¿Qué pasa con los chicos y el humor de baño? —pregunté

—No lo sé. Es tan juvenil. Trevor no es así, gracias a Dios.

Ese era el imbécil de su novio que conducía un BMW. Yo era incluso menos fan ahora que había conseguido que me llevara a casa con él unas cuantas veces cuando Mia y yo nos habíamos quedado hasta tarde en la escuela para trabajar en Opus.

Después de eso, continuamos trabajando en un cómodo silencio, excepto por sus mensajes de texto, hasta que yo había pintado todos los ojos, los dientes y las uñas de los pies, y ella había terminado la cola.

Recibió otro mensaje de texto.

—Oh, Trevor está en camino.

—Bien. —Ella estaba a su disposición. Cuando él decía que saltara, ella lo hacía.

—¿Seguro que no puedes quedarte un poco más? Podrías terminar el pie derecho, también.

—Trevor quiere ir a un lugar.

—¿Siempre tienes que hacer lo que él quiere? —pregunté.

—No es así. —Evitó mirarme cuando dijo esto, así que no dije nada más.

Pintó unas cuantas flores más antes de que él llegara. Luego, el coche negro de Trevor llegó, con el bajo atronando, y ella se fue.

Durante la antepenúltima hora del viernes siguiente a la entrevista, hubo una asamblea obligatoria. Era una especie de fin de curso en la que se premiaba a la superestrella del gobierno estudiantil, al profesor del año, ese tipo de cosas.

Odiaba las asambleas porque no tenía a nadie con quien sentarme y era incómodo. No es que la incomodidad fuera nueva para mí, pero aun así. Al menos en las clases se establecían los asientos al principio del curso.

Entré en el auditorio con el resto de la clase de segundo año.

El corazón se me retorció. La última vez que había estado aquí había sido para el concurso de arte.

Cuando me dieron ese estúpido premio de riesgo/recompensa.

Me senté al final de una fila porque no me gustaba estar en medio. Vi cómo entraban más chicos y se acomodaban. Entonces, para mi desgracia, entraron Carlos y Kyle y se sentaron dos filas delante de mí, también al final. Al sentarse, Kyle me vio y movió las cejas.

En serio. Menudo imbécil.

Carlos estaba bien, pero ¿cómo podía pensar que había estado coqueteando conmigo? Dios mío. Quiero decir, obvio.

El director subió y empezó a parlotear sobre el gran año que había sido y el buen grupo de estudiantes que éramos, bla, bla, bla. Luego llegaron a los premios. Un profesor que no conocía ganó el premio al profesor del año. Ese tipo de cosas eran tan tontas. ¿Cómo se podía juzgar realmente a personas que enseñaban diferentes asignaturas y diferentes alumnos? No era posible ser objetivo.

No podías hacer comparaciones directas. Luego había algunos premios por el servicio voluntario, los esfuerzos medioambientales y algunas otras cosas. Honestamente, no estaba prestando mucha atención.

Estaba mirando la parte posterior de la cabeza de Kyle, tratando de hacer un agujero con mi mente.

Escuché:

—Y ahora para el artista del año de segundo año —y pensé, esa será Mia.

Luego dijeron:

—Nicole Summers.

¿Qué? Mierda.

Me quedé helada durante unos segundos.

—¿Está aquí? —dijo el director.

Así que finalmente me levanté, con mis pies pesando una tonelada, y empecé a dirigirme hacia el escenario. Mientras subía las escaleras, realmente deseé no ser tan jodidamente grande porque ahora había ciento cincuenta pares de ojos sobre mí.

Sonreí y cogí el premio, y luego huí hacia mi silla. Cuando me acerqué a Carlos y Kyle, vi a Mia sentada al otro lado del pasillo.

—Felicidades, Nic —me dijo sonriendo.

Esto me pilló desprevenida, pero entonces conseguí hilvanar las palabras:

—Gracias, me ha sorprendido.

Un profesor que estaba sentado cerca me hizo callar y dijo: «No hables», mientras yo me acomodaba tranquilamente en mi asiento, con el premio pesado en mi regazo.

En serio, la mayoría de los adultos me odiaban. Estaba harta de ello. Todavía no tenía noticias de la AMCO, pero sabía que era imposible que me admitieran, así que estaba atrapada aquí durante los próximos dos años, lo cual era deprimente.

Estudié el trofeo. Tenía una base rectangular de mármol con una pieza de plástico dorada en forma de medallón atornillada verticalmente. El medallón decía: Ganador. La placa que cruzaba la base tenía mi nombre y el de Artista del Año 2018 escrito.

Me hizo sentir rara. Como si supiera que debería estar feliz y honrada, pero en lugar de eso me sentí sospechosa. Mia era mejor artista que yo, ¿por qué no lo consiguió?

Apenas escuché nada durante el resto de la asamblea. Después, dejé el trofeo en mi casillero y terminé el resto de mis clases.

Después de las clases, metí el premio en mi mochila y me dirigí al pasillo hacia los autobuses.

—Hola, Nic —oí. Miré y Zach acababa de doblar una esquina y estaba caminando conmigo. Le devolví el saludo. Habían pasado algunas semanas (normalmente solo nos veíamos en las reuniones del Key Club) y me alegré de verle. Al menos seguíamos siendo una especie de amigos, lo cual era agradable.

—Me enteré de que ganaste el premio al Artista del Año de segundo año. Eso es increíble.

Me sonrojé ante el elogio.

—Gracias.

Empujó la puerta para abrirla.

—Te ofrecería llevarte a casa, pero he quedado con alguien en el centro en unos diez minutos.

—No hay problema. El autobús está bien.

—Hasta luego. —Y se fue, dirigiéndose al parqueo.

A pesar de lo que dijo Zach, durante el viaje en autobús a casa, no pude dejar de pensar en el premio y en cómo no debería haberlo recibido.

Al final me di cuenta de que me lo habían dado por el fiasco del autorretrato. Estaban preocupados por mí y querían hacerme sentir mejor.

Tuvo el efecto contrario.

Cuando llegué a casa, me sentía fatal. Subí directamente, dejé el premio en el escritorio y me tumbé en la cama. Pero seguí mirando el trofeo, burlándose de mí, hasta que me acerqué y desatornillé el medallón de la base. Dejé ambas cosas sobre el escritorio, pero aparté la base para que no pudiera leerla.

Todavía estaba tumbada en la cama, revolcándome en el hecho de que no me había ido tan bien en el concurso de arte y probablemente no había entrado en la AMCO, cuando llamaron a la puerta.

—Entra.

Mamá asomó la cabeza.

—¿Cómo estás, cariño? Me sorprendió no verte abajo trabajando en tu dibujo.

Había empezado uno nuevo de gran tamaño, que ahora dejaba cubierto con una bolsa de basura de forma consistente para que nadie pudiera destruirlo fácilmente. Aun así, no creía que Logan volviera a hacer esas tonterías.

Este era genial. Era un leopardo sentado y mirando a un lado, pero en lugar de manchas normales, ponía formas celestiales: estrellas, lunas, etc.

—No estaba de humor. —La verdad.

—¿Qué pasa? —Ella se acercó más.

Supongo que la terapia había ayudado lo suficiente como para que volver a mi estado natural llamara la atención de mamá.

—Nada.

Ella miró el escritorio.

—¿Qué es eso?

—Nada. Solo esta cosa estúpida.

Lo recogió.

—¿Has ganado el premio al artista del año?

—No lo gané, solo me lo dieron porque les dio pena.

—Nic —dijo, sonando un poco exasperada. Se sentó en la silla de mi escritorio—. Cariño, no te lo habrían dado si no creyeran que lo mereces.

—Pero Mia es mejor artista.

Mamá se sentó en el extremo de la cama.

—Me has enseñado su trabajo y estoy de acuerdo en que tiene mucho talento. —Cogió el destornillador y empezó a atornillar el medallón en la base—. Pero siempre he pensado que tu trabajo era más interesante, más creativo que el de ella. Su habilidad técnica es muy alta, pero es un poco predecible, ¿no crees?

Me quedé de piedra. Nunca lo había pensado así.

—Quizá ellos también lo piensen —continuó.

—Yo no lo creo. Creo que es por el autorretrato y todo eso.

—Aunque sea eso, cariño, les gustas lo suficiente como para hacer algo así por ti. Eso es bonito. Sé que incluso muchos adultos en tu vida son unos abusones exagerados, pero a tu profesora de arte le gustas de verdad.

—Pero si eso es cierto, eso sigue significando que no me lo he ganado —dije en voz baja.

—Nic, déjame decirte algo sobre la vida. Las cosas nunca son cien por cien justas. Tú lo sabes, y no es cínico reconocerlo. Pero también es cierto en el caso de los premios, que casi nunca se conceden basándose únicamente en el mérito, a menos que se juzguen realmente a ciegas. Siempre tiene que ver con la popularidad o la política. —Miró a un lado—. Todo en la vida es político, a pesar de lo mucho que todos dicen odiarlo.

—¿Terminó la bronca de trabajo?

Mamá sonrió.

—Lo siento. Bernadette ha vuelto a ser la Servidora del Mes a pesar de ser una buscadora de mesas sinvergüenza.

Resoplé a mi pesar.

—¿Acabas de llamarla *sinvergüenza*?

—Lo hice. —Se rió—. Y no estoy diciendo que tú seas una sinvergüenza ladrona de ningún tipo. Creo que te lo has ganado, a pesar de lo que piensas. Solo trata de ir con él y ver cómo se siente.

—De acuerdo, bien.

—Voy a preparar la cena. —Se levantó—. Baja en una hora para poner la mesa.

—De acuerdo.

Una vez que se fue, volví a mirar el trofeo que estaba sobre mi escritorio, mirándome fijamente. Tal vez podría al menos intentar pensar que lo merecía.

Al día siguiente de recibir el premio, estaba en una tienda de sándwiches para almorzar, trabajando en mi cuaderno de bocetos. Tenía una hora antes de llegar a casa para encontrarme con Mia y trabajar en Opus.

Terminé mi sándwich y arrugué el envoltorio a un lado de la mesa. Estaba sentada en un apartado justo al lado de la máquina de Coca-Cola, trabajando en un sombreado detallado, cuando se abrió la puerta. Levanté la vista y vi que eran un par de chicos que había visto antes en la escuela. Me miraron y uno de ellos le susurró algo al otro. Probablemente eran estudiantes de primer año. Volví al trabajo.

Uno de ellos dijo

—¿Qué crees que es? —en voz bastante alta. Estaba claro que era para que se viera, lo que significaba que iba dirigido a mí, ya que yo era la única en el restaurante, a excepción de la que hacía los sándwiches.

—No lo sé, es muy difícil saberlo. —Resopló el otro tipo—. Podría ir en cualquier dirección.

—Lo que sea, seguro que es fea —dijo el primero.

Ah, estaban hablando de mí. Qué bien. Era una prueba de la terapia que no quería morir.

En cambio, estaba cabreada.

Aquí estaba yo, ocupándome totalmente de mis asuntos, y ellos tenían que ir por mí. ¿Por qué? ¿Qué les pasaba?

¿Por qué todo el mundo actuaba siempre como si yo fuera la equivocada?

—¿Qué crees? —preguntó el segundo—. ¿Chico o chica?

Debió de preguntarle a la encargada, porque ella murmuró algo que no pude escuchar. Estaba de espaldas a ellos. Me quedé mirando la puerta, considerando la posibilidad de irme.

Pero a estas alturas me hervía la sangre y decidí no irme. ¿Por qué iba a dejar que un par de imbéciles dictaran lo que yo hacía?

Siguieron avanzando a lo largo del mostrador, yendo de un lado a otro con unos cuantos chascarrillos más hacia mí.

—Tenemos que ver lo que hay encima.

Entonces uno dijo:

—Lo voy a averiguar.

Le oí acercarse. Llevó su bandeja a la mesa que estaba frente a la mía. Todo el restaurante estaba vacío y ellos iban a sentarse junto a mí. Puso su bandeja frente a la mía, y pude sentir que me miraba. Luego volvió a la máquina de Coca-Cola y llenó su bebida. Se alejó hasta que estuvo a mi lado. Entonces, después de detenerse, hizo un gran espectáculo al derramar parte de su bebida, el líquido salpicó el suelo.

—Mierda —dijo con una voz exagerada. Era tan obvio

que estaba intentando que mirara hacia arriba para poder ver lo que había «encima».

Algo en mí se quebró, y volví a guardar todo en mi estuche, cerré mi cuaderno de bocetos y le quité la tapa a mi bebida. Luego me puse de pie y le arrojé toda la Coca-Cola a la cara, con un movimiento fluido como si lo hubiera practicado.

—¿Te lo has imaginado, estúpido de mierda? —Gruñí.

Ni siquiera tuve tiempo de asombrarme por el hecho de haber hecho esto, porque sabía que tenía que salir de allí. Cogí mi cuaderno de dibujo y mi estuche de lápices y corrí literalmente hacia la puerta. Su Coca-Cola me golpeó en la espalda y luego la sandwichera gritó: «¡Oye!» y salí por la puerta.

Caminé rápidamente hasta la minivan, me subí y tomé la ruta más rápida para volver a casa.

Acababa de agredir a alguien.

Y nunca me había sentido más feliz.

—

Todavía me sentía bien, pero también un poco rara, por el incidente del restaurante cuando salí al garaje y abrí la puerta. Se levantó, chirriando un poco en las vías, y Opus cobró vida en la luz. Le faltaban algunas flores y sus dientes eran demasiado blancos.

Mia se acercó para que pudiéramos acabar con él. Estábamos muy atrasadas, pero la señora Tolliver nos había dejado entregarlo tarde.

Esperaba el BMW negro de Trevor, pero en lugar de eso un Lexus plateado se detuvo frente a la casa y se paró. Mia se bajó, con aspecto de estar abatida, y luego un hombre bajito y mayor se bajó del lado del conductor. ¿Su padre? ¿Qué quería?

Subieron por el camino de entrada. Él llevaba un polo y pantalones, pero Mia estaba obviamente preparada para otro día de trabajo potencialmente desordenado, con sus pantalones vaqueros cubiertos de manchas de pintura y una camiseta vieja.

Una vez que llegaron a mí, Mia dijo:

—Papá, ella es Nic.

—Hola —dije torpemente, sin saber si debía estrecharle la mano o qué.

—Puedes llamarme Sr. Tran —asintió.

—Encantado de conocerle, Sr. Tran.

Echó un vistazo al garaje, que ahora sabía que estaba algo desordenado. El coche de mi madre estaba allí, pero también había una vieja nevera, una mesa con un montón de herramientas y quién sabía qué más por todas partes, y algunos estantes, todos inclinados de manera que las cajas en ellos se habían deslizado hacia el centro. El Opus ocupaba la mayor parte de la esquina delantera izquierda, y los periódicos cubrían el suelo.

El Sr. Tran observó todo esto con una mirada atenta. Mia miraba al suelo.

—¿Cuál es el proyecto en el que están trabajando? —preguntó.

No estaba segura de si se dirigía a mí o a ella, así que hubo una pausa, y luego Mia dijo:

—Es esto, aquí. —Señaló a Opus—. Es un dragón.

Hizo un chasquido de desaprobación, y luego me miró y dijo:

—¿Están tus padres en casa, Nic?

—Sí, mi madre está.

—Me gustaría conocerla.

—De acuerdo. —Miré a Mia y ella estaba mirando al suelo de nuevo, con las manos unidas delante de ella—. Iré a buscarla.

Mamá estaba en el estudio leyendo.

—¿Puedes salir? El padre de Mia quiere conocerte.

Parecía sorprendida, pero se levantó y me siguió.

Fui a ponerme al lado de Mia y Opus mientras nuestros padres se saludaban, y mamá le invitó a entrar, lo que parecía innecesario.

—Lo siento —susurró Mia.

—No pasa nada. ¿Cómo es que tu padre te ha traído? Me imaginé que Trevor te dejaría.

Ella palideció.

—No lo menciones delante de mi padre, por favor.

Raro, pero asentí con la cabeza y sugerí que empezáramos.

Ella se agachó para trabajar en la pintura de los pétalos, y yo trabajé en los dientes de Opus. Los había hecho en blanco, pero decidí darles un aspecto más realista, así que añadí una fina capa amarillenta sobre ellos.

Trabajamos en silencio (Mia, obviamente, no tenía ganas de hablar) durante un buen rato antes de que mamá y el señor Tran volvieran a salir. Mamá sonreía, pero parecía forzada.

—Mia, te recojo a las cinco —anunció. Luego dijo algo en vietnamita y ella asintió y respondió en el mismo idioma.

Se dio la vuelta para irse, y mamá le dijo:

—¡Ha sido un placer conocerle!

Una vez que el Lexus se fue, observé a Mia pintar un pétalo rosa en silencio. Trabajé en los dientes.

—Así que arrestaron a Trevor anoche —dijo finalmente.

—¡Dios mío! —dije—. ¿Por qué?

—Por vender drogas. —Continuó pintando y no me miró—. Y mis padres no lo sabían antes. Eran mucho más indulgentes conmigo que con mis hermanas mayores, pero ahora papá va a ser muy estricto. No volveré a ver a Trevor.

—Pero es un traficante de drogas. —¿Cómo podía querer quedarse con él?

—No lo conoces. No es un mal tipo.

Esa afirmación podía ser definitivamente cuestionada.

—Sin embargo, no es muy bueno contigo. Es tan controlador. ¿Cómo es que lo soportas?

Ella frunció los labios y siguió pintando, pero no dijo nada de inmediato.

Me sonrojé al darme cuenta de que me había excedido.

—Lo siento, no es asunto mío. —No pude evitar pensar en Izzy y su enamoramiento y en cómo tenía la suficiente confianza en sí misma como para exigir que la trataran bien, al menos después de un poco de orientación por mi parte.

—Puede ser. —Me miró—. Es tan difícil: cuando estoy cerca de él, es el único lugar en el que quiero estar. Pero cuando no lo estoy, a veces me pregunto. Está bajo mucha presión de sus padres.

—Creo que a veces puede ser difícil pensar con claridad cerca de los chicos.

—No importa. No volveré a verlo porque mi padre me vigilará como loco. —Se llevó una mano a la frente y miró a un lado.

—Eso será una mierda. —Pensé que eso podría ser algo bueno, en realidad. Si estaba alejada de Trevor el tiempo suficiente, seguramente superaría cualquier hechizo que él tuviera sobre ella.

—¡Oh, lo olvidaba! —dijo de repente—. Es genial lo de tu premio.

Fue todo un cambio de tema. Entonces sentí las

mismas sospechas que había sentido ayer, pero traté de canalizar a mi madre.

—Gracias. Me sorprendió mucho. Creo que deberías haberlo recibido.

—Quizá el año que viene. Pero este año te lo merecías.

No sabía qué más decir, así que me quedé callada. Ella terminó su última flor, y yo terminé de retocar alrededor de la cara de Opus. Su padre llegaba en unos quince minutos, así que nos limitamos a charlar sobre arte, y le hablé de la AMCO y de cómo, si tenía suerte, ni siquiera estaría en Emerson el año siguiente.

Cuando se fue, sentí que seguíamos siendo amigas. Así que tenía a alguien más con quien ser amiga si no entraba en la AMCO. Zach y Mia. Ya era algo.

El jueves siguiente volví a sentarme en el sofá de la Dra. Goldberg. Acababa de contarle el incidente de la tienda de sándwiches, y aunque no había reaccionado mucho, las comisuras de sus labios se levantaron un poco.

Esto me hizo aún más feliz.

—¿Cómo te sientes sobre haberlo hecho? —me preguntó.

—Orgullosa. Feliz. —Sonreí, reviviendo la mirada del imbécil.

—¿Por qué crees que es así?

—Quiero decir, sé que estuvo «mal». —Hice comillas de aire—. Pero no me arrepiento. Porque es como si, por una vez, hubiera hecho algo al respecto en lugar de limitarme a aceptar lo que me daban. —Solo de pensarlo se me volvió a acelerar el pulso.

Ella asintió.

—¿Crees que es algo que volverás a hacer?

Me lo pensé. Probablemente no valía la pena.

—Lo dudo. Quiero decir, no quiero acabar siendo una delincuente juvenil. ¿Y si las cosas se intensifican?

—Eso es indudablemente cierto. A la policía no le importaría lo que te hubiera dicho, ni lo que te han dicho todos los demás a lo largo de los años.

—Sí. —Se me cayó el estómago al pensar en lo que podría haber pasado si un policía hubiera estado cerca o algo así.

—¿Qué más ha pasado en la última semana?

—Más o menos gané el premio al artista del año de segundo año. —Todavía tenía sentimientos muy encontrados sobre esto.

—Eso es muy lindo. —Su voz se volvió emocionada—. ¿Cómo te sientes al respecto?

—Creo que lo conseguí porque estaban preocupados por mí. —Pensé en lo que dijo mamá.

Ella levantó una ceja.

—Parece que tienes algo más que decir al respecto.

Me leyó bastante bien, lo que fue sorprendentemente reconfortante. Así que le conté las teorías de mamá.

—Creo que tiene razón —dijo la Dra. Goldberg—. Estoy de acuerdo con ella sobre la forma en que se dan los premios. Algunas empresas han suprimido los premios al empleado del año porque generan envidia y resentimiento en muchas personas y solo hacen feliz a una. Así que el efecto neto es negativo. Pero apuesto a que pensaron que te merecías el premio. Dudo que fuera un regalo por lástima.

—Sin embargo, no lo sabe con seguridad. Nadie lo sabe. —Me removí en el sofá.

Ella volvió a asentir.

—Es cierto, pero a veces es bueno tener un poco de fe. Dar a la gente el beneficio de la duda.

Me encogí de hombros.

—¿Has sabido ya algo de la AMCO?

—No. Estoy segura de que no he entrado. —No pude evitar que se me frunciera el ceño. Esto sería horrible—. Pero aun así, me gustaría saberlo con seguridad. Quiero saberlo antes de que acaben las clases.

Me miró por encima de sus gafas.

—No creo que nada esté decidido todavía. ¿Así que definitivamente quieres entrar?

—Sí.

—¿Qué pasa si no te aceptan?

—No lo sé. —Deseé que esto no me importara tanto. Se me revolvió el estómago—. Supongo que todo sigue igual. Seré la secretaria del club de arte de la escuela, si resulta así.

—Eso debería ser divertido. Me impresiona que te ofrezcas como voluntaria. —Ella sonrió, pareciendo impresionada—. ¿Esto es que intentas coger la vida por los cuernos otra vez?

—Supongo. No sé qué tengo que hacer. Me olvidé de preguntar.

Se rió.

—¿Y si es algo que no quieres hacer?

Esto me hizo sonreír también.

—Estoy segura de que estará bien.

—¿Y qué pasa si entras? —Golpeó su lápiz en el portapapeles—. ¿Has pensado realmente en lo que eso significará?

—¿Cómo?

—Dejar a tu familia. Tener que seguir las reglas de otra persona. Apuesto a que son estrictas.

—Sí, no creo que se nos permita salir del campus.

Ella asintió.

—¿No echarás de menos poder escaparte e ir a una cafetería o a un restaurante un rato?

—No lo sé, tal vez. Pero espero que valga la pena. Si no es así, siempre puedo dejarlo, ¿no? y volver a Emerson.

—Podrías.

—Pero no creo que sea un problema. No estoy demasiado apegada a mis padres. O a mi hermano. Aunque echaría de menos a Izzy.

Me quedé mirando mis zapatillas. Nada estaba a punto de cambiar drásticamente, a no ser que fuera así. No había forma de saberlo hasta que recibiera un estúpido papel en el correo diciéndome mi destino.

Pasé la mayor parte del sábado terminando de pintar la última de mis figuras. Pero empecé a pensar en ello. ¿Merecía la pena seguir haciéndolo? Era algo que Sam y yo habíamos hecho juntas, y ahora no había nadie con quien compartir la afición. Era una mierda.

¿Qué iba a hacer ahora con todos ellos? Los tenía expuestos en una de mis estanterías, pero estaba a punto de quedarme sin espacio. Al menos donde pudiera verlos. Podía juntar un montón de ellos, pero ¿qué sentido tenía eso?

Por otra parte, ¿qué iba a hacer con Opus? Lo habíamos terminado y tenía un aspecto impresionante. Lo había cubierto con pintura transparente brillante para que quedara súper brillante. Pero la Sra. Tolliver no tenía sitio para él en la escuela, aunque lo quería tanto como nosotras. Mia vivía en un apartamento, así que no había espacio allí. Actualmente estaba en el garaje.

Hice un gesto despectivo con la mano y bajé a trabajar en el nuevo dibujo. Había avanzado bastante en el leopardo y había hecho todo el sombreado básico. Había colocado algunas de las manchas celestes, pero era complicado hacerlo porque, cuando se miraba de cerca, las manchas reales eran de dos colores. Una especie de anillo negro alrededor de un marrón anaranjado ligeramente más oscuro que el resto del pelaje del leopardo. Así que yo hacía algo parecido. Intentando que pareciera natural, a pesar de las formas extrañas. Más o menos como me gustaría ser. Yo, rara, pero que siguiera pareciendo lo suficientemente normal desde la distancia.

Mi objetivo era que la gente mirara el dibujo al principio y solo viera un leopardo y solo entonces se diera cuenta de que las manchas eran raras. Como un huevo de Pascua dibujado.

Pero además, no podía dejar de pensar en que las manchas de los leopardos son como las personas. Todas son un poco diferentes, pero la mayoría son más o menos iguales, y solo unas pocas destacan de verdad.

Hice cinco manchas más (dos cuartos de luna, dos estrellas y un sol) en forma de círculo. Para conseguir el efecto de huevo de Pascua, las formas no eran estrellas ni lunas ni círculos perfectos. Estaban ligeramente distorsionadas y también tenían una forma que se correspondía con las curvas del animal real.

Estaba enamorada de este dibujo, y aún no estaba terminado.

El perro del vecino empezó a ladrar, señal de que había alguien en el patio delantero. Miré por la ventana y vi el camión del correo.

Todavía estaba esperando la carta. Me habían dicho que debería tener una respuesta en tres semanas, y ya habían pasado dos. Así que me apresuré a ir al buzón, tratando de controlar mis nervios, que amenazaban con volverse locos como cada vez que veía el correo.

Para mi sorpresa, y terror, una carta de la AMCO estaba encima de la pila del buzón.

Con las manos temblorosas, la estudié por un momento, dándome cuenta de que contenía mi futuro. La abrí, con el corazón haciendo todo tipo de acrobacias, y traté de llegar a la parte buena. Era corta, lo que me preocupaba. Pero cuando pude concentrarme, vi las palabras: «Hemos decidido favorablemente su solicitud. Bienvenida a la nueva promoción de la Academia de Matemáticas y Ciencias de Oklahoma».

Mi corazón casi se detuvo por el shock.

Iba a salir. Tendría una vida de verdad. Saldría de Oklahoma de una pieza. Intacta.

EL FIN

Si disfrutaste este libro, por favor considera dejar una reseña. Las reseñas son invaluables para los autores.

Para obtener más información sobre Kelly y sus libros, suscríbase a su boletín aquí https://qr.fm/wDzYmE o escanee el siguiente código QR:

Agradecimientos

Este libro se benefició de mis socios críticos y lectores beta, quienes me ayudaron a mejorar la historia y la escritura. Gracias a mi grupo de escritura más antiguo: Shari Duffin, Stacia Leigh y Karrie Zylstra Myton; a mis otros compañeros críticos y lectores beta: Anne Shaw, MC Austin, Debra W. y Gwen Sharp; y finalmente, por supuesto, a mi siempre solidaria madre, Kathy Vincent.

Otras Obras de Kelly Vincent

Finding Frances

New Girl

Binding Off

Always the New Girl

The Art of Being Ugly

Ugly

Uglier

Ugliest

Brutta (*Ugly* en italiano)

Acerca del Autor

Kelly Vincent analiza datos entre semana y dedica el resto del tiempo a las palabras. Creció en Oklahoma, pero se mudó un poco, siendo Glasgow, Escocia, su favorita. Ahora vive cerca de Seattle con varios gatos que la ayudan a escribir sus historias caminando estratégicamente sobre el teclado. Su primera novela, *Finding Frances*, es un buen ejemplo de esta técnica y también ganó varios premios independientes. El primer libro de la serie El arte de ser feo, *Ugly*, fue seleccionado como libro de honor para el SPARK Award de SCBWI en la categoría de Libros para lectores mayores para 2022. Kelly tiene una Maestría en Bellas Artes en escritura creativa del programa Red Earth de Oklahoma City University. Encuentre a Kelly en kelly-vincent.net y @kvbooks en Instagram.

www.ingramcontent.com/pod-product-compliance
Lightning Source LLC
Chambersburg PA
CBHW061045190726
48286CB00006B/1618